花
笙
STORY

让好故事发生

精神科医生破案笔记

The Criminal Files of a Mind Healer

血字的威胁

朱明川——著

中信出版集团 | 北京

图书在版编目（CIP）数据

精神科医生破案笔记 . 血字的威胁 / 朱明川著 . --
北京：中信出版社，2023.7
ISBN 978-7-5217-5099-7

I. ①精… II. ①朱… III. ①推理小说－中国－当代
IV. ① I247.5

中国版本图书馆 CIP 数据核字 (2022) 第 250934 号

精神科医生破案笔记：血字的威胁
著者： 朱明川
出版发行：中信出版集团股份有限公司
（北京市朝阳区东三环北路 27 号嘉铭中心 邮编 100020）
承印者： 北京盛通印刷股份有限公司

开本：787mm×1092mm 1/16 印张：19.5 字数：262 千字
版次：2023 年 7 月第 1 版 印次：2023 年 7 月第 1 次印刷
书号：ISBN 978–7–5217–5099–7
定价：59.90 元

服务热线：400–600–8099
投稿邮箱：author@citicpub.com

目录

引子

在精神卫生科工作多年，我亲眼见过不少奇人异事，其怪诞程度远超人们的想象。

我毕业于上海的一所医学院，读的是临床医学（精神病学和精神卫生方向）专业，考过执业医师资格考试之后就到沈阳一家精神卫生中心工作了。其间，我又到中国医科大学附属第一医院进修，前前后后在沈阳待了近八年的时间。

我是南方人，始终适应不了东北的气候。一到冬天，鼻子就经常流血，再加上已谈婚论嫁的女朋友不理解我的职业，铁了心要和我分手，我就盘算着，干脆回广西老家算了。

但问题是，当时中国的精神医学资源非常匮乏，注册的精神科医生只有两万多人，而重性精神病患者却高达1600多万。以安徽省为例，省内有60多万精神病人需要治疗，当地的精神科医生却不足1000人。即便如此，我回广西后也没能进入公立医院，只能到一所民营的精神病院上班。

那家医院特别小，是一所家庭式的精神病院。真正上班的，只有三个精神科执业医师，两个内科医师，三个护士，一个药师，还有一些保安。我一个人要管20多个病人，像给病人洗被子、理发、喂饭、打针等等，什么都得干。可惜老板后来患了肝癌，抑郁症跳楼自杀了，医院也就随之关门了。

我本来要改行去疼痛科，正巧上海母校的吴老教授联系到我，说南宁有家精神专科医院正在招聘主治医师，可以介绍我去试一试。吴老教授一直对我赞赏有加，兴许是因为有他的推荐，我去面试后没多久，就接到了录用通知。

这家医院在南宁的青山路上，大家都习惯叫它“青山医院”，虽然它规模一般，但专家不少。一到周末，专家们都飞到各地去讲课，有时也会配合公检法机构，给一些案件充当顾问之类的角色，因此会接触到更多稀奇古怪的人和事。

那家医院分为前、后两院，前院的小楼是门诊部，后院的高楼是住院部。住院部里外有两道铁门，楼道和窗户全部加了铁条，属于全封闭式的管理。

至于门诊部，共有精神科一至七科，我在一科，主要承担重性精神病患者的诊治工作，而我要说的大部分诊疗故事都发生在这里。

第 1 章

无限复活

人死不能复生，有人却称自己能“无限次复活”，还要寻找杀害她的凶手。任谁听了这些话，都会当是妄想，我起初也那么以为，直到后来发现隐情，才知道事情并不简单。

01 白大褂综合征

记得，那天是礼拜二，排到我出门诊。

一般出门诊，病人会比较多，可是每次排到我，病人就很少。我当时已经是主治医师了，如果在门诊不忙，那就难得清闲，可以喝上几口热茶。我在一科带两名住院医[1]，出办公室找热水泡茶时，叮嘱他们赶紧把拖了两天的大病历写好。

大病历就是完整病历，一般是指临床医师在诊疗中的全部记录和总结，包括病人的发病、病情演变、转归和诊疗计划。像我以前注册在沈阳的那家医院，对住院医的规培要求就很严格，一个月要手写十几份大病历，三十几份门诊病历，手指都快磨出老茧来了。

我们医院是三级医师负责制度，通俗地说，这个制度就像是一个医疗小组，组长是主任医师或副主任医师，主管是主治医师，经管就是住院医，一般是由主治医师来对住院医的诊疗负责。

一科有两名主治医师，除了我，还有一个叫杨柯的男医师。杨柯是模特身材，每天都会坚持锻炼，身上的肌肉把衬衫撑得鼓鼓的，人也长得英俊帅气，所以病人来一科看病，通常都会选他。为此，我少不了对杨柯发牢骚，他却一副无所谓的样子，好像这是理所当然的事。

1　住院医：住院医师，新毕业医师实行三年 24 小时住院医师负责制。

我出去找热水泡茶时，杨柯刚好进一科，看到我，他也没打招呼，而是一副面无表情的样子。不过，我注意到杨柯的脖子上有道鲜红的抓痕，估计是昨天在出外诊时，病人又不好对付，抓伤了他。我不想热脸贴冷屁股，可心中还是好奇，于是出去后就在走廊拦下一名一科的住院医，问她昨天跟着出外诊是不是碰上麻烦了。

扯个题外话，医院的医师是不能随便出外诊的，否则可视作非法执业。我们的执业地点是卫生局规定的，换一家医院都要按要求办理多点执业，而出外诊的医师也要符合各种要求才能批准办理。我们医院加入了120，精神科出外诊，上班时间联系医务科，休息时间联系院总值班，联系到个人或者科室，都要报告给医务科或者总值班。

我拦下的这名住院医叫小乔，眼睛大大的，每次说话都是一副受惊的模样。听我一问，小乔就娇声说，昨天杨柯和她出外诊，去了市里的一家综合医院，那里有个老爷子要入院，可是在做首程病历时，医生发现老爷子答非所问，精神不太正常，总说自己“怀孕”了。

该院的收治科室立刻上报医务处，医务处说赶紧请精神病院来会诊，他们就连催带逼地请杨柯过去。赶到那里后，杨柯查看一番就说可以确诊了，要给病人办转院手续时，他又说收治必须得征得家属同意，结果病人的家属“病”得更厉害，歇斯底里地在医院走廊里把杨柯摁倒在地，又是咬又是抓的。

小乔哼了一声，不甘心道：“病人把我们想做的事都做了，真是不公平。”

“做什么事？揍杨柯吗？算我一份。”我逗趣道。

小乔不敢对主治医师太放肆，随便敷衍了一下：“我是说……哎呀，事情好多，我先去忙了。”

我当然知道小乔的意思，不仅病人喜欢杨柯，女医师和护士也都喜欢他。有时候，我觉得自己很滑稽，好像就是心里气不过。为此，主任医师会提醒我，不要搞恶性竞争，因为自从杨柯来了一科，大部分病人都是喜欢找他看病的。

像我们这样规模的医院要想良性运转起来，还是要考虑经济效益的，所以在我们医院就医，有一个比较贴心、吸引病人的环节就是病人挂号时可以选择自己想要就诊的医生，而不是由系统随机平均分配。如此这般，我就更有些不平衡了，尽管我一直认为自己不是小心眼的人。我的医术也不差，怎么病人来看病还以貌取人呢？！但杨柯好像习惯了被同人们“敌视”，何况是我这个初来乍到的，根本不把我放在眼里，平日里看到我就像看空气一样。

这不，礼拜二排到我出门诊，找我挂号的病人没几个，估计就是新来的医师没人信得过。和小乔打听完，我也泡好了茶，就回到了办公室，想看看有没有什么情况发生。

有时候，我也会接到出外诊的电话，有些是医务科打来的，有些是警方打来的，这种活儿不会轻松的，没几个人愿意接。不过，我等了一上午，竟然一个病人都没有，连出外诊的电话也没有一个，仿佛连老天爷都要给我放假。

中午，我去主治医师的房间休息，杨柯也在，他脱掉了藏蓝色的西装外套，还把白色衬衫也解开了，我一进去就看到他想检查自己的背部，那里有许多道抓痕。青山医院对医师的着装没有硬性规定，尤其是精神一科的医师，不一定要穿白大褂，大部分医师都是西装革履的正装打扮，他们说这样显得专业，但我并不喜欢那样穿。因为穿西装其实有很多讲究，稍微穿搭不当，就显得像卖保险或做房地产的——倒不是对这些行业有偏见。

很多人认为，医生都穿白大褂，哪有工作不穿“工服”的呢？其实有一些儿科和精神科的医生真的不太穿白大褂。因为有研究发现，白大褂容易引起患者的焦虑，并会相应地提升他们的血压水平，这种现象又被称为“白大褂综合征”。为了安抚害怕医院的儿童，有些儿科医生通常穿着令孩子感到温暖的颜色，而有的精神科医生索性就不穿工作服了，更多时候都是以便服示人。精神和心理上的病症没有细菌感染的困扰，穿着便服反而更能有效拉近医生与患者之间的距离。

言归正传，看杨柯实在不方便检视自己的伤势，我就干咳了一声：“咳！你要不要找人帮你涂点儿药在背上？”

杨柯不领情，冷冷地回答：“不用。”

这话堵得我变成了哑巴，好像是我稀罕帮他涂药一样，气氛瞬间僵住了。过了一会儿，休息室进来了一位七科的主治医师，他叫武雄，四川人，为人热情大方。我刚回广西，想要找人合租一套房子，分摊房费，武雄刚好也在找。这一天，武雄看到我就连忙说对不起，他前几天本来答应和我合租一套房子了，可他最近谈了女朋友，又不想找人分摊房费了。我懂得精神科的人找女朋友特不容易，也没说什么，只是一个劲儿地恭喜人家。

在大众印象中，医生都是高收入人群，我为什么还要找人合租来分摊房费呢？其实精神科医生的工资很低，像一些本科医师，有时候工资比护士还要低，因为护士的“挨打费”比医师高不少。何谓“挨打费”？要知道，精神卫生行业是个特殊行业，医护人员在为患者诊治时，会遭遇很多“不测”。国家照顾我们，每个月都会予以几十块的补贴，精神专科医生都管这项补贴叫作“挨打费”。

这时的我还没资格当专家，找副业，去外面讲课，所以赚到的每分钱都必须省着点花。

可能武雄反悔后有些内疚，瞄了一眼杨柯就多了一句嘴：“杨柯，你自己不是有套房子吗？干脆让陈仆天过去和你住好了。”

陈仆天是我的名字。听到我的名字，杨柯和我都厌恶地对视了一眼，随即又都将目光移开，彼此都不说话。武雄不知道我们的关系是怎样的，还在那里“撮合”合住。

杨柯听烦了就对我放了一句话：“我买的是凶宅，死过三姐妹的，你敢住吗？

我被他这么一激，当下也很不服气：“凶宅有什么好怕的！就怕你不敢让我住！”

武雄似乎察觉到了一丝不对劲，又马上打圆场：“咱们都是什么人啊，还怕什么凶不凶宅的，鬼故事都听腻了好嘛！”

杨柯没有接话，而是重新把白衬衫穿上，扣好扣子后，又用领带夹把系好的蓝色斜条纹领带夹住。这一夹，除了遵守一些社交礼仪外，还能防止病人在发病时拽住你的领带，把你勒到断气。当然，我觉得不系领带不就好了？！可是主任有要求，我们都只能照办。

就在休息室的气氛逐渐紧张时，医务科的小姑娘来找我，说已经排我出外诊了，去的地方是青秀公安分局的刑侦某大队。我心想，是哪个警察发疯了吗？出外诊居然出到刑侦大队去了，该不会很危险吧，毕竟人家是配了枪的。

不管怎样，接了外诊就得去，而出外诊人员如有什么不能处理的，必要时可以请警方过来处理，现在要去刑侦大队出诊，那岂不是更方便了，毕竟在场能帮忙的人应该很多。

哪承想，这一去就遇到了一个大难题，让我措手不及。

02 停止的时间

精神科医师出外诊，通常不会太顺利；如果顺利的话，病人家属早就把人给送过来了，哪还需要我们去收治呢。风险太高，这让很多学医的人对精神科望而止步，能坚持下来的人，真的不那么容易。

我们开车来到刑侦大队，但并没有听到任何吵闹的声音，反而还挺安静的，只是安静得有点邪乎。我见多了精神病患者，脑海里不自觉地就勾勒出一个画面来：不会是这些警察都被精神病患者给制服了吧？有的患者发起病来可真不得了，力大无穷，几个人都按不住一个。也难怪网络上曾有人问：一个行医的黄飞鸿为什么会有那么厉害的功夫呢？这个，我们精神科的医生最有感触了，功夫不行、力气不够，那怎么保护自己呢？说不定哪天就被病人给捅成筛子了……可见，杨柯这么勤奋地锻炼身体，也不是完全没有道理的。

当我带着人去找刑侦队负责人时，只看到一个女人背对着门坐在办公室里，对着一众警察说自己要报案，好像是说有人要杀她。

一般我们出外诊，医务科或者总值班都会提前帮我们问清楚：去哪里出外诊，病人什么情况，威胁系数有多大，有没有必要请警察来处理……

这次出来前，医务科的小姑娘已经都打听好了，告诉我：病人是一名中学女老师，教美术的，名叫林中花，极度危险，现在人在刑侦队，警察请我们快点过去，希望能强制收治病人。

来之前，我以为刑侦队已经把人给控制住了，所以想直接找刑侦队负责人提人，可来之后看到大家都这么安静地听这个“女报案人”陈述案情，我有点疑惑了，难道她就是警察口中“极度危险”的病人林中花？

说起来，刑侦队的副大队长姓廖，我们都习惯叫他廖副。有时候我出外诊，会请他来协助处理，彼此也算是认识。廖副见我来了，立刻对我使了个眼色，让我先别进去，站在外面等就好。

没多久，廖副就借故从办公桌旁起身，让那个女人先喝点热水，然后径直走出来，跟我小声交谈：“陈医师，你总算来了，这都几点了？”说完，廖副回头抬眼望了下墙上的时钟，那个时钟早就坏了，时间一直停在十点十分。

我没理会廖副的抱怨，只是歪着脑袋，透过窗户瞄了一眼女人的背影。那女人像是后脑勺长了眼睛，我只瞄了一眼，她就把头转了过来。女人长得挺眉清目秀的，头发也梳得整整齐齐，还涂了口红，化了点妆，试图遮住非常明显的黑眼眶。整体看下来，这个女人的状态好像不太糟糕，她还懂得顾及自己的形象。

等女人转回头时，我就问廖副：“她就是林中花？人很危险吗？我看好像没什么暴力倾向啊，到底怎么回事？”

“我怎么知道是怎么回事，我还希望你能告诉我呢！”廖副一副很头疼的样子，似乎恨不得快点摆脱里面的女人。

我听糊涂了："是你叫我们来的，我们能告诉你什么啊！我看那女人没病，倒是你有病。"

廖副不屑："我能有什么病？"

"相思病啊！不然你找借口骗我来干什么？"我开玩笑地说。

廖副瞪了我一眼："少来了，我老婆孩子都快生了，谁想你啊，你又不能给我生孩子。"

我意识到谈话的方向走歪了，又拉回到正题上："你赶紧告诉我们，那个女人到底有什么毛病，我好对症下药。"

廖副当然懂得事情的轻重缓急，他先让办公室里的刑警安抚那女人，然后和我走到楼梯口，跟我细说那女人的问题。

据廖副透露，坐在刑侦队办公室的女人确实是林中花，她来刑侦队报案不是头一回了，她一开口就说有人要杀她，起初警察们以为她是正常人，还认真地询问有没有关于凶手的线索，可林中花却说自己不知道凶手长什么样，因为那个人戴了黑色面罩，而她没能逃开，被凶手杀死了……

像这样的情况，警察只能配合她做记录，然后把人送走。不承想，隔天林中花又来了，目的还是一样，都是要报案，说有人要杀她。

警察也是很忙的，这么浪费公共资源不好，所以廖副知道后，就亲自过来问她："是谁要杀你啊？"

林中花一直重复前一天的话，还说自己又被杀死了，并且强调了"又"字。

廖副以为这个年轻的女人装疯卖傻，跑来调戏他们刑侦队里帅气的小伙子，于是就戳穿了问："你都被杀死了，怎么还能来报警呢？那你现在是什么啊？"这一问，完全是话赶话，廖副也没多想，可他听到林中花后面的回答，肠子都悔青了。

林中花居然不觉得自己有问题，她悄悄地和廖副说，她能无限复活，怎么都杀不死。廖副不是精神科医生，听到这话，完全当这个女人想跟自己抬杠，接着问，一个人怎么可能无限……

结果，林中花没等廖副把话说完，就打断道："这里面藏了一个惊天的秘密，要是说出来，这世界就要毁灭了。"

廖副满脸无奈，只好和之前的人一样，规规矩矩做了笔录，再次送人离开。

问题是，林中花还是每天都会来报案，一个多月后，林中花的手腕、脸部、颈部都出现了不同程度的外伤，有刀割的，也有绀紫色的瘀伤，她说是杀她的人给弄的。廖副担心女人遭遇了家暴，想请女同事来帮她检查伤势，林中花却死活不让别人碰她。

听到这里，我觉得病人不算太危险，她可能会自残，可总比暴力伤害他人好一些。廖副却说："这还没完呢，因为她觉得我们是在敷衍她，所以，所以她现在就，就扬言要自己去追查凶手，把凶手抓来给我们看，证明她自己没疯。"说到这，廖副竟然有些激动。

"抓凶手？"我不太相信。

廖副很无奈："是啊。"

这时候，下午的天空突然堆满了乌云，狂风大作，还打了几道闪电，暴雨将至。我莫名地有种不祥的预感，似乎这次出诊没有我想的那么顺利，一种惶惶难安的感觉在全身蔓延开来。

廖副抬头望了望天，呢喃了一句："真是天有不测风云啊！"然后又继续告诉我，林中花每次来报案都非常认真，她说自己要去抓凶手，真去抓了。只不过，到了第二天，林中花又说自己被凶手杀死了，她差一点就扯下凶手的黑色面罩了……

日复一日，林中花的气色愈来愈差，刑侦队的人问林中花在哪里上班，家里有亲戚吗，难道家人都不关心她。林中花却说，家人不知道她每天都被人杀死，反正自己每天都会"无限次地复活"，她不希望家人担心。

林中花已经连续两个多月每天都来报案，廖副的耐心也渐渐被磨掉了，他当即唱起反调："你说你死不了，每次都能复活，你是有超能力吗？有不死之身吗？人家为什么要杀你？动机是什么？”

那天，林中花煞有介事地回答：“如果我告诉你，你一定会接受不了的，就像我告诉你，我每次都能复活一样，你们根本不相信我。”

“要不等抓到凶手，你再来报案吧。”廖副的脾气上来了。

林中花一副不计较的样子：“我不怪你，没有人会相信我的，你们不帮我抓凶手，我就自己抓。只有抓到凶手，才能救我，救你们。”

廖副很不耐烦，忍不住提高了声调：“救我们什么啊？难道凶手还能把我们也杀了吗？”

林中花很神秘地回答：“你们没被杀，但全世界都有危险，我是要救自己，也是要救大家。”

这种话越说越玄乎，廖副不再搭理林中花，只要人没大碍，也不瞎闹事，刑侦队对这种没头没脑的报案就只当恶作剧，走个过场，每次做个笔录后就送她离开。

林中花也不完全像是恶作剧，每次被送出刑侦队，她都会问为什么不给她一份回执单，按规定这是应该出具给报案人的。刑侦队担心刺激到林中花，每次都会说：“回执单用完了，下次再给你吧。”

林中花有时就会抱怨：“你们每天都这么说，不觉得有问题吗？”

刑侦队听到这话，总觉得林中花也不是完全疯了，因为她记得每次来都没有拿到回执单，正常的记忆力还是有的。

听起来，林中花的情况应该属于妄想性精神病，这种病的症状就是对一切事物都保持怀疑的心态，随时保持警戒的状态，总觉得有人要害他，到处防备，四处控诉，刚患病时，还会有幻听的表现。很多人都以为，幻听是病人的心理造成的，实际上有科学家曾用磁共振成像扫描了 12 名妄想性精神病患者的脑部，在五年中做了多次检查，他们发现幻听并不是心理造成的，而是脑部有机能上的组织流失。尽管妄想性精神病对大脑的伤害始于大脑后部，但大脑前部也会有流失现象，就像森林大火一样蔓延，脑部组织会从后向前流失，“烧掉”。

听了廖副的描述，我心中大概有底了，只是如果确诊的话，肯定是要将她收治入院的。根据《精神卫生法》，医院收治病人必须经过家属同意，我就问廖副有没有联系过林中花的家人。廖副耸耸肩，表示没联系过，林中花之前除了来报案，基本上没造成太大的破坏，刑侦队就由着她，从来没去联系过她的家属。

雷声慢慢大了起来，我怕下雨路上会堵车，就想先进去和“病人”谈谈，廖副拦住我：“我还没说完呢，你急什么？”

“我尿急啊！”我抖了抖身体，“真的。”

“你真麻烦，那快去尿，厕所在那边。”廖副指给我一个方向。

我忍住尿意没去，而是问：“还有什么情况？你一次说完吧。”

廖副面有难色：“这个事怎么说呢，林中花来报案的次数多了，我们真的以为她是个疯子……”

真以为？难道她精神状态是正常的？我狐疑地想。

廖副没察觉到我的心思，继续说：“既然是疯子，我们就没想太多，糊弄一下就算过去了。而且林中花看起来吧，也不像那种疯到生活无法自理的人，她每次来都会打扮得干干净净，只是气色不太好罢了。我以为这个人是生活里受到了什么刺激，也就不想为难她，可是有一天出了一件事……”

我被勾起了好奇心，忙问：“什么事？”

廖副好像被寒意侵袭了身体，他哆嗦了一下：“林中花每次来都会强调有人要杀她，只有抓到凶手，知道凶手是谁，她才能救自己，救大家。可是那个凶手戴了黑色面罩，她每次被杀死都看不见凶手的样子，直到今天，她又激动地跑来我们刑侦队，告诉我，她终于扯下了凶手的面罩。”

“凶手是谁？”我来了兴趣。

在赶过来时，我带了个住院医，叫宋强。他在一旁安静地听了很久之后，终于忍不住插了句话：“是我们不认识的人吧，任何人都有可能。”

“不一定。”

说罢，廖副从口袋掏出手机，举起来给我们看一幅素描："林中花是中学美术课老师，素描功底不错，她画的凶手很逼真，跟真人一模一样，几乎没有偏差。这个人，你们应该也认识。"

"真的假的？"

我凑近一瞧，心想，哎哟，画得可真好，美术课老师果然不简单。可我再一细看，又觉得不大对劲，凶手的模样很眼熟，竟然是我见过的一个人。

03 罗素理论、无穷卡农、埃舍尔版画

这个人不是别人，就是林中花本人。

刚才她将头转过来，我透过窗户见过她的模样。心理和精神出问题的人，将自己认作凶手，并画出自己的模样，这不算稀奇古怪。我们精神科都是见过大世面的人，更疯狂的事比这多了去了。

廖副收起手机，对我们说："我原来也觉得她是个疯子，画出自己的样子，更加证明她不是个正常人，你们和我想的都一样。也怪我一直没把人家当回事，没去查证过她的说法。"

我还是没搞懂，费解地问："查证什么？她说的话都不是真实的，查不到什么吧，总不会她真能'无限复活'？"

廖副愧疚道："按理说，林中花第一次来报案，我们就该记录她的个人信息，然后查证一下的，但她之前说得太像胡闹话，我们也想着就是一出恶作剧，就没去弄。那天，林中花说自己又被杀死了，但这次遇害之前，她扯下了凶手的黑色面罩。那个凶手是个女人，她不仅记住了凶手的模样，还画了下来。如果刑侦队不立案，不去抓凶手，那么她就自己去抓凶手，还要杀掉凶手。我们一听，这还了得，这是要出去杀人的架势吧，不联系你们来收治可不行。我知道，收治肯定

要经过家属的同意，这才要了林中花的个人信息，去找她家人来，结果你们猜，怎么着？”

我抖了抖腿，只道：“猜不了，你就行行好吧，我都快尿裤子了。”

廖副低头瞄了一眼我的裤裆，又若无其事地继续说他去查林中花这个人时，竟然发现她是失踪人口，而且已经失踪半年了，更奇怪的是，系统里查到的照片和来报案的女人完全不一样，她们绝对不是同一个人，也不存在整容后变成另外一个人的可能性。以往，有人会调侃，一个人整容后在机场如何通过海关，难不难。其实不难的，因为整容不会整耳朵，系统可以识别耳朵，耳朵和指纹一样，都不相同，这也是公安局在拍证件照片时，会要求把耳朵也露出来的其中一个原因。廖副仔细比对过她们耳朵的形状，这两个人的耳朵相差也非常大，可以断定，确实不是一个人。

而真实的林中花，在系统中显示，是南宁青秀区一所中学的美术老师，半年前的国庆长假结束后，就失踪了，现在人一直没有找到。据查，林中花失踪前曾前往中越边境的德天瀑布旅游，警方调看了旅游集散中心附近的监控，发现林中花是一个人去的，并没有同伴，但后来就行踪不明了。

廖副心中大惊，这才头一回采集了“林中花”的指纹，然后实验室的人在系统里查了查，可没有结果，因为并不是每个人都在警方的指纹数据库中存档。廖副的职业病犯了，认为林中花的失踪案一定与办公室里坐着的“林中花”有关，也许人已经死了，凶手就是这个“林中花”。

“这真是天方夜谭啊！”我没想到廖副讲了半天，会是这个结果。

住院医宋强也附和：“是很离奇，我第一次听说这种事。不过杀了人，还跑到刑侦队来‘演戏’，是不是太傻了？这不是等着被抓吗？”

廖副试着推理：“可能她杀人后，心理压力过大，精神崩溃了。你们别看电影里杀人好像很容易，其实杀人很难的，会良心不安啊！我家老头子以前在监狱系统给犯人执行过枪决，那种感受他至今还记得。”

"那你还让我们来收治她？她是杀人犯啊，难怪你说病人极度危险。"我连忙摆手，"我们医院不收吸毒的，也不收杀人犯，这不在我们的业务范围内。"

廖副见我要走，"欸欸欸"地连叫了几声，又道："你走哪儿去？不尿尿了吗？再说，我也不是傻子好嘛，用不着你们还会叫你们来啊？我只是怀疑而已，又没确定那个女人就是凶手，而且现在什么都不确定，叫你们来就是去和她谈谈话，看看她是不是真的脑子有病，有病就带去治一治。"

我明白廖副的意思，那个女人就算是清白的，她也应该知道林中花失踪案的一些线索，这种疯癫肯定是有原因的，也许真是受了什么刺激吧。至于那个女人画出了"凶手"的样子，那么人是她杀的吗？尸体现在在哪里呢？

我们不能一进去就抓人，何况家属都不在场，廖副就请我先进去和那个女人聊一聊，看她是真疯还是装疯。廖副的职业病很严重，担心这个女人有可能是怕罪行败露，因此跑来刑侦队装疯卖傻，以此来逃脱法律的制裁。

我不置可否，不想被这种信息干扰，于是就让廖副和宋强都在外面等我，还把守在里面的警察也叫了出来。那个女人见到这场面，有些紧张，还问出什么事了，为什么警察都出去了。直到看见我进来，她才又镇定下来，换上一副非常冷静的神情，似乎早料到会有这么一出。

"我在说谎。"没等我坐下，女人就抛出了这么一句话。

一般人可能会想，太好了，屁股没坐热，对方就承认自己在撒谎，那么可以结束工作，回去喝茶看报纸了。我则不那么想，反而心中暗暗佩服。眼前的这个人并非精神有异那么简单，她绝对受过高等教育，智商可能也非常高，她的这句话源自古老的语言悖论，代表她看出我是精神科出身的了。

为什么这么说呢？当年我母校有位教哲学的老教授，他上过一堂课，是以罗素理论、无穷卡农、埃舍尔版画为主题的一堂悖论课。"我在说谎”是一个无解悖论，很古老的语言游戏，它涉及自指，即自我指涉。自指在数学上的表现是罗素理论，在音乐上的表现是无穷卡农，在美术上的表现是荷兰的埃舍尔版画，在文学中的表现是一则中国的老故事：从前有座山，山里有座庙，庙里有个老和尚在给小和尚讲故事，讲的什么呢？从前有座山，山里有座庙，庙里有个老和尚在给小和尚讲故事，讲的什么呢？无限循环，即∞。

可以说，自指的统一表现就是无穷无尽的死循环，如同“林中花”每天来刑侦队叙述的“无限复活”那样。“林中花”的一句“我在说谎”看似简单，对于精神科的人来说，反而蕴含了很大的知识含量。她到底在说谎，还是没有说谎，她这句话是真话，还是谎话，悖论让这种对话进入无限死循环，永远没有尽头。

“林中花”正视着我，没有闪躲，声音很稳地问：“你是刑侦大队找来的精神病医生吧。他们觉得我脑子有病，对吗？”

我“以夷制夷”：“你觉得你疯了吗？”

这句话同样蕴含了无解悖论，“林中花”笑了起来：“我和你以往的病人相比有什么不同。”

我总结道：“你看到我来，不害怕，也不紧张，反而很冷静。”

“林中花”很满意：“那我就不是病人。”

廖副在办公室外偷听，见我还在聊些不着边际的内容，就给我打了很多看不懂的手势。我不去理会，而是按照自己的计划来行事。现在最重要的是，这个“林中花”究竟有没有杀人，她为何会认为自己是凶手，这些是不是她精心策划的脱罪阴谋。在电影里，我或许相信会有这样的情节，可现实中，一个人杀人后跑来刑侦队演戏，等着被人抓，这真是很夸张的事。

我知道现在问什么都是白问，索性就不问了，只是干瞪着眼坐在椅子上。“林中花”一开始很冷静，后来就有些着急了，反而先问我：“你也觉得我来报案，说的都是假话吗？”

我不能刺激病人，和她争辩可能会让她进入暴力状态。想了想，我就好声好气地问：“你的家人呢？”

“林中花”假装没听到，只冷冷地回答：“我说了我没病，你不用在这里白费心思了。我告诉你，你要说什么，我都知道。”

我顺着问：“那我要说什么呢？”

“林中花”不紧不慢地说：“你要套出我家人在哪儿，请他们过来，因为精神病院收治病人是要经过家属同意的。我也知道，你和他们一样，都以为我说自己死了又复活，是疯话。”

我苦笑道：“你很聪明。”

“我不是聪明，而是……”这时候，“林中花”露出了一个诡异的笑容，故意停顿了很久才继续说，“而是我每天都在经历同样的事，一直在过同一天，你们的反应和想要说的话，我都知道。当然，不是每个细节都一样，但都差不多。就像今天打雷下雨，以前从没有过，也许是我查到了凶手是谁，改变了这无限死循环吧。”

“你一直在过同一天？”我开始有些坐不住了，原来这个女人比我想象中的要病得厉害。

“林中花”像背书一样，语速加快了：“我每天来，墙上的钟总是十点十分，每次报案离开，警察都会说回执单用完了，不能给我……”

我终于没忍住，打断了她的话：“刑侦队的钟早就坏了，一直是十点十分，我几个月前就发现了，刑侦队没人换，也没人修。他们没给你回执单，不是用完了，而是……”我忽然停住，心里责骂自己，和病人争什么啊，这下好了，她要和我掰理了。

“林中花”先是故作高深，来了一句：“酒不醉人人自醉，花不迷人人自迷。”然后又对我说：“我也可以说你每天都会来，都讲一样的话，只是你自己不知道，因为你每天都在过同一天。这个钟是坏了，每天都是坏的，因为每一天都是同一天。而我，每天都被人杀死，因为这永远是同一天，我才能无限次地复活。”

“林中花”把这句话的三个“同一天”都说得很慢，很用力。强调完后，她又认真地说：“我不怕死，可只有查到凶手是谁，我先下手为强，才能打破死循环，拯救这个世界。我就是无限死循环中最重要的一环，救了我，就能救全世界。”

和精神病人争论，是要不得的，只是面对“林中花”的理论，我也是无话可说。如果套上我母校哲学课老教授的理论，她说的也不无道理，没准我们一直在过同一天而不自知。

如果是演电影，我或许会拿起桌子上的素描画，然后举起一面镜子，让“林中花”自己对比。可现实世界里的我不能这么做，这样会刺激到病人，并引发暴力行为。医院的“挨打费”这么低，被打不值得，我也不想自讨苦吃。

还好，刑侦队也不是吃素的，他们让人通过各种渠道查“林中花”，终于找到了一位直系亲属过来，我们也才获知了“林中花”的真实身份。

原来，“无限复活”并不是一出简单的闹剧，还暗藏了更深一层的秘密。或者换句话说，“林中花”不算说谎，某种无限死循环确实存在于这件怪事中，可惜我们都没能及时发现。

04 躯体检查

被刑侦队找来的“林中花”直系亲属是一位老先生，他说女儿真名叫黄飞红，是一所民办院校的音乐老师，可他不知道女儿得了“精神病”，他们不住在一起，女儿一年前搬出去自己住了，现在很少回来看老人。

本来黄飞红很冷静的，可一发现父亲来了，马上就乱了阵脚，似乎没有波澜的海面忽然掀起了海啸。黄飞红想冲出刑侦大队的办公室，在她父亲的同意下，我们才好不容易地将她收治。其间，黄飞红反抗得非常猛烈，我们几个人都被她撞翻在地上，她竟然携带了一把水果刀，住院医宋强被划伤了手背，所幸伤口不深，贴张创可贴就行了。

而廖副最关心的是，真正的林中花在哪里，人是不是真的死了，凶手是黄飞红吗？因为查到了黄飞红的真实身份，刑侦队顺藤摸瓜很快便查明黄飞红在半年前的国庆长假也去过中越边境的德天瀑布，时间与林中花的行程几乎重叠，只是去程所乘的交通工具不相同。

这些侦破工作和我有些关系，因为治疗方案要根据黄飞红是否犯过罪而做出相应的改变。起初，我也以为黄飞红得了妄想性精神病，是杀人后受了刺激所致，结果做了多种检查之后，最后得出一个令人意外的结论——黄飞红得的是酒精中毒性妄想症。

学医的人都知道，长期无节制饮酒会损害躯体和精神，致人出现一系列的临床问题，比如慢性酒精中毒精神障碍，以及黄飞红所患的酒精中毒性妄想症。慢性酒精中毒精神障碍的幻觉症病期可长达数周至半年，而酒精中毒性妄想症病程多迁延，且无意识障碍，在临床上，这两种病症很容易被误诊为精神分裂症。

一开始，我们也犯了错误，认为就是精神分裂症，每日予以病人口服一定量利培酮。吃了一段时间后，效果不是很明显，但黄飞红能正常回答问话，只是做心理治疗时，她总会牵出“无限复活”的桥段来。

后来，我们又从病人家属和同事那里了解到，黄飞红有很长的饮酒史，医院就给她做了躯体检查。她的肝功能化验异常，主要表现为谷丙转氨酶升高；心电图也异常，主要表现为心肌劳损、心律不齐、心动过速；头颅 CT 检查出脑萎缩。像长期饮酒的症状。

酒精的过度摄入或者长期摄入会对人体产生伤害，尤其是大脑皮质受损会影响到认知功能。而慢性酒精中毒不仅表现为神经系统损害，还表现为精神损害症状，以躁动、丰富的幻觉、妄想为主，有时候还会伴有自主神经功能紊乱，如多汗、颜面潮红、瞳孔散大、心动过速等。

再次会诊后，我们得出了酒精中毒性妄想症的结论，然后应用脑神经营养剂，联合使用大剂量 B 族维生素及保肝类药物，维持水电解质平衡等支持疗法；同时给予抗精神病或抗焦虑药以控制兴奋躁动，又配合心理治疗等。

然而，黄飞红的问题并不只是酒精中毒性妄想症这么简单，因为在她的症状稍有缓解后，我们又发现了另一个致命的问题。

黄飞红入院后，还是会认为自己处于“无限死亡”和“无限复活”的情况，只是不再重复说自己活在同一天了，她给自己找了一个借口——因为看到了凶手的面目，打破了之前的无限死循环，她的世界发生了改变。

有一天，宋强和小乔先后向我反映，护士们都说黄飞红好像一整天都不用睡觉，不管是白天还是晚上，轮班的人都没看到过黄飞红睡觉。我通过各种渠道观察，发现住院医和护士没说错，黄飞红真的是不需要睡觉的，我们曾对她予以有助睡眠的药物，可一点儿用处都没有。

像催眠类的药物，一般人服用后多少都会有些效果，可如果你吃过会令人兴奋的药品，那么催眠类的药物可能就不管用了。黄飞红被送进住院部后，一直没有接触过外界，她不可能携带其他药品进去，护士们也不会在里面售卖违禁药品。住院部有不少像黄飞红这样的病人，都伴有焦虑、失眠、惊厥的症状，我们一般会予以镇静或催眠的药物，比如苯二氮䓬类药物。其他病人吃了都有作用，头一个没起作用的就是黄飞红了。我觉得奇怪，于是又观察了一段时间，确定黄飞红没有偷偷不吃药，所有的药物她都按时按量服用了。

为什么会这样呢？碰到这样的问题，我很头疼。那段时间，我工作特别忙，根本顾不上找人合租房子的事。而杨柯自从那天放过话，说我不怕凶宅就可以去住之后，再也没和我提过房子的事。

为了黄飞红的病，我求助过原沈阳单位的同事，以及母校的老师。他们都做出了许多推测，但由于没有亲身接触过病人，因此能给出的答案都不多，也都不适用在黄飞红身上。宋强和小乔这些住院医也经常上网搜索相关信息，可惜没一条能用得上。

在持续的治疗中，黄飞红的酒精中毒性妄想症缓解了，我就想着给她做个全面的躯体检查。青山医院硬件设备有限，要做这样的躯体检查，只能去市里一家大型综合医院。市里好几家医院都和我们有业务往来，因为不少综合性医院都没有开设精神科，无法收治有精神疾病的躯体疾病患者，通常都要找我们去会诊，收治病人。我们人手不多，每次叫我们过去，他们都像求爷爷告奶奶似的，我们没有个两三天都挤不出时间过去。

知道我要安排人去做躯体检查，医院的人特热情，还说："赶紧来吧，我们有个女病人妇科占位性病变入院，结果收治科室不懂事，没发现她有精神病，现在正在医务处骂街呢，您行行好，赶紧来收了这位姑奶奶。"这医院施行的是"首诊负责制"，首诊医生为此急死了，巴不得我开着火箭赶过去。

刚好，医务科的小姑娘也接到了电话，排了杨柯出外诊，我们是一起过去的。在车上，黄飞红本来很安静，忽然就又犯病了，她瞅瞅我，又瞅瞅杨柯，然后神秘兮兮地问我："这是你同事吗？长得比你帅。你们是好朋友吗？"

我被问得愣住了，杨柯也假装没听到，坐在车子里闭目养神。黄飞红难得出来透透气，在路上就一直说话，不过她思维是连贯的，不像有些病人，说话时思维跳跃得厉害，无法连贯地说一件事。

到了综合性医院后，我去处理黄飞红做检查的事宜，杨柯则去给另外的病人会诊。谁知道，医院门诊的墙上有镜子，黄飞红经过时，注意到了镜子里的自己，然后就怔怔地杵在那里不走了。我们怎么劝，怎么拉都没有用，仿佛人已经扎根在地里了一样。

我暗喊"糟糕"，黄飞红是不是以为镜子里的人是凶手，她的病情又要反复了吗？果然，黄飞红一下子就大喊起来，说杀她的凶手就在这里，让快抓住她。接着，黄飞红挣脱我们，一头撞向镜子，头破血流后，又抓起镜子碎片，用力地敲打地上的玻璃碎渣。来看病的老老少少见了这阵仗，都吓坏了。

当时，杨柯还没走远，听到动静又折回来，帮我控制住了病人，只是他的黑色西装外套被划穿了，里面的衬衫也被染红了，我也被割伤了大腿，幸好都是皮外伤，不碍事。

杨柯回来帮我，算是厚道的，否则我就被黄飞红捅死了。人家衣服毁了，又受了伤，我良心不安，于是关心地问："你还好吧？"

"不好。"杨柯冷酷地答。

我心想：哎呀，好心问你，你还跩起来了。但嘴上却说："衣服多少钱，我赔你好了。"

杨柯也不跟我客气："五千八。"

听到这个数字，我就后悔了，怪自己多嘴。五千八，我一个月的工资都不够赔。杨柯在处理伤口时，瞪了我一眼，好像在怪我没看好病人，闹出这么大的乱子来，还连累了他。

我沉默了一会儿说："你知道出诊风险高，还穿这么贵的衣服出来？挨打费再高也不够赔你一套西装的。"说完，我上下打量了杨柯，盯着他那双擦得黑亮的皮鞋，又问："你这双皮鞋多少钱？一千吗？"

杨柯没正眼瞧我："三千二。"

我被堵得没话说，心想："你是来讹钱的还是来走秀的。罢了罢了，人家生活质量高，我们这种小医生理解不了，人家也救了我，还是不计较了。"不过，我还是很纳闷儿，我们工资明明不高，一科的主治医师都没有去外面搞副业，没有灰色收入，杨柯怎么那么有钱呢？估计人家是富二代，可精神科医生真的不好当，家里有钱的人不会选择学这个的。

结果，我没计较，杨柯却计较起来，看我要带黄飞红离开，就问："你这身衣服多少钱？"

我没料到会有这一幕，只好灰溜溜地答："三百五。"

杨柯低头瞧了我脚上的皮鞋，又问我："这双鞋多少钱？"

我像被侮辱了一样，不高兴地答："也是三百五。"其实是两百五，谁不要面子啊，就多说了一百。

杨柯问完就走了，留下我在那里尴尬。黄飞红这时好像又清醒了，在一旁落井下石："你太没礼貌了，被嘲笑了吧?！"

"好，好，是我自讨苦吃。"

我果断认㞞，不去和黄飞红争辩，唯恐她把我错认成杀她的凶手，一会儿又要"大闹天宫"。之后，我就赶紧安排黄飞红去做一系列的检查，一刻都不敢耽误，万一她趁机跑了，麻烦更大。

等检查结果陆续出来，我再次做了更深入和全面的诊断，才发现黄飞红真的陷入了一种"死循环"。而这个"循环"病症已经至少存在几个世纪了。

同时，廖副那边也传来消息，有几个游客在中越边境的山里发现了林中花的尸体，案情真相即将浮出水面。

05 致死性家族性失眠症

拿到所有的检查结果后，我出于谨慎，请了一个礼拜只来两三天的副主任医师。副主任医师41岁，姓季，我们都叫他副高，或者季副高，方便和别科的副主任医师区分开来。季副高很喜欢研究学术，不喜欢办公室政治，也不爱去外面出风头，更不像某些专家一样到处去讲课、迎合药物公司的需求。

五年前，季副高曾在国外专门研修过睡眠医学，在这个领域有非常丰富的诊疗经验，他听我提到黄飞红的病情，就一起来做研究，甚至还会和我彻夜留在住院部，守在病房外观察黄飞红的一举一动。

经过日夜观察和记录，黄飞红确实没有过真正的睡眠，只是会偶尔短时间浅眠，肢体也会乱挥乱舞，全身还会不由自主地痉挛性抖动。这一切黄飞红都是不自知的，她身上的伤就是乱抓出来的。有一次，黄飞红好不容易经过药物治疗，进入了睡眠，更可怕的事却发生了——她的喉咙里发出了古怪的声音，像是有一条蛇在里面蠕动着要钻出来。因为怕她会在睡眠中窒息，我们中止了该药物的治疗。

随着对病情的掌握和剖析，一个可怕的诊断逐渐成形。在经过多方面会诊后，我们诊断出黄飞红患有致死性家族性失眠症，英文叫 fatal familial insomnia，简写为 FFI。

这种病诊断的标准参考为进行性睡眠减少，非快速眼动睡眠期纺锤波和 δ 波消失，快速眼动睡眠和慢波睡眠时间也会明显减少，催眠药物无有效的帮助，且伴有以交感神经兴奋性增高和内分泌改变，还会有运动障碍。当然，基因检测是最直接的诊断方法。

这个病的记载首现于意大利的一个家族，在数个世纪前，一个叫贾科莫的男子忽然染上怪病，日夜不眠，从妄想进入痴呆，最后疲惫衰竭而死。之后，这个家族的三十多个人在中年时期都得了和他一样的病，相继死去。目前全世界已有意大利、美国、日本、中国、丹麦和爱尔兰等国相继出现了患此病的人。

致死性家族性失眠症的病程很恐怖，首先是无法入睡，日夜醒着，然后瞳孔会缩小，男性还会阳痿，血压增高，脉搏加快，出汗过多，接着会出现妄想、幻觉，运动障碍，身体机能逐一停止，当事人能感受到痛苦，可却说不出来，最后只能眼睁睁地看着自己死去。简单地说，缺少睡眠不是这种怪病的致死原因，而是这种病会导致大脑大面积损伤。

致死性家族性失眠症是常染色体显性遗传性疾病，是由于朊蛋白结构异常所导致。编码朊蛋白的基因位于第二号染色体的短臂上，是人体固有蛋白，主要存在于中枢神经系统，与人的智力、睡眠等关系密切。如果朊蛋白发生基因突变，会形成不合格的异常蛋白，不仅不能发挥正常功能，而且无法被蛋白酶溶解，沉积在大脑等中枢神经系统中，造成大脑的神经元脱失，形成像海绵一样到处是空洞的改变，其中丘脑的改变尤为突出。

这种病目前没有有效的防治手段，英美科学家在动物实验中发现，这种病虽然可以治愈，但后来用于临床试验的动物都神秘地死亡，没有查到具体原因。而比较有效的治疗手段，就是用 GHB，也就是 γ-羟基丁酸。GHB 对非快速眼动睡眠和快速眼动睡眠无效，但能增加慢波睡眠的时间，缓解病情。

这种病在中国非常少见，第一例是 2004 年在湖北协和医院发现的，病人很快就死亡了。在此两年后，河南也发现了一起男性病例，怪病的魔影曾笼罩其家族多个世纪，也是一个庞大的患病家系。

在之后的诊疗中，我们同样发现黄飞红的家族在数百年前就有过类似的传闻，黄家的族裔在成年后大多会半年都睡不着，然后就神秘去世了。可以说，黄飞红的家族一直处于这一怪病的死循环中，没有一种有效的方法能阻断它。当黄飞红表现出妄想时，病情已经很严重了，无论是药物治疗还是心理治疗，效果都不明显。

季副高为了诊断这个病，和我一起研究了很久，当确诊后，又为怎么处理黄飞红的事发愁。院长知情后，也道出了他心中的忧虑，因为我们医院从成立以来，从没死过病人，黄飞红要是继续留在住院部，到时候死了怎么办？ 院长知道廖副在查林中花失踪案，问我："不是找到林中花的尸体了吗？ 人是不是黄飞红杀的，是的话赶紧让病人出院，不是也要想办法让人转院。"

当时黄父坚持留女儿在院里继续治疗，但是我们医院没办法有效地治疗病人，所以院长这么考虑，看似自私无情，其实也是一种无奈。

住院医小乔知道后，对此愤愤不平。看到小乔的样子，我对黄飞红也有些于心不忍，总想为她做些什么——不能就这么送她回家等死吧。小乔母爱泛滥，比我还激动，她有天在医院食堂找到我，恳求道："陈医师，黄飞红还有没有救了？ 我查了好多文献，这个病有很多种试验记载的，你不能和院长申请下，试试看吗？"

"你又不是第一天当医生，我们哪能拿黄飞红当试验，万一医死人怎么办？ 人家是来治病的，不是来当试验对象的。"我提醒道。

"那就只能这样让人出院了吗？ 人又没治好。"小乔不高兴了。

我也很无奈："她一直住在我们这里也不是个事，你没看住院部那些'钉子户'，住久了，哪个精神是正常的？ 都是不好治才一直拖着不走。黄飞红现在酒精中毒性妄想症有所好转了，就是致死性家族性失眠症没的治，可是她生活能自理，放她走，去找更有能力治疗她的医院才是最好的选择。”

院长也来吃饭，看到我和小乔在讨论事情，又来催我：“小陈，你问了廖副没？你那个病人到底是不是杀人犯？这事别拖了啊，该怎么办就怎么办，别闹出事情来。”

六天前，我就联系过廖副，因为案子还在侦查中，他有许多细节不方便透露，这件事就一直拖到现在。我只知道，林中花的尸体在中越边境的大山里被人发现了，听说死状奇惨，尸体被野兽咬掉了大半，法医等司法鉴定人员很头疼，有用的证据不是很多，谁是凶手更没什么线索。院长老催我去问廖副，其实廖副还拜托了我好几次，说黄飞红要是真的清醒了，没有精神疾病了，就赶紧问她是不是认识林中花，知不知道案子的内情。

院长凑到我这桌的时候，小乔就溜了，留下我独自应付院长的“十二道催命符”。季副高在邻桌吃完饭，慢悠悠地看着《南国早报》，他本来与世无争，听到院长在一旁催多了，就忍不住戴上厚厚的眼镜，放下报纸，帮我说话：“院长，这个事我帮您盯着呢，本来也是我们一科的事，我是他们的副主任医师，应该负责的，您就别担心了，我们会尽快。”

院长可能也饿了，想要吃饭了，就缓和了态度：“好了，好了，你们吃饭吧。这事记得挂心上，别拖了。”

季副高仗义地替我回答：“知道，知道。”

院长很少来食堂吃饭，其他科的领导见了，都请他过去一起吃。我等院长离开后，立刻感谢季副高：“谢谢副主任帮我顶着。不过小乔说的也对，黄飞红就算不是杀人犯，送出去怎么办呢？只能等死吗？”

季副高仿佛有菩萨心肠，凡事他早就打点好了：“别人都是多一事不如少一事，你倒好，净把事情往身上揽。我们这里救不了黄飞红，留下来一样等死，搞不好还会恶化。我在做会诊的时候就联系了河南省人民医院神经内科的人了，他们收治过一个相同病例的男患者，是国内的第二例，也是唯一健在的患者。到时候，我们让黄飞红去找那边的人给看看，费用嘛，也不用担心，她家还算宽裕。我也联系了国外的机构，这种病相当罕见，很多方面都有兴趣，尤其是涉及改善睡眠的医药公司，他们的研究比我们先进多了。至于之后的发展，那就要看黄飞红自己了，我们最多就帮到这里了。"

我如同吃了一颗定心丸，赞叹道："副主任，你人太好了。"

"你也不赖啊！良心安，人才能睡得好嘛。好了，你接着吃饭吧。"季副高笑了笑，然后又摘下眼镜，继续看他的报纸。不过，在看报纸的时候，季副高又瞧了我一眼，眼神有点怪怪的。

同时，我听到另外几桌的人在窃窃私语，包括原本要和我一起合租房子的七科主治医师武雄，他们都时不时地朝我这边望过来。我离得比较远，食堂也很吵，没听清楚他们在一起议论什么，只隐约听到几句片段——

"一科的主治死得惨啊！"

"可不是嘛，他都不知道自己前一任是怎么死的。"

"很快就轮到他了……"

"别说了，小心被领导听到。"

那几个科的主治医师是个小圈子，我这种新来不久的人，很难融入进去。听到谁死了，我有种奇怪的感觉，可又不好多嘴去问。我之前问过比我先来的住院医，他们都支支吾吾的，说一科以前没有哪个主治医师死掉啊，只是转去别家医院了。就连平时喜欢谈论家长里短的小乔，也对我三缄其口，说不知道以前的主治医师去哪儿了，连姓什么也不知道。好奇害死猫，我深谙这一点，后来忙起来也就没深究。

又过了几天，黄飞红在妄想症减轻后，又陷入了失眠症导致的幻觉中，不过她慢慢地放弃了"无限复活"的故事。有一天下午，住院医宋强来告诉我，黄飞红意识清醒了许多，现在要求见我，她有很重要的事要说，和林中花的遇害有关。

06 写在莫比乌斯环上的音符

那天，我扁桃体发炎，有点发烧，前一晚还没睡好。看完病人后，我觉得很累，想要去主治医师的休息室躺一躺。当宋强跑来找我，告知来意之后，我又马上打起精神："我们走。"

宋强一路都在问我："万一人是她杀的怎么办？她之前画的凶手就是她自己，这可能是内疚造成的。"

"不要用不能确定的线索来做推断。"我纠正道。

几步路的工夫，我们就进入了住院部，黄飞红坐在病房里等我，眼神有些空洞，不过精神好了很多。看我来了，黄飞红就站起来，激动地说："我想起来了！"

精神病人说的话不能全部当真，你不知道他们说的是真话，还是假话，甚至他们也无法分辨自己说的话是真是假，这需要依靠强大的专业知识来分辨。我其实心里也很激动，可仍表现出平静的样子，并示意黄飞红先坐下来，慢慢地告诉我们。

黄飞红先说，这一切都是去崇左市的德天瀑布旅行开始的，她因为睡眠不好，又有酗酒的毛病，想去山清水秀的地方散散心。有一天，黄飞红偏离了常规的旅行路线，一个人到山里去徒步，谁知道途中听到有人喊救命。等找到人时，黄飞红发现一个女人被捕兽夹夹住了右脚，被困在河边，附近的草丛都是血。

这个女人就是林中花，她说她也是一个人来徒步旅行的，没想到被猎人的捕兽夹伤到，走不动了，而她之前一直拍照，手机没电了，根本无法打电话求救。可能是墨菲定律使然，黄飞红的手机也因为一路自拍没电了，她想扶着林中花走出大山，但林中花的脚踝伤到筋骨，几乎不能行走。

想来想去，黄飞红就趁天还没黑，想自己先往回走，找人来救援。林中花很害怕，求黄飞红别走，可不走又救不了她。拖到天快黑的时候，黄飞红再三保证会很快回来救她的，然后就走了。结果，走出很远后，黄飞红听到了惨叫声，她就又折了回去。那时，天快黑了，还下起了小雨。回到小河边时，黄飞红就看到一个穿蓝色冲锋衣的男人趴在林中花身上，林中花的内衣裤都被丢到了一旁。林中花想喊救命，却被男人捂住了嘴巴，她的右脚因为抖动，血流得更多，力气愈来愈小，抖动的双腿最后就僵住了。

在快入夜的大山里，黄飞红吓坏了，她不小心踩滑了石头，那个男人起身提裤子时扭头过来，黄飞红魂都吓飞了，她怕落得一样的下场，撒腿就跑，等跑出大山时，已经是凌晨一点了。之后，黄飞红的失眠就更厉害了，受过刺激，她酗酒也比以前更严重，渐渐地，幸存者特有的内疚感，即幸存者综合征就表现在了她身上。

很快，黄飞红将自己认作林中花，可她知道林中花已经死了，因此每天都会在严重失眠的情况下，幻想出自己被人杀死的剧情，而凶手就是她本人。黄飞红几乎每天都处于无眠状态，她就以为这一天是重复地过着，自己陷入了“死循环”。而在黄飞红内心深处，良心不安的她责怪自己没留下来陪林中花，没能救人，也没有及时报警。在之后的妄想中，黄飞红就天天去报警，构造出了“无限复活”，永远是同一天的世界……

在经过戒酒和诊疗后，黄飞红终于想起了这一段记忆，她像从很长的噩梦中醒来那样，长吁一声就说：“我学过素描，听林中花说，她是美术老师，可能素描功底比我好很多，但要画一个人的大概样貌，还是难不倒我的。你们要是方便的话，给我纸笔吧，我记得那个男人的样子，能画得出来。”

我大吃一惊，原来林中花失踪案是这么回事，于是赶紧让护士去拿纸笔。黄飞红在我们的观望中，很快就画出了一个男人的样子，坚定地说这不是她的妄想，这个男人就是凶手，他当时一定也在大山中徒步，因为看到受伤后无法反抗的林中花，瞬间起了歹念，然后杀人灭口。

这种查案的事，自然是要廖副他们来操作，我将素描拍照后用手机传了过去，廖副回复他会跟进。结果，一天后，廖副就打电话告诉我，黄飞红给的线索核实了，他们向户外运动爱好者打听，居然很快找到了那个男人。

根据多条线索，以及现场找到的证据，那个男人确实就是凶手。而凶手后来交代，他当时也发现了有人在附近，瞧见了一个女人逃走，本来他想去追，结果失血过多晕过去的林中花忽然醒过来，抓住他不让他跑。凶手一着急，抓起河边的石头就砸死了林中花，并将尸体藏在一个隐蔽的山洞中。凶手怕罪行暴露，还专门跑到东南亚几个国家旅行了一圈，过了一段时间，他没听到任何风声才又回到国内。没想到，天网恢恢，疏而不漏，凶手最终落网了。

案子后来如何处理，我不太了解，只知道黄飞红是证人，可凶手却知道她得过精神疾病，又想办法让人不采信她的证词。为了将凶手绳之以法，我们一科的人又陆续被请去为黄飞红做精神鉴定，以及分辨哪些证词是可以采纳的。

与此同时，黄飞红的心结解开了，精神跟着就好了许多。在联系好河南那边的医生之后，我就按照院长的意思给她办了出院手续。黄飞红的家人知道我对治疗很用心，一直邀我去他们家吃饭，我本来不想去的，怕被人以为我收了病人家属的好处，可他们硬是在我下班时等在医院门口，不让我去别的地方。我又怕别人以为我治坏了哪位病人，家属来堵我，就赶紧依了黄家人。

不巧，杨柯也下班了，出来时碰上我被人拦住，可他见死不救，没问我是怎么回事，看上去只想立刻闪人。我一气就说：“这个人是我同事，你女儿的事，他也帮了很大的忙呢！”

“什么？”杨柯没料到我会坑他。

我还没解释，杨柯也没来得及反应，黄飞红的父亲就态度强硬地推着我们上了他的奥迪车。黄家住在桃源路，房子很气派，家里各种高科技产品，客厅还摆了一台钢琴，看样子还挺昂贵的，黄飞红正坐在那里弹奏曲子。

“这钢琴起码要十几万吧？”我等黄家人去摆桌子时，小声问杨柯。

杨柯本来嫌我害他，一路上不爱理人，这时候却当我是白痴似的说：“这是斯坦威钢琴，世界五大帝王级钢琴品牌之一，这台是 K132 型号，国内售价 80 多万起。”

这话听得我灰头土脸的，感觉很丢人，为此就刁难杨柯：“世界五大帝王钢琴，都有哪五大啊？你知道吗？”

“贝森朵夫、佩卓夫、施坦威、贝希斯坦、法奇奥里。”杨柯回答得很流利。

我佩服得无话可说，心里却又想：小子，你生活质量很高嘛，是不是经常收病人家属好处啊，我们的工资哪里能有这样的生活品质。

黄飞红发现我们来了之后，就换了一首曲子，我和杨柯异口同声：“《音乐的奉献》！”

当年我自己多修了一门哲学课，因为我觉得心理和精神的研究，也会涉及哲学。我的一位老教授在说到悖论主题时，特别介绍了巴赫的无穷卡农，而无穷卡农就在《音乐的奉献》之中。

《音乐的奉献》是巴赫的晚期作品，是一部器乐曲集子，写于 1747 年，共分为 16 段，其中包括两首供键盘乐器演奏的多声部利切卡尔、两部共 10 首卡农曲、一首四乐章奏鸣曲。黄飞红弹奏的正是当中的《螃蟹卡农》[1]。

巴赫是巴洛克音乐的杰出代表，他写过许多卡农，其中的“螃蟹卡农”可以写在莫比乌斯环上，也就是说，它的两个声部虽然完全相同，但其中一个声部要倒着演奏，两个声部如果结束后再倒回去，就能无穷无尽。据说螃蟹是逆行（其实是横行）的，这类乐曲就被称为“螃蟹卡农”。

总的来说，黄飞红将自己的故事用音乐的形式演奏了出来，心事都藏在了这段旋律之中。可惜，他们黄家后来检查基因，许多人都有

1　外文名为：“Crab Canon on a Möbius Strip”。

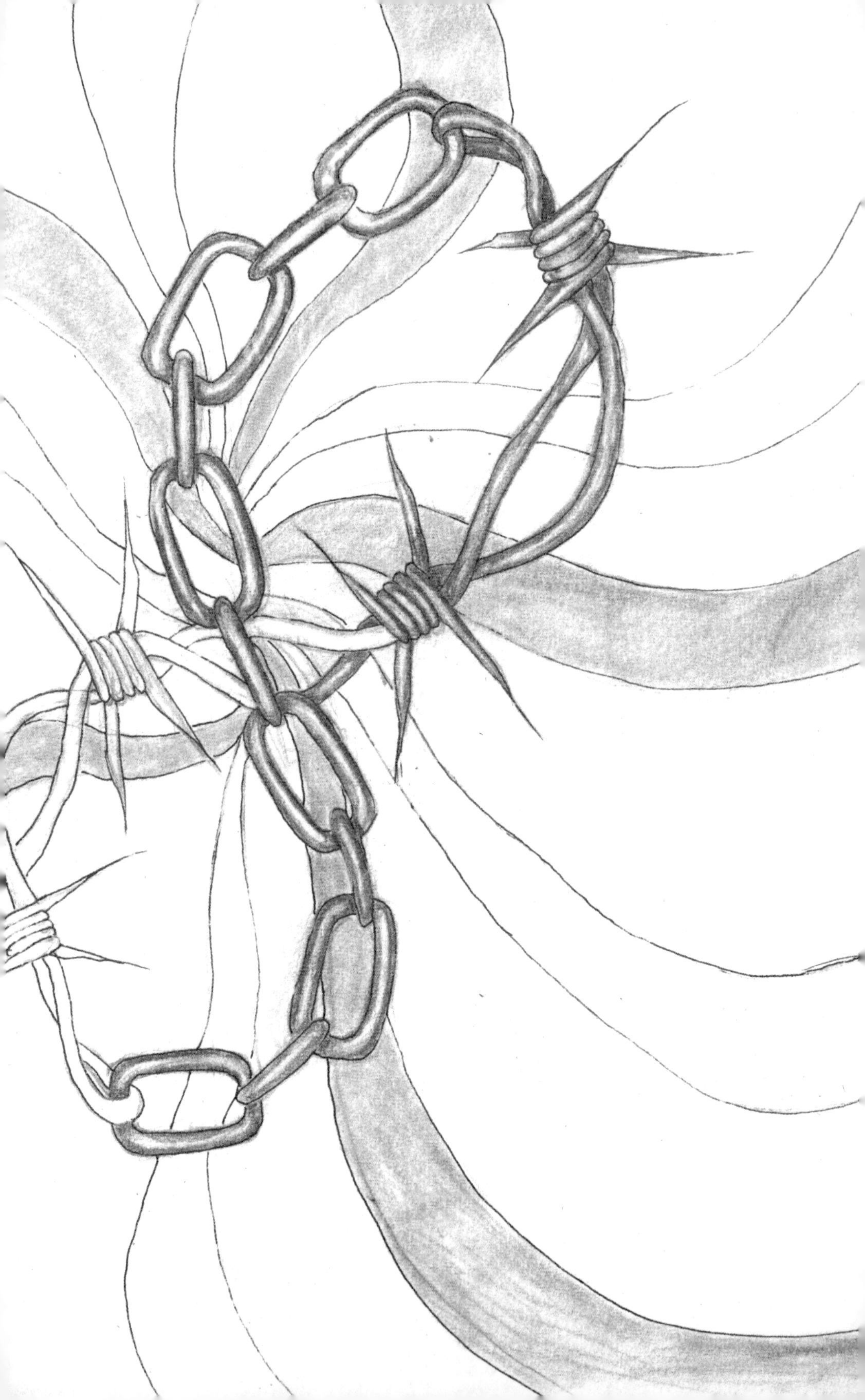

致死性家族性失眠症，这个病无法治愈，只能一直延续下去，如同莫比乌斯环上的音符。

至于杨柯也知道《音乐的奉献》，我不是很意外，他好像什么都懂，不懂才有问题呢。倒是杨柯，他可能认为我太老土，不该了解这种高格调的艺术，所以有些惊讶地看向我。

我不喜欢被人这么看着，就问道："你这是什么表情？"

杨柯一副不情愿的样子："让你一起住的表情。"

"真的？"武雄放了我鸽子，我正愁找不到人合租。

杨柯冷冷说道："不住就算了。"

这事来得突然，也很突兀，我没有想太多，赶紧抓住机会："住！"

"不怕凶宅吗？"杨柯故意挑衅。

"我们学医的怕什么啊？我也没说过怕啊！"我嘴上虽逞强，心里却在为能省下不少钱而没出息地欢呼雀跃。

本来杨柯要跟我斗嘴，黄飞红却忽然将曲子一变，换成了巴赫的经典作品《G大调小步舞曲》，还回头笑着看向我们这边，杨柯也懒得和我争辩，丢下我，跑去和黄父看体育节目去了。

那时的我还不知道，平静的人生将要掀起大波澜，一切都令人始料未及，而最可怕的噩梦种子，原来从一开始就种下了……

第2章

夏皮罗的病例

巫术，是世界各民族各历史阶段普遍存在的一种原始宗教现象，它一般都是通过某种仪式表现，利用和操纵神秘力量来影响或支配客观事物，以达成某种目的。属于封建迷信，但又是一种普遍存在于民间的人文现象。

01 恶魔吹着笛子来

在一些山乡，科学知识尚未普及深入之地，谁家倘若有风浪，人们往往会去问巫求卜，而巫卜者也常会指点“规避之道”，仿佛能令求卜者远离灾祸。除了巫卜之术，他们也略懂一些草药医学，算是杂家。

对于心理和精神上的研究，巫术也是一种值得探讨的对象，而不应该简单地加以否定，就像我们研究哲学之前，也会先了解、学习一些宗教知识一样。我在求学期间就涉猎过超心理学，而超心理学的研究对象就包括巫术、脱体经验、魂灵、遥视和精神的感应、神动现象、预知、心灵催动、催眠等等。当然，有的学者认为，超心理学是一门伪科学，这也是科学家们长期争论的话题。

本来，我以为这种争论只会在书上看到，直到有一天，一个自称“仙姑”的人来到青山医院的精神一科看病，我才大开眼界。

那时，我刚搬去和杨柯同住，他的房子就在南宁市大学东路嘉州华都小区，离青山医院特别近，开车的话，半个小时内肯定能到。不过，我听说那里死过三姐妹，她们被凶手残忍碎尸，恐怖的案情曾轰动南宁这座绿城。

在搬进去前，我以为杨柯的房子就是三姐妹被碎尸的房子，结果去了才知道并不是，只是在同一个小区而已。我问杨柯为什么骗人，他就说自己从没讲过自己的房子是凶宅，都是医院的人瞎起哄传的，后来就传成他买的是死过三姐妹的凶宅了，他也懒得去解释，反正都是自己住。既然不是凶宅，那就更好了。

我嘴上说自己是学医的，不计较这些，可当年在沈阳工作时，原单位可不太平，闹过许多怪事，我对这些东西多少还是有点敬畏之心。

杨柯的房子在十一楼，南北通透，房子里没什么家具，简简单单，看着挺舒服的，对于我们这种精神科的人来说，这样的空间显得不那么压抑。房子有三个房间，杨柯自然睡主卧，我睡次卧，还有一个房间是锁着的。我问里面是什么，他说是个空房间，钥匙断在钥匙孔里开不了门，他一直没去弄，叫我别去管就是了。

我去看过钥匙孔，里面还真有断掉的钥匙，也就没多心。我只是觉得杨柯太随便了，好歹也是一个房间，就这么空置着多可惜，拿来当书房也行啊。杨柯没有接话，只是叮嘱我别乱动他的东西，还有内裤、袜子都要手洗，别一起丢进洗衣机。

杨柯只象征性地收了我几百块房租，这等于不要钱了，而且他有车，我们上班都是一起去的，我蹭了住，又省了交通费，人家说啥就是啥了，不用跟钱过不去，只要别叫我晚上睡不好觉就行。

我刚回广西不久，没什么行李，轻轻松松就搬进来了。我父母在吴圩镇那边，离城里太远，我不可能住回家里去，再说万一哪天又谈了女朋友，还住在父母的房子里也不方便。我家的经济水平勉强能达到小康，但没什么多余的钱，而我自己在沈阳那么多年也没攒下多少钱，不能像杨柯那样在城里买房子。从东北回来后，我一直跟一个高中同学住，他也是和别人合租的，我住了一个多月，别人的忍耐也到达极限了，还好杨柯收留了我。

搬进去那晚，我想着人家对我那么好，得请顿好的吧，于是就去敲主卧的房门，小声地问："小杨，要不要一起出去吃饭？我请客，不用和我客气。"

"我不吃，别吵我。"杨柯在房间里很不客气地回答。

我吃了闭门羹，心想不吃就不吃，这么凶干吗？难道是我打扰到他休息了？本来，我琢磨一个人去吃算了，杨柯却在房间里叫我等一等。我以为他改主意了，结果杨柯开门后丢给我五个很大的装衣袋，还塞给我一张百元钞票。

“你顺路帮我把这五套西装送去干洗吧，一套二十，一百够了。”

我愣了一会儿，咳嗽了一声，接过钱和西装，故意问：“皮鞋要不要一起送去保养一下啊？”

杨柯没听出来我的真实意思，只道：“不用了，我都自己擦。对了，要送到叫 E 洗袋的那家干洗店，别送去另外的店。”

我在脑海里翻了个白眼，可能太入戏了，现实里也翻了一下。杨柯看到后，就想拿回衣服和钱，还说：“不想去就算了，我待会儿自己去。”

我意识到失态后，赶紧找了个烂借口：“我只是眼睛进沙子了好嘛，举手之劳而已。”

“你真啰唆。”杨柯无情地丢下一句话，马上又将门关上，连句谢谢也没说。人家是房东，又几乎等于不收房租，我就忍住了不舒服的感觉，默不作声地拎起那五套西装下楼去了。不巧的是，等我找到杨柯说的那家干洗店时，店铺已经关门了，门上挂了个牌子，说今天有事，需要送洗和取衣服的人请明天再来。我图方便，就在附近找了另外一家干洗店。

在外面吃饱饭后，我去买了些水果，又在小区逛了一圈才回去。杨柯一直关着房门，我不知道他到底吃过饭没有，也不敢再敲门，干脆就洗了些水果留在客厅，送洗的单子则放在了茶几上。

第二天，我早早就起床了，因为我不知道杨柯一般是几点出门，虽然小区距离青山路不算远，但蹭车的话，还是自觉早起比较好。我六点就起床了，杨柯却比我更早，我还在刷牙，他就从外面大汗淋漓地回来，想必是去跑步了。

房子只有一个卫生间，我牙没刷完，他就要进来洗澡，我只好草草地洗了把脸就出了卫生间。我前女友发了条短信过来，说我在她家落下了一本手写稿，要不要给我快递寄到南宁。前女友可能也着急，我还没来得及回复，她就直接打电话过来，问我怎么处理那本手写稿。

那本手写稿是我自己写的小说，素材都是学医时积累的，那时还没钱买电脑，只能手写。前女友了解我闲暇时写作不容易，没有随便将稿子一扔了之，发现后就马上通知我，免得我找不到稿子着急。

那本小说叫《精神探》，是一个悬疑故事，出版后并没有激起任何水花，只收到了一万多稿费，我直接捐给一个慈善助学组织了。这是前女友最赞赏我的地方，但她一直不喜欢我当精神科医生，好多次都逼着我辞职。我是在上海考的执业医，后来把执业医注册到沈阳，手续挺麻烦的，而且还在规培中，哪能说不干就不干，那么多年的努力都要白费吗？那时沈阳的医院和我签规培协议后，我去的是定点医院，其间收入特别少，比护士还要少很多，而且规定里写了，我要是违约，要赔很多违约金，发的工资、福利，养老保险金中单位承担的那部分也都要还回去。正因如此，我回广西后，真的是一贫如洗，房子都租不起好一点的。

总之，前女友那天问我要了地址，马上就将手写稿寄了过来，其间没说任何废话，更没问我现在从事什么行业，也许她知道我"狗改不了吃屎"，肯定还是继续当精神科医生。

挂了电话后，我急急忙忙地去换好衣服，一边吃苹果当早餐，一边等杨柯洗澡出来。本以为杨柯会很快，哪里知道他从六点洗到六点半。我左等右等，要不是卫生间一直有水声，我都以为杨柯没等我，自己下楼开车走人了。

又等了十分钟，我觉得这也洗太久了吧，是不是出了什么问题，人晕倒在里面了？我以前在上海念书时，有一个室友下午打篮球回来，在寝室洗澡时晕倒失去了知觉，送去抢救后才知道是脑出血。想到这件事，我有点忐忑不安，又等了几分钟后就想敲门问问情况。

巧的是，我刚到卫生间门口，就撞见杨柯开门出来，他很不高兴，问什么事找他。

我尴尬地解释："我才知道一个男生洗澡也能洗这么久。"

"我乐意。"杨柯不屑争辩。

我又认㞞："好，好，你洗，我不着急。"

杨柯没有得寸进尺，而是缓和了态度，告诉我："以后记得，我早晨是七点十分出门，你自己算好时间。"

"哦。"我转身又坐回到客厅的布艺沙发上，啃了个苹果。杨柯回到主卧里，没关房门，在系衬衫左袖扣子时，痛苦地呻吟了一下。昨天出门诊时，有病人发疯，杨柯的右手肘被撞伤了，那里有块很大的瘀青，可能今早去跑步，动来动去的，伤得更重了吧。

过了一会儿，杨柯还在那里系扣子，我虽然看到了，但鉴于前面几次都不讨好，索性这次就没管。忽然就听杨柯叫了"陈仆天"这三个字，让我帮帮他，还说他右手可能动不了了，今天车子只能我来开。

我是拿人手短吃人嘴软，只好听话帮忙。

可杨柯又嫌我动作慢，催道："七点十分就要到了！"

"那你就洗澡快点！"我小声说。

"你说什么？"杨柯问我。

我急忙改口："我说你手疼就请假吧。"

"我有个会要开，不能请假。"杨柯提醒我，"而且下午要去七星路的一家医院做病理会诊。"

"万一你又被人打了呢？"我乌鸦嘴。

杨柯凶巴巴地瞪了我一眼，那眼神似乎在说：我好心让你住进来，你还敢诅咒我！我自知理亏，没继续说话，而是老老实实帮他把袖扣系好，顺便帮他把黑色的西装外套披上，不然他的右手肯定不好伸进袖管里。之后，杨柯又要穿皮鞋，他说手不方便，让我去给他从鞋柜拿，还要拿一脚蹬的那种，不要拿系鞋带的，除非我想蹲下来帮他穿。我随手拿了一双棕色的，他又鸡蛋里挑骨头，说西裤上的皮带是黑色的，皮鞋要和皮带颜色统一。我对这种穿衣要求很无奈，拿皮鞋过去时就多了一句嘴，说随便穿就好了，哪来那么多讲究。

这话一说出来，我就后悔了，因为杨柯立刻给我普及知识，说心理学上有个概念叫首因效应，衣品在首因效应中很重要，因为服装和语言、表情相比，更持久稳固。有研究显示，以貌取人是大众心理，不修边幅留给人的印象是马马虎虎，西装革履的人则是干练沉稳。外人认识我们的时间非常有限，良好的第一印象，对于未来交往也许至关重要。正所谓，颜值不够，衣品来凑。无论工作还是生活，良好的衣着都可以成为你的加分项。

听完这长篇大论，我就想到林语堂先生曾在《论西装》中说过：喜欢穿西装的男人大多怕老婆，或为了讨好异性。不过，尽管病人和护士都爱找杨柯，他倒是都保持专业态度对待，没有任何卑躬屈膝。

下楼后，杨柯就让我来开车。我拿到驾照后，开车的时间并不多，一路上都比较紧张，生怕把车给剐花了。这一天，路上堵车堵得厉害，明明路没多远，我硬是开了快一个小时才到青山医院。杨柯有个会议要开，到了医院就让我拿好车钥匙，说晚上八点在一科等他，要是他那时候没出现，我就自己开车回去。

“好的。”

今天又排到我出门诊，我应了一声，拔出车钥匙就往门诊去，可还没靠近，一阵笛声就从嘈杂的人群中飘了过来。听那旋律，有点像1979年以金田一耕助为主人公的电影《恶魔吹着笛子来》中的一段音乐。我干精神科医生这么久了，第一次在医院这种场合听到有人吹笛子，还以为出现幻听了。等我走到门诊后，笛音越来越响亮，门诊室的门口还围着几个住院医，他们都在叽叽喳喳地议论着。

“干什么呢？你们不用工作了吗？”我是主治医师，在住院医面前，威严还是要有的，不用像在杨柯面前那么没面子。

宋强见我来了，就兴奋地说：“有个‘仙姑’来看病。”

“别乱给人起外号。”我严厉地说。

小乔也好奇地围观着，她在一旁帮腔：“是病人自己说她是‘仙姑’的，又不是我们说的。”

“是吗？”我一头雾水。

“仙姑”跑到精神科来，这可是破天荒头一遭，她能有什么不得了的病，需要来我们医院求助呢？看来在精神科工作，真是每天都有新鲜事啊！

02 掘尾龙拜山

我来医院有一段时间了，但仍算新面孔，只要有病人找我看门诊，我都会很珍惜机会。可是，宋强却煞风景地告诉我，那个阿婆原本想挂专家号，找季副高这样的副主任医师，可季副高去北京了，然后她又看了我们医院的宣传单，一眼就挑中了英俊帅气的杨柯，但杨柯今天也没空，阿婆表示不愿意再拖了，只好勉为其难选了“陈仆天”，也就是我。

宋强描述时绘声绘色，连别人的语气都学出来了，我听了不是很高兴，任谁听了都不会高兴。在一科，明显杨柯比我受欢迎，连住院医都想多让他来带，宋强也不例外，只是他不敢表现出来，可我们明明技术水平都差不多。可见，杨柯说的首因效应，多少还是存在的。

想到这一点，我就在门外整理了下衣服，抬头挺胸地走进诊室。门诊部诊室以单人的为主，也有多人的。毫无疑问，大部分病人都喜欢单人诊室，有教学需要时，比如主治带住院医，就会酌情使用多人诊室。

诊室里坐着一个满头白发的阿婆，深蓝色上衣，黑色长裤，脚穿一双石榴红的花鞋，是一套典型的少数民族妇女服饰。阿婆满脸笑容，坐在诊室里吹着笛子，像印度舞蛇的手艺人，只见办公桌上有条菜花蛇，蛇首随着笛音舞来舞去。我不怕死尸，也不怕鬼，可是对于蛇，那是天生的恐惧。一见到蛇，我就腿软了，但为了在宋强和小乔面前保持威严，还是故意装作不害怕的样子。

阿婆见我来了，收起笛子，并把菜花蛇收进一个竹笼里。我见状就说："阿婆，这里不能带宠物来的。"

阿婆表示不要紧："它叫小龙包，没毒的，你看，它在笼子里蜷起来，就像个小笼包，它名字就是这么谐音来的。"

医院其实没有明确规定不能携带宠物进来，我也就没为难人家，可心里还是毛毛的。对于看精神科的病人来说，一般都要先排除躯体疾病因素，因此大多数病人不是空手而来，而是带了大大小小的化验单，从常规化验单到B超单再到CT检查报告。除了一条菜花蛇，阿婆还带了各种化验单，看来她是有备而来。有份检查结果上显示了病人的年龄，我扫了一眼，95岁，心里不由得赞叹这位阿婆高寿，她竟然已到鲐背之年。都这岁数的人了，什么大风大浪没见过，不知道她有什么精神上的问题，需要来求医。

于是，我坐直身子："阿婆，您来我们这里，是有什么不舒服的地方吗？"

阿婆有点不好意思，支支吾吾地回答："我啊……我……我很舒服啊，就是太舒服了才……"

这时候，有个大腹便便的男人走进来，腰带都快提到胸口了，一进来就大声地叫："罗仙姑，你在这里啊，可算找到你了。你看完医生了吗？"

被称为"罗仙姑"的阿婆本来张开的嘴忽然合上了，她回头看了看："阿德，你这么快就来了，货都备齐了吗？"

我纳闷儿地看着这一老一"少"，不知道他们的关系，因为阿婆还没讲自己的情况呢。看我不明白的样子，那个阿德就说他们是从大明山的一个采茶小镇来的，这个阿婆是乡里的"仙姑"，以前专门给人看病、起名、算良辰吉日的，最近她说睡不好，要出来看看病，他在小镇开了家建材店，有时候会来城里进货，今天就顺便带她来医院。

阿婆红光满面，双眼炯炯有神，虽然笑起来牙齿都没了，但对于她这个年纪的人来说，已经是非常健康的样子了。我见过不少有睡眠问题的病人，包括黄飞红在内，他们的面容都很憔悴，精神也不济，一眼就能看出来。

我怀疑地问:“阿婆，您真的睡不好吗？”

阿婆抱着竹笼子，逗里面的菜花蛇，明显在撒谎:“是不好啊，我想让你给我开点药吃，就这样。”

我不同意:“药不是这么开的。”

“这个……”阿婆欲言又止，显然是被阿德给打乱了阵脚，有熟悉的人在场，她反而不好意思说自己的事。

说起来，我们出门诊是一件苦差事，病人难不难治先不提，主要是来的病人病情各异，表现不一，要么话少，要么狂躁，见人就骂，见人就打，基本自己很难叙述明白自己的病情。能翔实叙述病情且求医心切的人，大多病情不算严重，医生开导几句或者拿些药回去自行调理就好了。重性精神病的人，家属述说病情往往无逻辑无重点，需要医生引导，从散乱的线索里找答案，写病历更是一项工程。

我看出阿婆很尴尬，就借口还要给阿婆做检查，非病人家属请在诊室外面等候。阿德不明所以，抱怨我技术不过关:“人家都说了睡眠不好，开些安眠药不就好了，还检查什么啊？”

支走了阿德，我就耐心地问:“阿婆，您有什么话可以告诉我，我不会说出去的，这点您可以放心。”

阿婆依旧很别扭的样子，我想起阿德说她自称睡眠不好，就问:“是睡不着吗？做噩梦？”

把竹笼子放到一张椅子上后，阿婆就不好意思地笑着说:“我睡不好有十几年了，以前去别家医院做过检查，说我有高血压和轻微的脑梗死。”

我翻了翻桌上的那些资料，没找到相关的检查报告，于是就问:“检查报告带来了吗？”

“没有，那都是十几年前的事了，我前年去区医院检查，他们说我没问题了。”阿婆紧张地回答。

没有检查报告就不能正确地判断病因，我询问后，给阿婆把了脉，又检查了她的头部，还让她摆动双臂和双腿来确定疾病性质和严重程度。看样子，阿婆的睡眠没什么问题，只是给这次来医院看病找了个借口，身体也没什么大毛病，小毛病还没做检查，暂时看不出来。

阿婆一把年纪了，什么没见过呢，面对我这样的后生小辈，居然特别害羞，看我站了起来，想要送她出诊室，她却坐着不肯动，还哀求道："陈医生，我来找你，是有苦衷的。"

一般病人把医院工作的人都叫作医生，分不清医师、医士、护士、护师这些称呼，我们也不会刻意去纠正。我猜到阿婆还是有难言之隐，需要人开导她将病情讲出来，于是就又坐下来问："阿婆，到底有什么问题呢？"

阿婆低着头："我要是说了，你可不能笑话我。"

我肯定道："这是一定的。"

话都说到这份儿上了，阿婆还是吞吞吐吐的，不肯老实"交代"。有时候，我觉得我们就像影视剧里的"警探"，而病人更像是"犯罪嫌疑人"，尽管这么比喻不太合适。可如果遇到的病人不配合，治疗就会困难重重，有时候还会耽误治疗的时机，拖出大问题来。

阿婆侧了侧身子，先确定阿德不在诊室外的走廊，才抱起椅子上的竹笼，把菜花蛇又放了出来。那条蛇没有毒性，只有拇指那么粗，在桌子上很听话，也不乱跑，但我还是被这举动吓了一跳，身子马上向后一仰。

精神病人的行为有时候没有逻辑可言，我心里嘀咕，看来今天眼神不好，这个阿婆看似正常，其实是个病入膏肓的精神病患者啊。我好心支开同乡人，让阿婆方便谈自己的病情，她不领情就算了，还放蛇出来吓唬我，这可怎么办！那条蛇可能感受到了我的恐惧，忽然就吐着信子，朝我桌子这边游过来。

诊室的办公桌上有本"中华医学会精神科分会"编著的《CCMD-3中国精神障碍分类与诊断标准（第三版）》，挺厚的，我本能地抓起书，想要拍死这条菜花蛇。阿婆见状赶紧就护住那条蛇，让小蛇缠到她的手上，并安抚我："别怕，小伙子，小龙包不会咬人的。"

怕蛇是我的软肋，我见过很多疯狂的病人，可都没有比放蛇出来的病人可怕。我本来想叫保安，可阿婆又满脸慈爱地抚摸菜花蛇的头："小龙包是我的儿子，你吓到它了。乖，妈妈在，不用怕！"

"阿婆，您……"我不忍心说伤人的话。

阿婆却帮我点破："你以为我疯了吗？把一条蛇当儿子？我一辈子没结婚，没生过子女，可是把蛇当儿子，我也不是第一个人。小伙子，听你口音，不像是本地人吧。"

我将身子靠回办公桌这边，然后说："我爸是吴圩的，我妈是安徽人，但我在沈阳和上海待了很久。"

阿婆若有所悟地哦了一声，又问："那你知道'掘尾龙拜山'的传说吗？"同时，阿婆撩起菜花蛇的尾巴，我才注意到这条小蛇的尾巴居然断了一截。

实际上，我听说过广西大明山有"三月三，龙拜山"的说法。相传，古时候壮族山乡有位老妪，没有子嗣，有一天救了一条受伤的小蛇，小蛇要跟着她，当她是母亲。但人不能有尾巴，于是小蛇的尾巴就被斩断了，然后取名为"特掘"。"特"在壮语里是"男"的意思，"掘"是"秃尾巴"的意思。后来老妪去世了，一阵风雨将老妪和特掘送到了大明山，特掘就将老妪葬在山峰上。特掘孝感动天，上天就恩准它每年三月三回来祭奠"母亲"。广东也有"掘尾龙拜山"的故事，其实就是源自广西大明山的民间传说，只是在广西流传得更广些。

想到这个故事，我很茫然，难道阿婆是把自己比作传说中的老妪，将菜花蛇视作那条掘尾蛇了吗？可即使如此，我也不知道这和阿婆来精神科看病有什么关系，她这么大年纪，可能是太孤独了，所以才把小动物当作亲人吧，只要她分得清现实和幻想，那也不是很严重的事。

我不能一个上午只看一个病人，阿婆可能也知道自己待得有点久了，忽然呼吸急促地说："陈医生，我……你……你相信蛇精吗？"

"蛇精？"我脑海里闪过的第一个片段就是《葫芦兄弟》里的金

蛇精。

阿婆摸着菜花蛇，对我说："我不是说我这条小蛇成精了，你不用担心，我知道你们这代人的想法，我也不会去唱反调。只是……"

我鼓励她道："我没有阿婆您这岁数，见的世面可能也不多，但我当医生时间不短了，什么事都听过，您真的不用担心，有话但说无妨。"

被我这么一鼓励，阿婆就说了一句话，然而就这么简单的一句话，让我嘴巴张得老大，难以置信地"啊"了一声出来。

03 超心理学和人体学的启示

阿婆被我鼓励了很多次，终于说出了藏在心里的话。有些病人就是这个样子，他们只是缺少一个能推一把的人。阿婆捂住菜花蛇的头，好像怕被它听到一样，然后身子向前倾了一大截，轻声细语地对我说了一句话后，又羞红了脸，转头不敢看我。

"有个男的天天晚上来找我睡觉。"

阿婆已经95岁了，在小镇上肯定德高望重，说出这样的话，着实令我意外。"有男人来找我睡觉"，如果这句话我没理解错误，那肯定是他们缠绵了一晚上。我哭笑不得，这种男女之事，跑来和我说什么呢？是想在这年纪有生育能力……

我不敢继续想下去，也不知道该说点什么，阿婆觉得很不好意思，接着说："这个男的不是我们那里的人。"

阿婆每次说话只说一半，遮遮掩掩的，我不是很肯定听懂了她的意思，可这句话让我心里一沉，莫非某个男性是在违背她意愿的情况下，和她发生了性关系吗？这还得了！这种事应该马上联系廖副和他同事，找我们可没用，我们最多给予一些心理辅导和药物。

阿婆看出了我的不理解，就把菜花蛇关回竹笼里，还用一块黄色的布盖住了笼子。接着，阿婆一副豁出去的样子，很正经地对我说："反正话都讲了开头了，我就厚着脸皮，把它都讲完吧。你可别笑我。"

"慢慢说。"与此同时，我却想起在沈阳时，有个主任医师告诉过我，有八种病人我们这行见到了要格外谨慎：

1. 见过三名专家以上的；
2. 满嘴专业术语的，如主诉"医生，我距下关节痛"；
3. 和你探讨手术怎么做的；
4. 一见面就泪流满面，把你当救命稻草的；
5. 全身都是疼痛点的；
6. 举止古怪的；
7. 总是皱着眉头，面相不善，说话尖酸刻薄的；
8. 一上来就问：我这病是不是被谁谁谁误诊了的。

严格来说，阿婆不在这八种病人之列，尽管对病情有所隐瞒，但还是求医心切，只是羞于启齿。谁知道，阿婆在说病情之前话锋一转，忽然问如果我是她在门诊时的主治医师，是不是住院后就是她的主治医生了？住院后能请季医生来负责她的病吗？我顿时一口老血差点喷出来，原来这位阿婆事先查过啊，问得这么专业，看来第一条到第三条她都算是符合的。

一般人可能都觉得主治医师和主治医生没区别，实际上区别还是有的。主治医师就是我现在的职称，我下面的是住院医师，住院医师是医学生毕业后进入医院规培时的称呼。如果取得了执业医，就可以叫他们初级，而我们主治医师就是中级，主任医师和副主任医师就是高级职称和副高级职称，比如我都叫季副主任医师为季副高。

主治医生也叫主诊医生，病人住院后，他的病床分给哪个医生管，那个人就是他的主治医生，和是不是中级职称或者副高级职称没有关系。有时候你挂了专家号，但在手术时可能是他的徒弟来做，具体病例具体分析，有些高难度的病例，主任和副主任还是会参与到治疗方案里来的。

听到阿婆这么问，我像是被挑战了权威一样，心里很不是滋味，可病人大多都是如此，谁不想找最好的“回春圣手”来治病呢。如果我得了绝症，我也希望找华佗再世的神医来给我看。

听了阿婆的忧虑，我就安慰她：“您放心，如果要住院，到时候季副高会参与进来的，我现在不知道管您病床的人是谁，也可能不是我。”

说罢，我又想，阿婆都这么大年纪了，如果真需要住院治疗，医院估计不敢收，万一在医院里怎么样了，外面的人会怎么传啊？院长可是拼了命地在保持本院“病人零死亡”的纪录。

不过，阿婆会觉得自己需要入院治疗，我就更好奇了，她到底得了什么病啊？可能关子卖得久了，阿婆也意识到再不说，我就要赶人了，她想了想就说这个病得从头说起。

自小，阿婆就生活在大明山附近的马山县龙头镇，看尽了世界的变迁，在小镇也是有名的长寿老人。在这漫长的岁月里，小镇居民都会有各种期盼，也会有人选择去“求神问仙”。身为“仙姑”，阿婆听尽了哭诉者的悲伤，也给予了每个问卜者希望，这样的人其实就像是旧时代的精神科医师。

说起来，阿婆也是个命苦的人，自小就是个孤儿，上一代“仙姑”在去湖南江永县桃川镇办事时，收养了她。她们世世代代都住在大明山附近一座山峰脚下的竹林中，喝的水都是用竹管从山上引下来的，小镇居民都说喝了“仙姑”后院的引水，小病小痛都会消失，而每一代“仙姑”的寿命都超过了九十岁，百岁以上的也不少。

据说，大明山以前有个通灵洞，洞中住着一个仙女，明朝时，山下发生瘟疫，仙女下山治病，从此就留在了山峰下的竹林中。每一代“仙姑”都懂得采草药，治些简单的毛病，还会些所谓的巫卜之术，在动荡的年代给人们带来安慰与希望。

“仙姑”从来不嫁人，阿婆谨记上一代“仙姑”的教诲，真的一生未嫁，过得平平淡淡。现在是科学年代，没多少人信这些了，到了阿婆这一代，已经找不到任何传人了，她也没资格去领养孤儿来当传人。只有些在家带孙子孙女的老人，碰上孩子高烧不退的毛病，会来问她，担心是不是被不干净的东西缠上了。

本来日子过得平平静静，阿婆也在竹林中乐得清静，可是有一天她出去采草药，在田里遇到一条受伤的菜花蛇，尾巴被一只山猫抓断了。见状，阿婆就赶走那只山猫，救了那条蛇回家，并给它治好了伤。可在救蛇的时候，山猫凶狠地扑过来，抓伤了阿婆，幸好伤口没大碍，几天就愈合了。

小蛇是条普通的蛇，却极有灵性，被救回来后，一直跟着阿婆，不肯离开院子。阿婆听过特掘的故事，对此有感悟，便收养了那条菜花蛇，取名小龙包。谁知道，没过多久，阿婆的院子就出了怪事。有一天夜里，一个强壮的男子闯了进来，说他是大明山下的一条黑龙，小蛇是他的三儿子，如今阿婆救了他三儿子，他是前来报恩的，要和她做人间夫妻。

阿婆自知已是九十岁高龄，不再贪恋男女之事，可自称是黑龙的男人却说自己已有千岁余，九十岁对他来说，仍是妙龄少女，正合他意。阿婆一辈子没碰过男人，看到黑龙这么说，又满身男子气概，竟然真的和黑龙做了一夜的夫妻。那一天，阿婆醒来，觉得黑龙是真正和她行过云雨之欢了，那种真实的感受不像是梦境，而她也相信真有黑龙的存在。

为此，阿婆就真的把菜花蛇当作自己的儿子，黑龙是她的丈夫。有时，阿婆也会觉得不安，毕竟师父留有遗训。后来的几晚，黑龙又来了，每次来都会抱住阿婆，像一条大龙一样紧紧缠绕着她，直到彼此精疲力竭才会松开。

开始的那几晚，阿婆的确过得很开心，可黑龙每天晚上都会来竹林大院，日子一长，阿婆就觉得自己是不是着了“魔道”。这条黑龙可能不是小龙包的父亲，而是山里的妖魔精怪，甚至不是龙，而是一条黑蛇精。为了防止黑龙再进入院子，阿婆搞了很多符咒字条贴在四周，结果黑龙还是进出自如。

阿婆生性善良，知道这不能怪菜花蛇，可她想将蛇放生时，菜花蛇还是不肯离开。为了躲黑龙，阿婆曾去邻镇同行的道观住了几天，结果黑龙还是会跟着在晚上出现。阿婆不敢对任何人开口，有时候只会对着小蛇自言自语，或者吹笛子给小蛇听。

又在道观住了一晚之后，阿婆渐渐崩溃了，忍不住对观里的道姑说起了这事。道姑建议阿婆用仙笛之音来稳住体内的真气，以免其继续溃散，然后再想办法逼走那条黑龙。

阿婆听信了道姑的话，每天都会找时间吹奏祖师婆婆留下的一本乐谱，而她也的确感到身体恢复了许多，只是黑龙还是会经常来找她。阿婆迫不得已，厚着颜面向各地求助，但都没用，最后才想到自己是不是得精神病了，这一切都是自己的幻觉？但她能感受得到黑龙和她接触时的真实感，那种感觉不是幻觉也不是梦。

阿婆懂得现在年轻人不信这一套，之所以能鼓起勇气来城里求助，真的是做了很多心理建设的。她怕被人笑话，因此一直瞒着同乡阿德，只借口说自己最近睡不好。

听完这段故事，我一脸茫然，不知要说些什么。我自然不相信黑龙或者蛇精一说，不管是新中国成立前还是成立后，都没有那种东西存在。

阿婆像是洞穿了我的表情，又羞又恼："我就知道你会笑我，如果换成另一个医生，他可能不会这样的。"

听完这话我就不高兴了，于是说："阿婆，我觉得这只是个梦吧，你可能是收养了这条蛇才会有那种梦的。"

阿婆可能还隐瞒了什么没说，很激动："小伙子，我要是骗你就天打五雷轰，你要是有什么药就给我吃吧，让我睡得死死的，晚上怎么都不会醒。"

阿婆这么大年纪了，我哪敢开有助睡眠的药给她，万一吃坏了，可说不清楚。不过，我确实觉得阿婆的梦境和收养那条蛇有关，也许是一种超心理学和人体学的表现。

美国有超心理学家曾做过许多精神感应（又叫传心术）的试验来证实人的超感觉能力确实存在，比如光看照片就能感应到照片上的人当下在哪里。

量子生物学也认为，人都生存在一个万有能场中，通过自身能场的介质，既能从宇宙万有能场中吸收能量，也能向万有能场发射能量。上海交通大学的“人体场”小组就有过相似的研究。因此，如果从超心理学来讲，阿婆的梦境可能是某种人或生物的精神感应波的投射，只不过那样的投射不一定都是真实的，就像以前乡村的露天投影电影，可能画面会扭曲，而黑龙也许就是菜花蛇的精神感应波投射。

当然，这些都只是基于超心理学和人体学的推论，我没有做过任何试验，这些推论也不能对病人和主任们说。

见我沉默太久，阿婆和其他妄想症病人一样，觉得我不信任她，于是就从深蓝色的上衣内袋抽出叠得很厚的几张纸，递到了我面前。原来，阿婆真的隐藏了一些检查结果，这些结果一定很特别，以至于她都不想让精神科医师知道。

我带着疑问和好奇，将仍有身体余温的检查结果慢慢展开，想看看阿婆究竟有何难言之隐，甚至坚信黑龙既不是幻觉，也不是梦境。几秒过后，果不其然，纸上的内容让人大跌眼镜。

我大吃一惊，不禁抬起头，看了一眼阿婆，她懂我的意思，然后就极其尴尬地说：“你看，现在相信我了吧？这些就是证据，我说的都是真话。”

看着这份检查结果，我无言以对。

04 钟情妄想

这些检查化验单有好几份，我一开始看到关键字：阴道……以为是一份阴道炎检查呢，像阿婆这样的年纪，是很容易患上这个病的。老年妇女绝经，卵巢功能停止，体内雌激素缺乏，阴道黏膜萎缩，阴道壁变薄，抵抗力减弱，很容易受到细菌感染而引起老年性阴道炎。

可我再一看，不对啊，这上面的检查说阿婆先天性无阴道，也就是阴道闭锁，中医上叫“石女”，是胚胎时期发育成子宫和阴道的苗勒氏管未腔化所致。面对这样的检查结果，不知道阿婆想要表达什么，我反而先不好意思起来。

阿婆看出来我的局促就说：“你看吧，我说得没错吧。”

“这应该更充分说明您是在做梦了呀？阿婆，您是不是搞反了？”我被她问糊涂了。

阿婆把检查单子折起来收好，说：“小伙子，你怎么这么傻啊，我是说我这样的情况，只有妖怪啊，神仙啊，才能和我睡觉。”

我目瞪口呆，原来阿婆知道自己不可能和男人发生性关系，所以才以为这些夜晚和她共度良宵的是个妖精，也只有妖精和神仙才能不受石女情况干扰，他们是灵魂在交融。阿婆这么一说，我总算是明白为什么她觉得自己严重到需要住院了。

话说回来，阿婆能鼓起勇气来找我们，又对我说出这么隐私的事情，可见是给了我很大的信任，我不能一句“你就是在做梦”而将人打发走。不过，精神科医生要给人心理治疗，也不能当场就说你有什么病，应该如何治疗，这是极不专业的表现。现在网络那么发达，如果一开始就明确告诉病人有什么病，病人会立刻上网查资料，拿那些根本对不上病症的资料来和医生探讨或争论，这样对治疗是很不利的，而这样的病人也在我之前说的八种病人之内。

对于阿婆的情况，我表示可以酌情开些药物给她，稍后会找季副高等人讨论这个情况是怎么引起的。阿婆听后眉头舒展，可还是问我，能不能现在就办理入院手续，她带够了钱，不用担心她付不起费用。

我们一科有 75 张病床，今天已经满了，其他科估计也是满的，而且阿婆的病情其实不至于要入院，我就问她今天能不能和阿德先回小镇去，过几天有空了再来，顺便看看我开的药对她是否有作用。如果之后真要住院的话，我就再想办法安排，她也好将小龙包提前寄养在别人家里，因为住院部是不允许带它进去的。

阿婆比起别的病人还算通情达理，见我说得这么诚恳，就同意了这个建议。过了几分钟，阿德又不顾宋强的阻拦，闯进来问能走了吗，再不走，回到小镇就要天黑了，他怕送人回山脚下的竹林不方便。到了这时候，阿婆和我已经建立起信任的桥梁，她知道我在她同乡面前不会乱讲话，所以说完谢谢陈医生，留下阿德的联系方式之后就离开了诊室。

这一上午，除了阿婆没有另外的病人，我就结束门诊工作带着宋强去巡房，重点关注几个刚入院和治疗效果不佳的病人。到了中午，我打电话给季副高，向他请教阿婆的问题，他说晚上会给我发邮件，因为中午还要和医药公司的领导吃饭。

我那天肚子有点不舒服，懒得去吃午饭，借着半个小时的空闲溜去主治医师的休息室，想打个盹儿。结果武雄正在和七科的主治在那里叽叽喳喳地聊天，吵得人睡不着。

他们在讲一个女患者有精神分裂和钟情妄想，觉得她的主治喜欢她，每天都打扮得漂漂亮亮地去找主治谈话，还动手动脚的。主治内心很崩溃，但还是在努力治疗她，希望其钟情妄想得以控制。

我在沈阳的时候，也听说过一例钟情妄想的病例，比这个病人可怜多了。那个女病人三十多岁就遇到了我的前领导，当时我的前领导才二十多岁，这个病一拖就是二十多年，女病人从没“变心”过，一直对他念念不忘。后来我前领导升了主任，早就去了其他病房，但别人查房时，女病人还是会问起他，她和儿子还在等他。最后，女病人得了胰腺癌，值班医生劝家属转院，她走后再也没能回来。转院那天带

班的医师就是我的前领导。

我躺在床上回忆起这件事，翻了个身就坐了起来，想加入武雄他们的话题。可武雄看我起来了，就开我玩笑："陈医生，你和杨柯住一起了吗？小心医院的女病人和女护士啊，杨医生可是她们的梦中情人。"

"哈哈哈哈。"

"笑死我了。"

我本来想聊天的，他们这么损我，我就懒得再出声。我走出休息室，到走廊里坐着思考阿婆的病是怎么回事。是不是她对某个男性有过感情，而这段感情在她晚年扭曲变成了一段梦境呢？这梦境重复的频率这么高，阿婆的情况一定不简单，值得被重视，关键是她强调过梦境的真实感，那如果不是做梦呢？

休息室靠近门诊部，那里人来人往，有时候还会传出各种病人发出的怪叫。我在长椅上想要琢磨病情，却看到宋强和小乔从一个诊室里出来，小乔衣服的扣子还没扣好，头发也乱蓬蓬的，傻子都知道他们俩在里面干了什么。可能他们没料到我就在外面，发现我之后，两个人都慌慌张张地逃走了。我很生气，宋强是第一年住院医，应该忙着工作和学习，居然还有时间乱来。像我第一年做住院医，要在急诊部和住院部之间轮班，累得都快阳痿了，哪还有冲动去干这些事。

想到这里，我就追了出去，拦下小乔和宋强，带着他们又去查房、改医嘱、写病程记录。在精神科工作，查房时和病人交谈占工作的主要部分，通过交流可以判断病人病情的变化从而改正医嘱，同样这也是取得病人信任的过程。

一科的病人有来几天的，也有来了两三年的，住进来后大部分病人的情况都有所改善。有时候，看着病人来来往往，而精神科医生却一直留在这里，我们会有一种错觉，仿佛自己才是精神病人。没有人会愿意来这种地方，阿婆是没来住过，等真的让她住进来，估计第一晚就哭着喊着要出去了。

又去查房时，我的手机响了，有个病人听到了，忽然大喊他的手机被我偷了，让人快来暴揍我一顿。宋强忙说，这是昨天来的病人，不能听到手机响，不然总会喊有人偷了他的手机，要打死小偷。小乔也跟着说，今早她的手机就是被那个病人打掉的，屏幕都碎了，真是倒霉。

看着他俩一唱一和的，我就严肃地瞪了他们一下，然后才转身去接电话："你好，有什么事？"

一个中年男子在电话那头大喊："我是阿德，陈医生，你还记得我吗？早上我送阿婆去过你们医院。"

电话里的风声很大，好像阿德在开车，算时间的话，他应该还没开到马山县，仍在半路上。我不知道阿德为什么忽然给我打电话，来看病的又不是他，就算他有病，刚才怎么不说呢。

阿德没听到我回答，又喊："有鬼啊，陈医生。"

"哪里有鬼？你说什么啊？"我以为听错了。

阿德责怪道："就是你们医院啊，不干净，我们去了一趟，被鬼缠上了。"

我预感阿婆在回去的路上可能出了问题，赶紧就问："阿德，你别慌，先告诉我怎么了？是不是阿婆她……"

阿德很为难的样子："我都不晓得怎么和你说，这个事……太……太难开口了。这样吧，我现在开车回去找你，你在门诊等我好吗？"

今天是礼拜四，本来我只排了上午的门诊，下午是另外一个主治来坐，可那个主治临时有事，又换成了我。天意如此，我就和阿德说："你慢慢开车，来了就到之前的诊室找我。"挂电话前我问了阿德好几次，到底怎么了，他仍不愿意在电话里说，但听那语气，似乎是很严重的事。

开车来回需要时间，我回诊室等人的时候，又是一个病人都没有。其间，主任来看过我，发现没病人，他还叫我多努力一些。我很无奈地"告状"，病人不是想挂专家号，就是想找长得好看的主治，他们都不选我啊。

主任是专家，没这个烦恼，听我这么说就教训道：“小陈，我看你也生得眉清目秀的，宣传单上怎么配了张那么难看的照片，你拍照时没睡醒还是怎么的。下次记得P一下，你没看其他科的女医师都P成了林志玲，男医师都P成了金城武吗？”

我还是觉得不公平：“人家是来看病的，又不是来相亲的。好看又不代表医术高明。”

“好了，好了。”主任懒得说我，“你自己坐着吧，我还有事，先走了。”

主任走了大概一个小时，阿德才搀扶着一歪一扭的阿婆回到诊室，这时候天都暗下来了。一来一回很折腾人，阿德刚买好建材，要赶回龙头镇张罗店铺的买卖，忽然又折返回来，定是有不得了的事。我以为是阿婆半路发疯，或是得了什么病，昏迷不醒之类的，可是他们回来的时候，好像什么事也没有发生过，除了阿婆的腿脚变得不便外。

“这事你自己说，我出去等着。”这一次，阿德很主动，不用宋强来支开他。

阿婆也没挽留，只道：“阿德，别把我的小龙包烤了吃掉啊。记得喂它点东西。”

“知道了。”阿德很不耐烦，想必他也不愿意再折返。

“帮我照顾好它啊。”阿婆又交代。

“我要先回家了，您自己留在医生这里吧，实在不行就住院。”阿德看都不想再看阿婆一眼，丢下话就走了。

阿德人一走，阿婆又变回了原来的样子，很不好意思开口说话。我在心里琢磨，有什么好害羞的，连阴道闭锁、梦里和男人交合、夜夜缠绵这种话题都谈过了，还能有什么比这些更让人不好意思开口的呢？我是想不到有比这更厉害的事情了，除非阿婆告诉我，她已经怀孕，或者自己真的是天上的仙女下凡。

“有件事……我上午没跟陈医生您说。”阿婆脸看向一边，不敢直视我，“我就怕你会像阿德那样，现在闹出这件事，我老脸没地方搁，都不敢回乡里了。这下怎么办啊？”

病人描述病情，往往会被羞耻心干扰，隐藏最重要的事。可以说，问诊就像是在看悬疑小说一样。我左思右想，都猜不出在这半天不到的时间里，阿婆出了什么不得了的事，竟然连家都不敢回了，还令阿德不得不掉头将人送到我这里来，他不是急着赶回家做买卖的吗？

就在阿婆忸忸怩怩的时候，我的手机收到一封电子邮件，是季副高发过来的，邮件标题是：夏皮罗的病例研究。

05 怪药

这么快就收到季副高的回复邮件，我倍感意外。早上，我就阿婆的病情请教过季副高，他说中午要和别人吃饭，晚上再回复我。我以为，季副高要几天后才会回复，没想到一天还没过去，他就发来了。

阿婆弓着背，坐在椅子上不肯再张口，我就随手打开了邮件。通常，这么做是不对的，如果是住院医在坐门诊时看手机，我一定会批评他们，但这邮件的内容一定和阿婆的病情有关。

阿婆发现我不理她，居然玩起了手机，就又焦虑地说："陈医生，我被鬼上身了。"

"这个……"我有点蒙了，"这个应该是您的专业领域吧，找我没用啊，我又不会捉鬼。"

阿婆本来就红光满面的，害羞之后，用周杰伦的一句歌词来说：脸颊像田里熟透的番茄。发现我在"玩"手机，阿婆怕我不理她，便问我现在能不能帮她办住院，她想要单人的病房。

在我们医院住院的话，需要各科室医师或门诊部医师开具入院证，再统一由住院部办理入院手续。阿婆不说明情况，又遮遮掩掩的，我们一科就算有床位，也不敢让她住进来啊。

打开季副高的邮件，我迅速浏览邮件中的内容，想从中找到用得上的信息。根据邮件里的说法，夏皮罗是加拿大多伦多大学的一名精神病学教授，他曾进行过一项病例研究，重点考察了11个在睡梦中发生性行为的病例，而这样的病被夏皮罗称为 sexsomnia，是一种睡中异常。

Sexsomnia 的中文译名是睡眠相关异常性交行为，或者睡眠性交症。相比梦游来说，睡眠性交症的行为更具体，它可以是病人在梦中自己找到器具自慰，也可以是和别人发生性关系，或者强暴他人，但一直处于梦境中而不自知。在瑞典，曾有一名26岁的男子被起诉强暴了一名女子，可法院后来判其无罪，理由就是他得了睡眠性交症，律师成功用这个诊断为他脱了罪。世界各地也有类似的报道，可这种病的症状令人非常难以启齿，真正患病的人有多少，谁都说不准。

法国有个精神病学家叫克雷宏波，他在1921年发表过一篇论文，阐述了一种叫作钟情妄想的精神疾病。病人会幻想自己正和某人谈恋爱，对象可以是明星、已婚人士，甚至虚构出来的角色。在发病期间，病人会有各种疯狂的举动，如跟踪、骚扰、绑架，甚至谋杀。在这篇论文之后，又有人对钟情妄想进行补充和扩展，提到了上述的睡眠性交症。

兰州医学院第一附属医院曾提供过一份临床资料，当中提到一名中年妇女，六年来，每晚入睡后都感觉与人性交，对方的胡须、气味均有所感，且能感受到有人压着她，阴道还有分泌物自出，如真实经历一般，但天亮那男人就会离去。病人因夜夜梦交，头晕眼花，全身乏力，她曾试过许多方法，可都没有效果，后来才选择去医院就诊。

我对这封电子邮件的内容感到汗颜，原来除了梦游，还有梦交，这真是头一次听说。在附件中，有些数据和资料来支撑这种古怪的病，我瞄了一眼阿婆后，又继续看邮件最后的内容。

东汉著名医学家张仲景所著的《金匮要略》提过：男子失精，女子梦交。顾名思义，男子在梦中与女子交合射精，女子在梦中与男人交合。青年男女在结婚前或者婚后偶尔有梦遗或梦交，一个月一两次都是正常的，如果两三天一次，甚至夜夜梦中与异性交合，那就是病态，该治疗了。

我早就有女朋友了，也有过性生活，但看到这种内容，仍会觉得不好意思。阿婆不知道我看到了这么惊人的内容，仍在纠结着怎么告诉我实情，我猜到答案后尽量婉转地问："阿婆，您是不是在阿德的车上睡着了？我在车上也很容易睡着，像您这岁数，坐车发困睡着了也正常。只不过……您是不是在梦里……做了什么事，阿德误会了您？"

阿婆听到这句话，低着的头就抬了起来，接连点头承认："是的！是的！阿德说我睡着了，自己脱了裤子……我被阿德叫醒时，裤子还没穿，他以为我发了疯，又把我送回来了。"

"这误会可大了。"

我有些头疼，这对谁都不好解释，只能希望阿德不是大嘴巴，免得回小镇一乱说，阿婆肯定就住不下去了，说不定真的会被逼疯。当务之急是怎么治这个病。西方的那些论文对病症的描述很翔实，可就是没写该如何治疗。很多人会选择做心理治疗，但那样的疗程太长了，阿婆哪里等得了。

阿德早就开车走了，眼下，阿婆是肯定不能回小镇了，我就联系其他科的主治，问能不能安排下阿婆，她不住院的话，没地方去，也没人照顾她。

医院有个康复中心，那里设置了老年二科，专门接收老年病人，多以老年痴呆为主。老年二科有个女主治叫卢苏苏，我刚来的时候眼神不好，把人家的名字看成了卢芳芳。有次有位病人要送去她那里，我在康复中心找了半个小时，一直"芳芳""芳芳"地边叫边找，后来才知道人家叫卢苏苏。这个主治不仅人美，心更美，把老年病人照顾得无微不至，也不嫌脏，只是早就结婚有孩子了。

那天，卢苏苏还没下班，接到我的电话问老年二科是否还有病床，她就声音甜美地说："有，你送人过来吧。"

这么容易就安排上了，我顿时松了口气，谢过卢苏苏医生，马上就打算送阿婆过去。天色已经晚了，我怕阿婆饿了，问她要不要先吃点东西，住院部有餐食，只是还没到开饭时间。阿婆从怀里掏出一个紫色的瓶子，倒出一粒紫色的药丸，说这是她们世代炼制的丹药。

我是搞科学的人，哪里信这些，当下就说："阿婆，您还是先吃饭吧，这些都别吃了。"

"我都吃一辈子了，要是真有问题，我人早就不在了。"阿婆不听劝。

我疑惑地问："那您知道这是怎么炼出来的，都有些什么成分吗？"

"这可不能告诉外人！"阿婆口风很紧。

我并不想窃取什么秘密，只是单纯好奇这些是不是巧克力做的。既然阿婆不肯说，我也就没继续追问。在送人去康复中心的路上，我跟阿婆解释，她的情况不是被妖魔缠上了，而是睡眠性交症，这几天我会和季副高制订好治疗方案的，叫她别太担心。为了让老人家安心，我又特别交代卢苏苏，应该怎么处理阿婆的事，最好是单独给她间病房。

卢医生却说，她那里都是老年痴呆症的重症患者，人家连子女都不认得，还怕什么呢，他们也没地方可以说闲话。卢医生有些单纯，不太明白我的担心：万一阿婆又发病，夜里……那可就乱套了。

总之，安顿好阿婆，其他人就来接班了，我想到和杨柯的约定。估摸时间也差不多了，就回到一科，顺便再去病房巡了一圈。住院医们还在那里，但有的已经在打瞌睡了，我见状赶紧叫醒他们。

我第一年住院医是 24 小时负责制度，要独立承担一线值班，包括急诊值班（通过医师执业考试才有资格）。我当时值班费的标准是十块钱，还不够叫一份外卖，而且我们只有下午三点到五点半能睡觉，其他时间都待在病房，一个人负责整个病房（五十多个人）的所有一线医疗工作。我从没喊过累或偷偷打瞌睡，不像现在的年轻人，吃这点苦都不行。

我本来就为这些住院医不认真生气，谁知道又看到小乔和一个男人从楼梯间出来，我以为那个男人是宋强，正想要教训他们，可再一看，那个男人竟然不是宋强。

06 中医五音疗疾

我定睛一看，从楼梯间里出来的人竟然是武雄，他的嘴角边缘有淡淡的口红，出来时还在用西装袖子抹口红痕迹。

武雄发现我在附近，愣了愣，然后让小乔先离开。小乔经过我时，眼神慌张，可也没说什么。武雄用疼爱的眼神送走小乔后，大步流星地走到我面前，一脸幸福地说："小乔就是我新交的女朋友。"

"你们主任知道吗？她是住院医，你是主治，这样不好吧？"我话里有话地说。同时，我在心里想，小乔不是和宋强在一起吗，怎么又成了武雄的女朋友？敢情武雄放我鸽子，是为了小乔啊。

"你可别故意为难她。"武雄怕我针对他以及小乔，就将话说开去，"本来啊，这件事我们一直保密，没想到被你发现了。"

"你们都一起住了，不能忍到回去再……"我没把话继续说完。

"小乔整天在医院，回什么回啊！"武雄没好气地说，"好了，好了。我去忙了，记得别乱说话就是了。"

武雄心虚，没敢和我多说，他走后，有个病人在床上大声喊叫，不知道是不是做了噩梦。我进去安抚病人时，看到杨柯从楼下上来，住院医们看到他，有去搭讪的，也有去故意问问题的。杨柯没怎么搭理，看到我在病房里，就喊我"回家了"。有个女病人对杨柯有点"钟情妄想"，听到他说"回家"，马上对我大声嚷嚷，骂我是狐狸精，居然勾引她老公，对得起她肚子里的孩子吗。护士长就在附近，她已到中年，随时面带煞气，听到有病人乱喊，就走路带风地过来瞪了一眼病人。那个病人很怕护士长，立即就收声了，还用被子蒙住头。

我们的护士长一个眼神就能"杀死"人，厉害到不行，有些不好对付的病人，碰到她都会乖乖的。有时候家属来探望，也会影响到病人，护士长发现了会大喝一声吵什么吵，而碰到一些长期没有家属看望或不爱活动的病人，护士长就会找他们说话，带他们出去走走，活动活动，可以看出，其为人刚柔并济。

出了医院，我和杨柯在车上都沉默下来，那气氛比阿婆和我说病情时更尴尬。为了缓解气氛，在等红绿灯时，我就将睡眠性交症的病例拿出来和他讨论。杨柯坐在后座，不知道在看什么文件，听到我提到睡眠性交症，鄙视地抬头往前面看了一下。

我通过后视镜瞥见这一幕，就问："你这是什么表情？也太不专业了吧？睡眠性交症又没什么丢脸的。"

"别告诉我，你有这个病！"杨柯嫌弃地说。

我喊了一声，并道："少来了！"

"那最好。"说罢杨柯又低头看资料，好像是今天他在外面开会拿到的。

我有点不服气，没话找话道："我女朋友可漂亮了。"

杨柯一针见血地问："那她人呢？"

我像个泄气的皮球，软绵绵地答："我们分手了。"

杨柯没有继续答话，把那些材料整理好，靠在后座闭目养神，看样子，他的右手肘好多了。

车里又安静下来，我开始回想开车之前季副高给我打的那通电话。他问我后来有没有给阿婆再仔细看看，还说通常得睡眠性交症的人不是心情有起伏，就是服用过一些特别的药品，比如有吸毒史的人就容易得这种病。

阿婆隐居在山脚下的竹林，很少出来，日子过得平淡，也早就看淡了人生，心情应该没什么起伏。至于特别的药品——我唯一能想到的就是阿婆吃过的紫色丹丸。不过她吃了那么多年，为什么年轻时没出现睡眠性交症，年纪这么大了才会得这种病呢？

这时杨柯吐了口气，好像手肘还在疼。我忽然想到，阿婆是从一只山猫的手上救下菜花蛇的，说当时她的手被山猫抓伤了，这会不会是她得这种病的一个起因呢？ 也许是她采了某种山草药敷在了伤口上？她的睡眠性交症不就是在收养那条菜花蛇之后才开始显现的吗？

电话里季副高认为，除了药物之外，阿婆长年禁欲，这也是睡眠性交症的一个潜在病因。即便是修行之人也会有七情六欲，而正是菜花蛇的出现让阿婆有了一种情感上的羁绊，或许她也是渴望子嗣、渴望伴侣的。大部分病症其实都没有单一的病因，都是七七八八的原因组合在一起，才导致疾病发生的。

为了尽快确诊，我在季副高的电话后，又联系卢苏苏，但卢苏苏也下班了，我只好问一个在康复中心值班的住院医："阿婆的伤口好了吗？ 她曾经用过什么草药敷伤口？" 果然，阿婆通过电话承认，她被山猫抓伤后的伤口很久没有愈合，没多久就溃烂了，一直流血。她居住的竹林大院里种有天堂蓝，也就是一种牵牛花，它的种子可以止血，阿婆就将其种子碾成粉末，用来敷过伤口！

我要不是在开车，都想拍大腿了，问题就是出在这里。

天堂蓝的种子含有麦角碱，可以使子宫强烈收缩，促进分娩以及在分娩时止血，可以当作草药用，墨西哥土著还用作迷幻剂。如果没有使用天堂蓝的种子敷过伤口，可能就不会诱发阿婆的睡眠性交症。阿婆的梦境一开始可能是这药物造成的，随后她长年禁欲的心理问题就爆发了，现在只要停药并加以心理疏导，还有治愈的希望。

阿婆到底是老一派的人，季副高算准这一点，为了让她容易接受，从《金匮要略》上找了一个治疗梦交的方子，一日一剂，每日两服，吃十剂就好。《金匮要略》上说，梦交是心阳不足，阳气浮越，要补心潜阳，用桂枝、白芍通阳固精，黄芪补气固本，炙甘草、姜、枣健脾和中安神，龙骨、牡蛎潜阳固精，镇静安神。

这些都是季副高说的，我转述时，阿婆在电话里听得很仔细，还复述了一遍，记忆力也是不错的。她还说这些方子她都能找到，明天就出院，该面对的还是要面对，大不了以后老死不出竹林，和小龙包一辈子住在那里面。我问阿婆怎么走得这么急，还不知道疗效如何呢，阿婆却坚持明天就要出院，说这个医院有个“死鬼”很冤，闹得太凶，她现在自身有病，无法对付那个“死鬼”。我说医院哪有不死人的，病人来得多了，自然就有死人啊。接着我又想，不对啊，院长一直力保我们医院病人零死亡，哪里死过人啊，阿婆又在传播封建迷信了。

在挂电话前，阿婆忽然纠正我，说那个死鬼不是病人，是这里的主治医师。可惜我挂电话挂得太快，阿婆后面说了什么，就不知道了。

想明白刚才的两通电话，车也开回了小区。我停好车就和杨柯上楼，杨柯想到西装还没取，问我送洗的单子在哪儿。我昨天就把单子放在茶几上了，还以为他拿走了。于是我又上楼去找单子，下楼吃饭时，顺便帮他去取那五套西装。

这一天下来，我本来就很累了，哪知道把西装交还给杨柯，他回房间挂好衣服后怒气冲冲地回到客厅，质问我：“你送到哪里干洗的？”

我当时一边吃水果，一边玩手机，听到这句话也没多在意：“怎么了？”

“衣服都缩水了，皱巴巴的，昨天给你时衣服不是这样的。”杨柯很生气。

我老实地答：“你说的那家店昨天关门了，我就……”

杨柯真的发火了：“我要你去的那家店知道我的要求，我只送他们家洗。他们关门了，你给我拿回来就是了，乱送到别家干什么啊！你送的这家肯定是水洗的，衣服都洗坏了。”

我哪懂那么多，当下就解释：“不好意思，我真的不知道，我交代了要干洗的，他们也说是干洗啊！”

杨柯忍住脾气，黑着脸告诉我，干洗一般会使用四氯乙烯和石油干洗剂，这两种是有机溶剂，不会溶解纸巾，但却能把油溶解。昨天他给我拿去送洗的西装里有他忘记掏出来的纸巾，上面记了一个药代的电话号码，现在纸巾被揉搓成团了，说明西装肯定是水洗的，如果是干洗，纸巾不会皱成团，而只有上面的笔迹会被溶解。

我是精神科医生，不太了解这些，杨柯这样的反应，只让我想到一个精神科的专业名词：狂躁症。不过杨柯平日里在医院对病人挺有礼貌的，对同事说不上热情，起码也不会发脾气。我离开沈阳，赔了医院很多钱，现在被人呵斥，真想说我赔你钱就是了。可是我现在真的没什么钱，毕竟人家的西装一套就几千块呢。

训完人，杨柯就用恨铁不成钢的眼神瞪着我，我不知道要说什么，就安静地站在那里，直到他又闷不吭声地回到主卧室。我心里很不舒服，在客厅发呆了一会儿就去洗澡了。其间，杨柯叫了外卖，他急急忙忙开门取外卖，关门时不小心撞到了右手肘的疼痛处，外卖差点掉在地上。

我正好洗完出来，看到杨柯手忙脚乱的，便过去帮他把东西接住。他刚刚骂了我，现在见我还能过来帮他抓起差点滑落的餐盒，面无表情地说了声谢谢。

等我再次从房间回到客厅，杨柯已经在餐桌上吃饭了，他一边吃一边津津有味地在看一本书。我歪着脑袋瞄了一眼，顿时感到不可思议，因为他看的正是我在沈阳时写的悬疑小说《精神探》，前女友早上才说要把我落在她家里的手写稿寄过来，指的就是杨柯看的这本。

说实话，《精神探》的读者评价并不好，许多读者都骂我写得难看，文笔差，我也觉得不是很尽如人意。我走到餐桌旁来了一句："这本书很难看啊，写得乱糟糟的，你也看得下去吗？"

杨柯抬眼望着我，用鄙视的语气说道："你懂什么？这本书写得很好，太平川是个很厉害的小说家，他写过好几本书，都不错。你能写得出来吗？"

我瞠目结舌，"太平川"正是我的笔名，在书的作者简介里并没有提到我的真名，只说我是一名精神科医生。但太平川其实就是陈仆天的拼音首字母的倒写。我做梦都没想到，杨柯竟然会喜欢看我写的小说，要知道，不仅读者评论我写得一般，连出版单位都嫌我写得不行，退改过好几次。

看我不说话，杨柯又说：“我屋里还有几本太平川的书，你要不要看？”

杨柯态度缓和了许多，我本想点破，自己就是太平川，可又觉得这样有些炫耀了，干脆就抹黑自己：“我看就是烂书一本，拿来擦屁股都嫌脏。”

杨柯本来有点笑容了，听到我这么说，筷子和书都放下了：“我在吃饭，好吗？你嫌别人的书脏，我还不想给你看呢。就你这文化水平，能看懂吗！”

我实在没料到会有这一幕，如果告诉杨柯真相，场面一定很有趣。不过，我并不想这么快就捅破这层窗户纸，本来也只有前女友知道，我当年是为了挣钱才又是彻夜值班又是彻夜写书的。难得有人喜欢我写的文字，就让我好好欣赏最靠近我的读者的真实反映吧。

次日早上七点十分，我准时在客厅等杨柯，他穿好衣服出来，看到我就说右手肘还在疼，今天仍是我来开车。都是学医的，这么拖延伤势可不明智，我就问他要不要去检查一下，别自己乱涂药，免得像那个养菜花蛇的阿婆一样，不仅耽误病情，还在治疗上误入歧途。杨柯当我是神经病没理我，等出了电梯才说有份文件忘在楼上了，要回去拿。

听到这话，我也发现手机忘拿了，于是让杨柯先到车上等，我一起把东西拿下来就好。奇怪的是，我上楼到了客厅，听到有人走动的声音，仔细分辨后发现声音竟然是从锁眼被堵住的房间里传来的。我以为进了小偷，悄悄过去推门，推不开，便壮胆问了声：“里面有人吗？”没人回答，动静也没了。杨柯还在下面等着，我怕他着急，就当是自己多心了，拿好东西转身下了楼。

“你家不会还有别人吧？”上车后，我一边系安全带一边问杨柯，“那个锁眼被堵的房间，刚才好像有人在里面。”

“没有别人！谁让你多管闲事！”杨柯忽然凶起来。

我不是那种爱刨根究底的人，不管就不管，车子上路后就解释：“我是怕有小偷，你家住着谁我当然管不着。”

杨柯没有接话，歪着头看外面的车水马龙，当我是空气。我也懒得再说话，转念想着怎么帮阿婆向阿德解释，不然她回小镇肯定会有很大的心理压力。还好，阿婆一早就让卢苏苏打了阿德的手机，把我昨天说的话都讲给阿德听了。阿德将信将疑，这种事他自然也不好意思到处说，毕竟阿婆是长辈，在镇里也德高望重，何况他们又没仇没怨。

像阿婆这样的患者是可以自主出院的，既然拿到药方，也知道病因，她一早就自己坐车走了。后来我联系阿德，问阿婆回去后可有再犯病。他说阿婆没有来找过他，应该问题不大了。我仍有些担心，阿婆也许是怕见阿德，有不舒服的地方，也不敢再叫阿德载她到医院了吧。

过了一段日子，我有机会去大明山玩，特地抽空去了一趟龙头镇，想去拜访阿婆。不想，等我找到阿德的建材店让他带路时，却听他说阿婆已经过世了，小龙包在阿婆的坟墓前守了几天，然后也不知所终了。乡里的人都啧啧称奇，说这菜花蛇就是特掘变的。

死者为大，阿德坦承，他没有说过阿婆的闲话，那天在车上发生了什么，谁都没有再提，仿佛做了一场梦。阿德知道我是第一次来，特地带我去了竹林，参观“仙姑”留下的院子。在堂屋里，有支笛子和一本乐谱，我翻了那本乐谱，发现阿婆说的“吹笛子能守住真气”并不是空穴来风，因为音乐疗法作为一种艺术疗法，在心理治疗上的作用是毋庸置疑的。

在传统医学中有一种说法，五脏可以影响五音，五音可以调节五脏。五音是宫商角徵羽，五脏是肺肝肾心脾，五音调和搭配，本是一部养生大典，也是中医经典著作《黄帝内经》在两千多年前提到的“五音疗疾”法。所谓“百病生于气，止于音”，这一点被中医应用起来。现在也被证实了，当音乐振动与人体内的振动，如心率、心律、呼吸、血压、脉搏等相吻合时，会产生生理共振、共鸣，这就是五音疗疾的身心基础。

想来，阿婆一直强调的吹笛子能治病，还是有一定道理的。她听多了大家的心事，也给予大众许多慰藉，何尝不算是一种精神科医生呢？

就在我以为这件事已经告一段落时，一天，我们医院出了件怪事，我才发现当时阿婆住院时提到的“死鬼”并非胡话，而是另有隐情。

第3章

恐人症

武侠小说，是中国旧通俗小说的一种类型，远的有清代石玉昆的《三侠五义》，近的有当代金庸的《射雕英雄传》等，这些故事深受中国人的喜爱，当中描述的武功更是渗入民间文化中，影响深远。

01 六合武馆

20 世纪 20 年代，曾两度赴日留学的向恺然写了一部武侠小说《江湖奇侠传》。严格来说，向恺然是最早在文学创作中提到内功心法的人，也是包括金庸在内的当代武侠小说家都佩服的武侠小说奠基人。

内功心法在影视剧中看着十分夸张，完全跳脱了科学的范畴，内功伤人更是天方夜谭。可有一天，这个关于内功心法的论题却摆在我这个精神科医生面前，还涉及 20 世纪在海南岛和雷州半岛大流行过的一种精神怪病。精神病可以流行和传染，虽然骇人听闻，但是确有其事。

记得那是礼拜一早上，精神一至七科有个会议要开，除了值班的医护外，所有人都要到场。前一天我排了值班，夜里有病人闹事，折腾得一宿没睡。交班后我可以休息一个小时，为了节省时间，干脆就没回家，吃了饭打算先回主治的休息室睡一会儿。

休息室是一个很小的房间，里面只有四张上下铺，还有四张椅子和两张书桌。等我过去时，发现早就有人躺在上铺了，我以为是其他科的值班主治，但椅背上挂了一件藏蓝色的西装外套，我一眼便认出那是杨柯的。

夜里值班时，我曾在休息室待了一会儿，当时只有武雄在，并没有别人，杨柯应该是早晨才过来的。再仔细看，他也并没有在睡觉，而是躺在上面看书呢。

见状，我忍不住问："今天怎么这么早？"

"睡不着。"杨柯惜字如金。

我本来想问，你家里的东西不是更高档、睡着更舒服吗，一大早来这里占床位干什么。可这话听着就很欠揍，我一时忍住冲动。杨柯也懒得理我，依然躺在那里看书，好像举着书不累一样。我实在困得不行，懒得问那么多，就想脱了衣服和鞋子先睡个半小时再说，这时休息室的门又被人推开了。

因为今天要开会，值班的主治都没走，武雄从住院部过来，也想睡一觉，看到我先过来了，就没话找话地问我："陈医生，被打得不要紧吧？"

"还好，就是一巴掌而已。"

说这话时，我下意识地又摸了下脸颊，那里仍是火辣辣的。杨柯好像耳聋了，根本没参与我们的话题，还是看他的书。武雄倒是很热情，提醒我下次一定小心一点，说之前有个男病人偷偷从住院部的食堂卸掉了一根坏椅子腿，某个夜里趁医生转身时，差点把医生打死。只因为他觉得医生曾在查房时说话得罪了他（是病人多疑），所以就一直想找机会教训这个医生。

这样的情况并不少见，这里的病人大都是由于精神疾病入院的，有的完全丧失了辨认和控制能力，他们不用负任何刑事责任，我们做医生的都是白白被打。其实可以的话，谁都不想去要那笔挨打费。

就像我前一晚值班，有个狂躁症的病人叫牛大贵，被家人送进来一年多了，情况一直没有明显好转，因为他有暴力史，家人坚持送他来这里治疗。昨天夜里，牛大贵喊不舒服，护士都知道这个病人不好对付，就打电话叫我过来。牛大贵却嫌我们来慢了，还说一看就是医生值夜班时偷懒，虽然现在人赶过来了，但是还有起床气——他是病人，我不会和他计较这些。其实在接到护士电话后，我就第一时间赶过来了。牛大贵骂骂咧咧的话还没说完，就冷不防给了我一巴掌，旁边的护士也被他踹倒了。

很多人对医生的排班都有误解，我们医生不是值夜班，而是正常值班，是从第一天早上八点到第二天八点，如果第二天不是休息日，交班给次班的同事后，我们还要继续工作到这一天的下午六点，等于要连续工作至少三十四个小时。这样的安排其实是反人性的，但大多数科室晚上情况相对稳定，因为患者也需要睡觉，除了一些极特别的情况外，不是一线的医生还是可以睡一会儿的。

如果不算白白挨打的话，精神科的工作还算轻松，不像妇产科、心内科这些科室更忙更累，比如患者半夜大出血要做紧急手术，根本别想闭眼睛。也就是说，我们医生是医疗值班，护士是护理值班，她们才是最辛苦的人。

护理值班是八小时工作制，分为 ABCD，A 是正常班，是八点到十七点；B 是两头班，是十八点到二十二点，以及二十二点到六点；C 班是小夜班，是十六点到二十四点；D 班是大半夜，是二十四点到八点。护士当班只有八个小时，所以她们不能睡，只要一听到呼唤铃，不管病人有没有问题，都要精神抖擞地赶过去。

这一天，和我交班的人是季副高，每次科室有会议，他几乎都有各种借口不去参加，神奇地避开这些安排。我一交完班，季副高就带了一群住院医去查病房了，问病人的情况，改病历，就像是《哈利·波特》里的魔法教授一样。

牛大贵闹了一晚上，我困得要命，今天还要继续工作到傍晚六点，一到休息室就想倒头大睡。可武雄管不住嘴巴，偏偏去问杨柯在看什么书，还有和我同样的问题：今天怎么来这么早？杨柯没说话，举起正在看的书，让武雄瞧了一眼封面，还是《精神探》，他还没看完。

武雄踮起脚尖靠在床架上，问杨柯："这书怎么样？谁写的？"

杨柯的语气很平静："挺好看的，应该是个女的写的。"

"美女作家写的书吗？难怪你看得那么入迷。"武雄开玩笑。

我一听面红耳赤，什么美女作家，明明是个男作者好吧！不过，这种事在第一时间没点破，日后就不好再说破了，看来首因效应还真是无处不在，那就让这个误会继续下去吧。只是，听到杨柯那么说，我又忍不住追问了一句：“你怎么知道作者是女的？”

“从这个作者的文笔看出来的，还有很多情节，都是从女性角度来写的。”杨柯没有正眼看我。

我很想对他翻白眼来着，这是什么烂分析啊，要是说出真相，不知道他会不会找个地洞钻进去。我刚想到这里，杨柯又说：“就算不是女的，也是个……”

“是什么？”武雄傻乎乎地问。

“娘娘腔男作家。”杨柯的话太有杀伤力。

这话堵得我没法接，当下就盖上被子想抓紧睡过去。就在这时，上铺的手机响了。杨柯接起电话，“嗯嗯嗯”了几声，就挂断电话跳下床，大步流星地走出了休息室。我真的困到不行，一躺下就快睡着了，也没管杨柯是接谁的电话，要去干吗。

就在我要会周公时，我的手机也响了，一条短信，发信人竟然是我前女友。离开沈阳，对我来说是非常痛苦的决定，真的是赔了夫人又折兵。一发现是前女友发来的信息，我就滑开手机屏幕，想看看她这次是不是又找到我落在她家里的东西，要给我寄过来。

“你那里天气好吗？”

这就是前女友发的，完全看不出有什么用意，我当时脑袋已经不转了，回了一句：“不好，老是下雨。”

回复之后，等了很久，她都没回复我，仿佛刚才发错人了，她可能没想跟我联系。虽然当初我狠心离开沈阳，但好一阵子我的心却还在那儿，忘不掉曾经深爱过的女人。这条突然挤进来的信息害我此刻翻来覆去，根本睡不着，直到武雄在另一张床上都开始打呼噜了，我仍清醒着。又等了很久，她那边还是没动静，我就想打电话过去问一问，转念又克制住了冲动，那样会显得我太没骨气，也不成熟。

武雄的呼噜声吵得我心烦意乱，为了理清思绪，我忍住睡意，离开了休息室。早上，门诊那边就很多人了，今天本来没排我坐门诊，谁知道医务科的小姑娘联系到我，说有家综合医院找我们过去，那边有个病人需要精神科的医生去会诊。

我说：“可今天我不用出外诊啊！”

小姑娘却说：“这是你们主任安排的。”

都搬出主任了，我哪还敢顶嘴，当下就服从组织的安排，跟车去另外一家医院。上车之前我先回一科的诊室拿东西，撞见杨柯正在与一名十七八岁的女学生谈话，女学生的父亲也在那里，一直在责怪女儿撒谎。像这样的病人，通常不喜欢有外人在场，我拿了东西就飞快地退出来，但在离开诊室前，我无意间瞥了一眼那个女学生的红褐色外套，衣服背后绣了四个字：六合武馆。

赶到另外一所医院时，收治科室的主治介绍道，病人叫阿丽，是名高中生，最初主诉胸闷气短、四肢厥冷、大汗淋漓、有濒死感，所以是按照急诊入院的，但没查出什么来。于是阿丽的母亲怀疑可能是学业过重导致的，随后就带女儿回家了。又过了一段时间，阿丽再次出现同样的状况，就又被带到医院，阿丽的母亲担心有一些不好发现的病情病因，便要求医院仔细查一查。

经内科检查，阿丽无明显器质性病变，神经系统也没有异常，虽然阿丽呼吸急促、冒冷汗，但生命体征平稳。为了进一步排除器质性疾病，主治又请内科和妇科会诊，同时做了必要的头颅 CT、脑电图等辅助检查，但均排除了器质性疾病。

既然不是躯体疾病，收治科室就认为，阿丽可能是由于某种原因在对家人和医生撒谎，她或许根本没有身体上的疾病，是精神上的问题导致的，也许是某种癔症。阿丽的母亲听到医生们这么说，再加上拿在手里的那些检查结果，也认定女儿可能在骗人，但阿丽却坚持说自己没撒谎，最后医院才请我们来收拾摊子。

阿丽的母亲听到女儿坚持说没骗人，又看到我们赶来了，就问我：“是不是平时我给女儿的压力太大，她精神崩溃了？可我平时都尽量给她时间玩，还送她去各种兴趣班……”

“现在还不好说，我都没问诊呢。”

在诊室遇到阿丽时，我看到她穿着一件红褐色外套，背后竟然也绣了四个字：六合武馆。这一天早上，我看到两个女学生穿着这样的外套，一个在眼前，另一个在我们医院；杨柯在了解情况，她们可能是患有某种精神疾病。一想到这里，我就瞬间清醒了，睡意全无。

她们到底得了什么病呢？

02 遗迹

当时，我非常想打电话给杨柯，问他早上接诊的女学生是谁，出了什么问题，也许会对我为阿丽诊断有帮助。

想归想，在病人和家属面前，可不能做出这么不专业的举动，收治科室的医生也在看着我呢。阿丽一样在看着我，可她的眼神不是求助，而是恐惧，大概是听说精神科医师要来收她了。的确，谁听了都会怕的。

不出单位，我们医院除护士外，医师没有穿白大褂的硬性要求，但出单位就不一样了，我们加入了120，出外诊必须穿白大褂，不然谁知道你是医生还是什么人。阿丽见我穿白大褂走进诊室，料想我就是他们所说的精神科医师，马上用憎恨的眼神望着我，好像我是她的仇人一样。

这一幕我早就习惯了，精神病人会被歧视，精神科医师也会遭人歧视。我每次回家都不敢说自己是精神科医师，别人问起，我都交代父母说我是内科的，不然以后相亲都没的相。我在沈阳谈女朋友那会儿，一开始就没敢说自己是精神科的，只说自己是名医生，等女朋友知道真相了，她非常害怕，还经常闹分手。我一直对此很自责，但最后还是对她分手的要求妥协了。

阿丽见我走过来，非常抵触，直言自己没有精神病，哭着喊着要回家。阿丽母亲不允许，坚持要她好好配合做检查，我还没诊断呢，她就要把人送到我们医院去。阿丽仍是不配合，捂着胸口冲出收治科室，一出去就撞到一个挂着吊瓶要去上厕所的女病人，疼得那个女病人哇哇大叫，还尿失禁了。

这家医院的人恨不得快些送走阿丽，没等我说什么，他们就上下齐心，顶着压力强行让阿丽出院了。我看阿丽也确实精神压力很大的样子，当即就办好手续，接下了这个烫手山芋。

阿丽不肯走，我好说歹说，她还是坚称自己是胸口闷，我怕她是妇科毛病，没好意思对她母亲提，于是又去问收治科室的主治，她们说病人身体绝对没有问题。不过，这边的主治都在怪我们医院，怎么让一个男医师来，这病人是女学生，哪里好对男医师说问题。

还好阿丽的母亲通情达理，既然阿丽不愿意跟我们走，她就苦口婆心地劝女儿，还保证不会住院。问题是阿丽来医院检查的次数过于频繁，如果只是精神上有疾病，那到我们医院可能是需要住院治疗的，因为就目前情况判断，其心理已经影响到生理了。本来我还一直担心预估得太严重，等回到医院后才发现，情况其实比我想象的要严重许多。

一科的诊室都挨在一起，我回去的时候，杨柯还在诊室里和女学生谈话，她父亲则坐在外面走廊的椅子上玩手机。现在科室的会议开完了，有的人要坐门诊，有的人有带教任务，单人诊室和多人诊室都被占了。见杨柯已经用诊室快一个早上了，我便带着阿丽母女过去问他："快完事了吗？"

谁知道，诊室里的女学生见到阿丽，两眼冒火光，愤怒地站起来指着阿丽，大声骂起来："就是这个贱货，是她传染我的！"

现在的年轻人怎么张嘴就骂人，我眉头皱起来，琢磨着这是传染了什么病啊，不会是……难道她们是为了一个男生，在争风吃醋吗？

这时候，在我身旁的阿丽也响亮地回敬："我是贱货？那你就是骚货！明明是你传染我的，你个不要脸的狐狸精！”

“好了，你少说两句！”女学生的父亲收起手机，跑过来制止争吵。

阿丽的母亲也比较明事理，过来劝架：“阿丽！我平时怎么教你的？怎么张口闭口说脏话呢？书都白读了吗？《论语》你也白念了，是不是？”

我心中好奇，这和《论语》有什么关系？两个女学生见面就吵架，这在精神科也不算稀奇，大家早见怪不怪了，这一天要是安安静静地过完才不正常呢。奇怪的是，阿丽和杨柯的病人竟然互相指责她们现在得的病是对方传染的。

难道精神疾病也传染吗？

我觉得这个想法非常可笑，躯体疾病有途径可以传染，精神疾病通过什么途径传染呢？当然，如果是癔症，那就有可能了。我本以为，阿丽她们只是互相辱骂，夸大其词，没想到真相远比她们激烈的措辞更夸张。当时谁都不知道，这两个女学生会有生命危险，一种可怕的病正潜伏着。

我也考虑过是不是癔症，因为流行性癔症发病都是集体性的。想到这一点，我就问了阿丽母亲，但她表示没听说过有集体病症的暴发，更不知道还有一个女学生也得了一样的病。我想了想，也觉得不像是流行性癔症，否则早就有人联系医院了。

在安抚两个病人后，我给阿丽找了一个地方，让她喝些热水，平复下情绪，还让她母亲陪着她。很明显，这两个女学生的病情是相关联的，要想对症下药，我必须向杨柯了解下他那边的情况。

倒霉的是，阿丽并不领情，我借故要离开时，她居然在我后面向她母亲抱怨：“你看啊，她连找医生也要和我比，居然找了个这么帅的！不公平，为什么我分到一个这么丑的。”

这句话犹如降龙十八掌，从我身后毫不留情地打过来，我当场就要吐血。罢了，罢了，人家是病人，说的话不能放在心上。我一边给自己做心理建设，一边回到诊室那边，琢磨着怎么向杨柯询问他病人的情况。万一他不乐意分享信息，那怎么办呢？

我刚过去，杨柯正好从诊室里出来，他带上门，可能怕女学生和父亲听到，一出来就小声叫我跟他到走廊的尽头。没等我提出要求，杨柯就主动告诉我，来找他的病人是他的堂妹，叫杨果，正在念高二。最近杨果常说不舒服，胸闷气短，爱冒冷汗，去看过好几次医生，医生都说没什么大碍，可能是学业太重、压力太大的缘故。

可是杨果不舒服的频率愈来愈频繁，有时候像要死了一样，吓到了杨柯的堂叔。在确定躯体检查不会有太大的疏漏之后，他就考虑女儿是不是得了精神上的疾病。正好家里有人在精神专科医院工作，杨柯的堂叔就带着女儿找上门来，这也是为什么杨柯今天这么早来医院，他们早就约好时间了。

杨果的母亲早已不在人世，看着女儿如此痛苦，杨柯的堂叔很苦恼，也怀疑过是不是什么妇科疾病，女儿不方便和爸爸说，当听到医生说绝对不可能时，他才松了一口气。

早上，杨果被拖着来见杨柯，很不情愿，一直避重就轻，怎么谈话都说不到重点，直到我带回阿丽以后，她们发生了争吵，杨果一怒之下才道出一些实情来。

原来，杨果和阿丽是高中同班同学，她们都不住校，晚上放学后，会去一家六合武馆学武术。六合在这里并不是六合彩，而是武术上的六合：眼、心、意、气、功、力等六方面的配合。

在武馆中，老师们不只教动作要领，还会教儒学，有修身养性的主题，提倡儒武合一。起初，杨果是他们学校第一个去学的，杨柯的堂叔没有反对，反而觉得既然女儿有兴趣，又能锻炼身体学点基本动作防身，领悟传统文化，文武双修何乐而不为呢？

人都有爱炫耀的心理，买了新衣服恨不得马上穿给别人看，杨果认为自己学了与别人不一样的武术，在班里到处宣扬。阿丽听说后，也央求母亲好多天，硬要去报名学武。本来杨果和阿丽情谊一般，但去了六合武馆以后，关系反而恶化了，有时还会真的打起来，势同水火。

武馆的老师见了都会劝架，主张大家好好相处，放下成见，可总是无法解开她们的心结。

有一次学校放假，武馆就搞了个短期夏令营“禅武之旅”，计划带学生们去湖南醴陵市太屏山宿营拉练，湖南醴陵与江西萍乡接壤的地方佛寺众多，有些历史文化能追溯至唐朝。六合武馆带学生们去参观其中的云岩寺，主要是让学生们来观察、学习，理解当下学武不是为了争强好胜，而是强身健体，锻炼意志力。当时云岩寺有个“学《论语》，诵经典”的活动。

有的学员听说了这个活动，对儒与武的融合很感兴趣，便自愿报了名，杨果和阿丽也在其中，各自交了一份监护人的书面同意书，学校也派出老师一起跟读、带队管理。

这一切看似顺顺利利，可老师们却万万没想到，在十天诵经典的活动中，出了一段意想不到的插曲，搞得人心惶惶。

03 交换病人

杨柯向来惜字如金，很少主动和我说这么多话，我问他干吗和我说这些，虽然我本来也要问他。

“你是真傻还是装傻？”杨柯陈述病情时被我打断，很不高兴，“我都说了，杨果是我堂妹，我不可能当她的医生，现在告诉你这些情况，是要和你交换病人，你明不明白？你主治白当了吗？”

“好，好，你聪明。”我立马认输。

杨柯平常话少，骂我的时候话就多了。这么简单的道理，我自然明白，只是之前没料到杨果是他亲戚。既然如此，那么杨柯肯定要回避，换病人就换吧，反正现在的学生一个样，都不好交流。

骂完我，杨柯收住脾气，又继续讲学生们发生的事。

本来，云岩寺平静无奇，偏偏六合武馆的学生们都很顽皮，有一晚他们闯入了云岩寺的后山“禁地”去玩，有一个名叫严岳伦的男生在一个山洞里捡到了一本旧书，上面写了四个字，第一个字非常模糊，已经无法分辨，只能依稀看出后面的三个字“心大法”。

旧书里的墨迹早就晕开了，严岳伦却说那是一本“古籍”，名为《吸心大法》，是传说中的武功秘籍。大家都是读过书的年轻人，对于严岳伦的玩笑话，本是不在意的，可后来那本古籍不见了。

十天诵读经典活动都被安排在固定的场所，学生们就算能出来透风，也不能在寺院随意乱走，这是礼节问题，也违背来此静修学习的初衷。没多久，云岩寺有人了解到有学生擅闯后山，还“机缘巧合”得了什么“武功秘籍”，就和大家解释说，后山的山洞是明朝时期留下来的，因年代久远，山体开裂，曾有人被掉落的石头砸伤，所以才设立了所谓的禁地，不可能有什么秘籍遗留洞中，那不过是武侠小说里编造出来的东西。

时间过得很快，闭关到了最后一晚，杨果忽然说自己胸闷气短，很难受，要去医院看病。六合武馆的负责人是位女老师，她没敢耽搁，当时就启动了应急措施，驱车带人前往市区的医院看病。医生查不出问题，只让杨果喝了点热水，观察一段时间，没发现病情有进一步的变化，院方就让人离院了。

云岩寺的规模很小，住宿的房间都是几个学生共用的，杨果当时被安排和阿丽一间，这其实是武馆老师故意安排的，他们想学生们通过十日共处，消除彼此隔阂，成为好朋友。那晚，杨果从医院回到云岩寺，瞧见一个黑影离开她的房间，误以为那个人是阿丽，可进屋后，却看到阿丽已经睡下了，灯盏仍有很烫的余温，莲花灯似乎刚刚被熄灭。

刚才的人影会是谁？她想叫醒阿丽问个清楚，但转念一想也不是什么太重要的事，折腾一晚，她也累了，便跟着睡下了。到了半夜，阿丽忽然痛苦地醒来，说自己胸闷气短，吵醒了熟睡的杨果。这一闹，杨果就来气了，阿丽怎么什么都学她，跟去武馆学武就算了，现在连生病都生一样的，这也太巧合了吧。

“你能不能别学我了！”杨果没安慰同学，反而生气地训斥起来。

阿丽一副痛苦的样子，恼羞成怒地杠上了：“肯定是你有病，和你住了这么多天，是你传染我的！”

“你才有病！”杨果气坏了。

“明明是你先得病的！”阿丽不甘示弱。

两人的大吵引来了女老师和寺中人，阿丽坚称自己被杨果传染了怪病。老师便带她去医院检查，医生也说两人的症状确实相似，不过都不是大病，可能是在密闭空间待得太久，压力过大，睡眠不够所致，不需要住院做进一步的治疗。

带队的女老师有些坐立不安，这次出行基于正面积极导向，主要劝学生静心做事、不骄不躁，可学生们的问题怎么变本加厉了呢？接连有两名女学生声称不舒服，老师就不由自主地担心起来。现在学生都是独生子女，万一真的出事，武馆可担待不起。

幸好，学生们的毛病来得快，去得也快。宿营拉练结束后，他们一行人就平安地返回了南宁各自的家中。本以为这个插曲就这么过去了，可杨果这边又陆续地出现了三次这样的情况，她父亲带她来医院看病，医生仔细检查了，依然查不到症结所在，院方认为这可能还是心理和精神方面造成的。

杨柯向堂叔明确地表示，这种情况他是要避嫌的，精神和心理的治疗不适合找熟人，因为面对熟人很多问题当事人不方便开口，何况他还是个男医生。理论上来说，现在的女学生心理活动都很丰富，最好能找个女医生。

听到这里我就不开心了：“等等，等等，慢着。你刚才说要和我交换病人，现在又建议找个女医师，这是什么意思？”

“我说得还不够清楚吗？”杨柯很不耐烦，“我刚说了，这是从理论上来说罢了。你之前看的黄飞红和老婆婆，白看了吗？”

“好，好，我说不过你。”我没有和他争下去的意思，心里却在想，如果杨果和阿丽的病与妇科疾病有关，那男医师确实不如女医师方便。

不过话说回来，杨果和阿丽一定是在云岩寺发生了特别的事，才导致她们患上了能传染的精神怪病。为了确定不是躯体的疾病，我又问杨柯，他堂妹的检查结果是否带来了，能不能先看一看。杨柯坦言他早就看过，如果检查的医院没犯错，应该不是躯体疾病造成的这种反复症状。

我们还在讨论时，杨柯的堂叔在走廊的另一头喊杨柯，说杨果又不舒服了，能不能派个人过去看一下。小乔刚好从住院部那边过来，我急忙叫她先去瞧瞧杨果，安抚一下病人。不知道阿丽是不是真的在比谁病得厉害，杨果一喊不舒服，她也立马滚在地板上，大喊着要呼吸不过来了。

这时候已经快中午了，杨果他们早上来只是让杨柯先看一下，并没有挂号。我对情况有了大致的了解后，便答应杨柯和他交换病人，然后走回诊室那边，带杨柯的堂叔去办理挂号等手续。

杨柯的堂叔很担心女儿，在挂号时问我：“我家果果到底是什么毛病啊？她妈妈走得早，我又一直忙于工作，本来想着让她学点武术保护自己，是不是真的‘走火入魔’了？”

“这倒不会。”我尽量让家属冷静下来。

“那就好。陈医师，麻烦你了。”

“应该的。”

杨柯的堂叔只想听到安慰的话，我很明白家属此刻的心情，他听到这句答案，便没那么慌张了。在精神疾病的治疗中，安慰病人家属有时和安慰病人一样重要，这样才能避免他们跳出来干扰和质疑你，甚至影响到你的治疗工作。而且患者往往不能清楚地叙述病情，医患之间的交流存在障碍，更多的沟通需要和家属来进行。

与此同时，小乔正忙着两头跑，刚让杨果镇定下来，接着又去把阿丽带到一个空出来的诊室，让她在里面休息。当阿丽知道换了一个主治，变成杨柯来给她治疗，脸上就笑开了花，尽管整体看上去还是一副病恹恹的样子。

瞥见这一幕，我心里很不是滋味。我叹了口气后，脱下了出外诊时穿的白大褂，正想要进另一个诊室时，杨果的父亲却拉住我的手，很诚恳地看着我：“陈医师，杨柯说你医术高明，让你来看果果，我可以放一百个心。杨柯从不说恭维话的，你一定有办法，对不对？果果没有严重到要住院吧？她还有很多课要上呢……”

杨柯的堂叔一股脑儿说了很多话，我却只注意到“杨柯说你医术高明”这一句，他那么傲娇的人，竟然会夸我？不管怎样，有没有杨柯的这句话，我都会用心去给病人做诊断和治疗，这是一名医务人员应该具有的品格。

哪知我人刚进去，杨果就嫌弃地叹起气来：“唉！我猜得没错吧，阿丽看我堂哥长得帅，想办法换了医生，丢给我一个丑八怪！阿丽就是会玩心机，装病都要跟我装得一样，什么都要争！”

现在的年轻人说话特直接，根本不会婉转的，我在沈阳接诊过很多这个年龄的病人，照理说早该习惯了，可每次听到这种没礼貌的话，仍会觉得不舒服。杨果和杨柯果然是一家人，说话都毫不留情，那冷冷的眼神让人胆寒，就连医生都不敢多看他们一眼。

我坐下后，没有马上问杨果，而是让她继续喝热水，缓一缓。杨果的胸口起伏很大，能够听到她的喘气声，那样子好像一个人被关在密封的箱子里，氧气不够呼吸了。

在我看来，阿丽和杨果的病等于一种孪生病，如果不是癔症使然，那会是什么类型的精神疾病呢？

我能想到许多病，不过都不能归为“可以传染的精神疾病”。当然，她们也可能是“诈病”，并不是真的得了病。诈病不是一种精神障碍，而是身体健康的人为了某种目的，伪装自己患有某种疾病，通常会夸大那种疾病的症状。

杨柯显然考虑到了这一点，早上已经让堂妹做了明尼苏达多项人格测试。这项测试是由美国明尼苏达大学教授在1942年制定的，是迄今应用极广、颇富权威的一种纸－笔式人格测验，既可以用于测试正常人的人格类型，也可以用于区分正常人和精神疾病患者。这份测试有一项是关于诈病的，杨果在那一项的得分很低，这说明她认真回答了，不管准不准，至少也是个参考。

我其实不相信有人会诈病到这种程度，为了比输赢，竟然比到精神专科医院来，因此也没有太怀疑杨果，而是想认真地问一问，她们在湖南的云岩寺学习时，是不是发生了其他什么事。可我还没问呢，杨果就叫我先把门带上，见我坐着不动，就自己去关上了诊室的门。我以为杨果终于要道出实情了，哪知道她转身后就说了一句吓死人的话来。

也是后来才知道，在杨柯那边，阿丽也一样坚持关上了诊室的门，并说了一句与杨果一模一样的话。

04 海南岛和雷州半岛的流行怪病

我入行多年，听过许多精神病人叙述自己的病情，他们的话通常没有逻辑，疯话说起来比史蒂芬·金的小说还要悬念迭起。

杨果像是为了挑战我的极限，把门关上后，就对我说："医生，快，你来检查一下我的胸。"

"什么？"我以为听错了。

"快来检查一下。"杨果一点不害羞，反而很着急。

我愣愣地坐在椅子上，不知所措："这……"

"你不是来给我看病的吗？"杨果的语气不容反驳，凶巴巴的样子倒是和杨柯一个模子。

当年我还是住院医时，第二年和第三年要去轮转，简而言之就是去相关科室轮转学习，熟悉各科室的诊疗常规和临床通用，并能准确采集病史、规范精神检查和体格检查、正确书写病例，说难听点就是去给各个科室当用人，每个科室都要干几个月。为女病人做身体检查，我自然做过，也如杨柯所言，男女的身体部位早就烂熟于心了，没什么尴不尴尬的。问题是，杨果的架势不像是正常叫医生检查，搞得我很尴尬。

杨果见我很别扭，放不开，就生气地坐回去，对我发脾气："我堂哥还说你很厉害，你看你这个样子，是不是刚来这个科室实习的啊？"

我知道现在的学生都很有个性，说话直来直往，可这句话仍超过了我能接受的范围。为了表现自己的专业度，我没和病人有任何争辩。正当这时，前女友的电话打了进来。

手机铃响了好一会儿，我犹豫再三，选择挂断了这通电话。毕竟还在工作，病人就端坐在面前。不过，心中还是起了一丝涟漪的，如果前女友是想破镜重圆，我还是十分愿意的。

见我挂断了电话，杨果问："你怎么不接？"

我整理好情绪，平静道："这不重要。先说你的事吧。"

"谁打来的？"杨果这话说得好像她才是医生。

我不想为了证明自己而嘴硬，但不知道是什么心理作怪，当时就厚着脸皮回答："是我女朋友。"

杨果闻言，立刻上下打量我，好像病痛消失了一样，也好像我不配有女朋友，观察完后就说："你肯定在骗我。"

"我看是你在骗人吧，说实话，你在云岩寺是不是还发生过别的事？"我直接打断她切入主题。

杨果皱起眉头，呼吸又急促起来，她应该疼到承受不住了，于是放弃道："好吧，我跟你说实话，不过我没有骗人，我只是省略了一些事没有说，要是说出来，你们肯定以为我又在撒谎。"

"又？"我打蛇打七寸，抓住要害问，"你还撒过什么谎？"

"我……"被我逮住了小尾巴，杨果很郁闷。

我不置可否，也不去接话，等着杨果自己讲。杨果又捂着胸口，额头冒了几滴冷汗出来，特别不舒服的样子。我把桌上的一包纸巾推过去，示意她一边擦一边把埋在心底的秘密说出来，只有知道了真相，医生才能对症下药。

杨果羞于启齿，沉默了好一会儿才说："我去武馆学武，不是真的对学武感兴趣……"

这句话我倒是没料到，原来一开始的初衷就是个谎言。那后面的一系列事件，估计还有很多不为人知的内幕。

诊室里又沉默了许久，杨果才承认，她很喜欢学校里一个不同班的男生，当知道那个男生去六合武馆学武后，她就假装对学武感兴趣，也去报了名，给自己制造机会，多与那个男生相处。那个男生就是严岳伦，进入云岩寺山洞捡到旧书的那个男学生。

杨果表面冷漠，对严岳伦爱搭不理，心中却为能经常看到意中人而开心，每天都觉得很甜蜜。不承想，有一天阿丽也加入了六合武馆，还经常去找严岳伦交流，久而久之，他们的关系慢慢拉近了。这让杨果大为恼火，恨不得去揍阿丽一顿，终于有一天，妒火让杨果疯狂起来。

在云岩寺同住的一天晚上，杨果发现阿丽偷偷溜了出去，原来严岳伦在后山捡到旧书的那天，阿丽也在现场。次日他还和大家炫耀，说那本书就是武功秘籍《吸心大法》。大家吃斋饭时，杨果借故离开，还故意撞了严岳伦一下，严岳伦大大咧咧的，根本没想到那是暗恋女生的小心思，以为杨果针对他，于是他开玩笑地一掌打过去，还笑着大喊："看我吸心大法！"

杨果身子侧了侧，严岳伦一掌打过来，正好打到了她的胸部。严岳伦连忙道歉，尴尬得头也不回便逃走了。那一刻，杨果只觉得浑身发热，头脑都不能思考了，连怎么回到房间的都不记得，只知道胸口很闷，好像有什么东西在捏她的心脏。

说到这里，杨果停了片刻，从椅子后拿起自己的红色背包，抽出一册旧书，推到我面前："严岳伦不见的旧书，是被我拿走了。"

那册旧书看上去已经发霉了，我嫌脏，就扯了张纸巾包住一角，拿起来端详。小册子上的确写了四个字，第一个字实在太模糊，根本辨不清是什么字，里面的内容也糊了好多。

我研究了一会儿，不明白地问："你干吗拿走这本书？"

"我不小心被严岳伦打到胸口那天，是真的很难受，他一直到处说捡到一本什么神功秘籍，寺里的人也承认那座山洞历史悠久，我不知道是不是自己昏了头，还是背诵了太多天，头脑短路，当时在那个环境里，我真以为被打的那一掌是什么吸心大法，所以想偷过来看一看。"杨果很不好意思，少见地低下了头说，"拿到书之后，才发现上面什么都没有，是严岳伦在吹牛。"

"但你那晚真的很痛苦，还让女老师送你去医院了，"我接过话茬问道，"这一点你没有骗人吧？"

"去医院做检查，我是真的很难受，感觉心口像是有个旋涡，还是黑洞什么的，有一股力量在吸我。"杨果抬起头，强调道，"不是往外吸的那种，是我心口里有东西在往里吸。我不知道你能不能理解我的话。"

我脑子里还在想事情，没来得及回答，杨果又接着说："那晚从医院回来，我想回房休息，又看到一个黑影从里面出来，我曾怀疑那是不是严岳伦。我不舒服，被送去医院了，他们居然在约会，最不要脸的是，我病了，她也跟着装同样的病，你说，这是我的错，还是她的错……"

说到后面，杨果言语间又加入个人情感，不再客观了，后面的话都没必要再叙述。我只在思考，这一切的发生都和这本旧书脱不开干系，难道这本面目全非的"秘籍"真的能伤人？这世界上真有《吸心大法》？

我又想到前面提到的武侠小说家向恺然，在《近代侠义英雄传》中，向恺然将霍元甲描写成一个武功奇高的人，据病例考证，霍元甲应该是死于肺炎，向恺然的解释则是霍元甲内功不好，多年习武经历导致其运气过度。

我是搞科学的人，如果硬要说有内功存在，那么从科学的角度上来说，内功就是对呼吸吐纳的控制。内功深厚的武学家是因为经常锻炼，所以才运动量大也不喘，比起武来更持久，显得很厉害。就像练拳时，如果你不挺胸，那就容易喘气，而若是胸虚腹实，就能心肾相交，不会气喘，也不会心跳过速。像运动员就特别讲究何时吸气，何时吐气。

世界上根本没有什么“吸心大法”。杨果的病症经过多次大大小小的检查，如果能排除躯体疾病，那么问题应该就出在严岳伦这个男同学身上。严岳伦一定不会什么吸心大法，他到处炫耀，只是说笑而已，但他打的那一掌确实触发了杨果的病情，这一点就值得深究了。

我正在思考整件事还有什么遗漏的地方，桌上的手机叮地响了一声，一条信息发了过来。我以为又是前女友发的，想先不理会，可瞥了一眼，发现是杨柯发来的，心想或许对阿丽的问诊情况会有能用上的东西，便随即抓起手机，瞧瞧是什么内容。

他只传来一个问句：你听说过 20 世纪在海南岛和雷州半岛流行的一种怪病吗？

05 钟氏领悟疗法

杨柯不会和我闲聊，更不会没话找话。既然他这么问，很可能这个病与阿丽的情况有关，也许还和杨果的发病有关。

可惜我孤陋寡闻，即使我是广西人，从小在华南长大，也没听说过海南岛和雷州半岛在 20 世纪流行过什么怪病。想到这个，我突生疑惑，杨柯似乎长居在广西，可听他和他堂亲的口音，又不太像南方人；也不知道杨柯家是干什么的，怎么会比我有钱那么多呢……

“想什么呢？你不管我了？我是真的难受，这事绝对不骗你。”杨果拍了一下手。

我醒过神来，尴尬地笑了笑，然后翻了翻杨果的病历。像我们的病历，不管是门诊的，还是住院的，都会有籍贯一栏要填写。想到刚才突生的疑惑，我立即翻开杨果的病历，瞧了瞧她籍贯那一栏写的是山东海阳。哪个城市都会有外乡人，山东人来广西定居，这倒没什么稀奇的。

杨果以为我已经知道她得的是什么病了，要继续写病历，又一连串地问了我很多问题。我招架不住，打算先和杨柯讨论讨论，想必他在阿丽那边已经诊断出来点什么了。于是我就安抚杨果，让她继续喝水，自己暂时离开诊室几分钟。

“你可快点啊！”杨果在我身后催道。

“马上回来。”

出了门我就径直去找杨柯，到他诊室外面，看到门虚掩着，就直接推开了。谁知道，我一进门就目瞪口呆，吓得说不出话来。诊室里，蓝色的窗帘已经拉上了，杨柯没有坐着问诊，而是隔着阿丽的红色衣服，在摸她的胸部。阿丽端坐在那里，重复地说：“就是这里，就是这里，啊啊啊……好疼……疼。”

杨柯虽然脾气不好，但好歹是一副正人君子的模样，我哪里知道他居然这样没有医生职业道德，私底下乱摸女病人。我怕其他人看到，尤其是阿丽的母亲，急忙把门关上，教训杨柯：“你脑子坏掉了吗？你这是干什么啊？”

“你说什么呢？”杨柯将手从阿丽的衣服里缩回来，一头雾水地问，“谁的脑子坏掉了？”

我生气道：“你还狡辩？！”

阿丽脸红得要命，不敢抬头，杨柯直接回怼说：“就你这专业水平，还好意思说太平川写的书差！”

“那、那你刚才……”我一时语塞。

杨柯嫌弃道：“我不是发了一条信息给你吗？你没看啊？”

“看了。”我糊涂了。

杨柯让阿丽先出去找她母亲，说他一会儿给她办理住院手续。

看着这情形，我不知道是怎么回事，坐下来就问杨柯："阿丽和杨果的病情很严重吗，到住院的程度了？难道就是你提到的海南岛和雷州半岛流行过的怪病？"

"真不知道你是怎么当上主治的。"杨柯对我的样子很无奈，"我们医院要不是出了……"

"出了什么？"我忽然想起来阿婆在出院前给我打过的那通电话，她说医院死过一个医生，武雄和其他主治在医院职工食堂也悄悄聊到过这件事。

杨柯明显是有事瞒着我，当下就岔开话题，只道："你是广西人，没听过海南岛和雷州半岛在20世纪时发生过的怪病吗？"

说到这事，我就反问："你是山东海阳人吗？怎么跑到广西来了？"

"你能不能认真一些？"杨柯的忍耐快到极限了，又有些狂躁起来，"我是哪里人关这个病例什么事？从现在开始，你给我闭嘴，先听我说完！"

我也知道自己抓错了重点，索性不再说话，任杨柯讲下去。原来，阿丽刚才和杨果一样，让医生检查她的胸部。杨柯以前也接诊过一些钟情妄想的病人，男女都有，不少病人都提过类似的要求，除了让他检查胸部的，还有要求检查其他私密处的，甚至有想检查杨柯身体的。这一次，杨柯说，他检查出了不该有的情况，好像是阿丽的胸部不对称，右胸像漏气的气球，已经瘪下去了，仿佛消失了一般。

阿丽并非真的想对杨柯如何，这个要求是在病情的基础上提出来的，她也闷在心里很久了，一直没敢对别人说。而杨果叫我检查她胸部的原因应该也一样，她至少有一个乳房已经消失了。就像她形容的那样，体内有一个魔力旋涡，向内把体表的器官都吸进去，让人无法抵抗。

据说，前几年海南省陵水黎族自治县曾有一名二十多岁的男性得了一种怪病，他的生殖器内缩了，大家以为是鬼怪作祟，或者是传染病。有人就敲锣打鼓、放鞭炮想赶走怪病，还有人跑到药店买光硫黄，因为他们认为硫黄加上生姜和石灰，能制成一种药，消除这种病症。

事实上，这种病早在公元前100年就提到过，《黄帝内经》的《诊要经终论》有这样的表述：“卵上缩而终矣。”民间医学据此，将生殖器或某种体表器官内缩的症状统称为缩阳症。但《黄帝内经》这句是描写男性病人大限将至时，由于厥阴经气脉耗尽，生殖器回缩的一种油尽灯枯的表现。在精神科中，缩阳症是一种与文化密切相关的精神障碍，是以恐惧生殖器或体表器官（如乳房）回缩入体内致死的恐怖焦虑发作的综合征。

当缩阳症发作时，有的患者认为器官缩入体内会致死，于是紧握器官以防止其缩入。同时，患者还会面色苍白、胸闷气短、出冷汗、烦躁不安以及产生濒死感，这些症状一般出现于惊恐发作的高峰期，数分钟之后可缓解（故躯体检查时极易疏漏）。患者的器官并不是真的缩入体内，只是他们对那些器官有感知障碍，但如果真的发生了内缩，是会危及生命的。

对于缩阳症在海南的流行，最早可追溯于《崖州志》中的文字记载：咸丰十一年（1861年），缩症行，男缩阴，女缩乳或缩耳、舌等处，用姜擦及爆竹轰之即止。间有缩尽死者。此外在《儋县志》中也记录了1863年海南岛曾发生过一种恐缩症。

之后据不完全统计，海南还发生过四次规模不同的缩阳症流行。1984年11月至1985年5月间，在海南岛和广东的雷州半岛发生了一次缩阳症流行，波及四千余人，对社会影响非常大。为此，广东省精神病防治所等单位还成立了专门的缩阳症研究协作组。两年以后的1987年5月，雷州半岛海康县（今雷州市）又发生过缩阳症流行，1988年4月至6月，海南和广东的雷州半岛一带再一次发生了缩阳症流行。

杨柯之所以列出这么多数据，就是为了说明，这个病症并不罕见，也非特例。每次出现大流行，总有一些恐怖的民间传说出现，比如妖魔精怪要收集男人的阴茎、女性的乳房，谁被收走谁就要死掉。当年在海南发生流行时，据记载，发病的男性是真的扯住阴茎，让大家一起拔出内缩的生殖器，很多人怕染上这种怪病，随身携带着硫黄、臭丸。在海南、广东、港澳等地区，也有这样的说法。

听到这里，我已经明白了大半，阿丽和杨果都患了一种“恐缩症”，不过她们并非恐惧器官被“妖精”收走而死亡，而是误以为那是“吸心大法”，再加上她们青春期萌动，精神过度紧张，这才患了这种怪病。

我的诊室办公桌上那本《CCMD-3 中国精神障碍分类与诊断标准（第三版）》里面，就列出了恐缩症的几个诊断标准：

1. 急性心因性起病，表现强烈的恐惧和焦虑，伴有植物神经系统症状或濒死感；

2. 惧怕生殖器、乳房或其他器官回缩到躯体内而死亡，并采取相应措施，如用系带牵引等；

3. 发作持续时间短暂。

目前阿丽和杨果的情况，是符合这个诊断标准的，只是医学界对恐缩症的分类尚未完全统一。这种病当时被认为是癔症，能传染。严格来说，它应该是一种神经症的表现。像杨果和阿丽这样的女学生，正值青春期，身心发育不平衡，情感不稳定，对异性敏感，既爱慕向往，又惧怕羞涩，对第二性征的发育具有一种朦胧的喜悦和不安，当这种心理冲突达到量变的高峰时，就会发生一定程度的急性发作精神障碍。

杨柯在解释缩阳症的流行时，我立刻想到了恐缩症，这种病症以前流行过，现在却很少发生了。我在上海念书时只是听说过，但没真的见过，所以根本没往那方面想。可恐缩症并不会真正发生器官内缩现象，两个女孩的胸部却都有一边明显变小了，这是为什么呢？后来，经过多名专家会诊，我们才知道真是无巧不成书。杨果和阿丽之所以会这样，很有可能是因为她们经常有肢体不对称性习武活动，如长期运动一侧上肢或胸肌，导致了两人单侧乳房发育较快。除此之外，她们的内分泌也不正常，又加剧了胸部大小不同的现象。

我一直默不作声，安安静静地坐着，心里琢磨这种病的起因。杨柯说完，也跟着沉默下来，我们大眼瞪小眼互相看了一会儿，他就叹了一口气：“现在让你说话了，你又在那里发呆！”

“你刚不是叫我闭嘴吗？”我如遇大赦，立刻喊冤，“我要是先出声，你待会儿又要骂我了。”

杨柯这时候稍微收敛了些脾气，好声好气地问：“我堂妹那边怎么样？”

“和阿丽差不多。”我说罢就举起双手，坦白从宽，“不过我可没检查她的胸部，我怕你砍掉我的双手。”

“知道就好。”杨柯难得被我逗笑了，虽然只笑了一秒不到，脸马上又黑下来。

我随即将话题拉回来：“那阿丽跟你讲了吗，她和严岳伦是什么关系？”

杨柯被我问得眉头皱起来：“有什么关系？什么都没有啊！病人说她是喜欢那个男生，每次见面都脸红心跳，还有什么事？”

我告诉他，杨果提到过两次，她那晚从医院看病回来，在屋外看到有个黑影出来，疑是严岳伦。还有之前捡到旧书时，阿丽也在现场。显然病人都是一样的，有些事总是习惯性避而不谈，但越是不谈的事，可能对病情诊断就越重要。杨柯以为阿丽交代了所有的事，可还是遗漏了一些，也许是她觉得不好意思，又或者她以为那些对病情来说无关紧要。

当我转述完杨果道出的隐情后，杨柯倒不觉得意外，好像是意料之中，他听完就出去找阿丽，只一会儿工夫又回来了。一进诊室，杨柯就对我说：“那晚什么都没发生，病人说严岳伦知道我堂妹去医院了，才去找那本旧书的，因为他怀疑就是我堂妹拿走的，但最后什么都没找到。当时阿丽和心仪的男生共处一室，心情一直很紧张，以至于后来一直抓着胸口，觉得胸口像是被什么东西吸进去了，估计是严岳伦一边找书，一边渲染这本旧书是什么传奇秘籍吧。”

“是吗？她没撒谎？”我怀疑地问，“你堂妹可是看到严岳伦在后山捡到旧书时，阿丽也在场。”

“这个我也问过了。”杨柯像是仍在替阿丽说话，“她说她是爱慕那个男生，但从没发生过任何亲密关系。她看到严岳伦都快呼吸不过来了，要真有什么，她也不会紧张得有恐缩症。”

“这倒也是。”我点头，然后又纳闷儿地问，“那你堂妹看到的黑影会是谁呢？”

“这不重要。”杨柯一边手写病历一边头也不抬地问，“现在重要的是治疗方案，你有什么看法？”

言归正传。我认为，这并不是一种单纯的恐缩症，随着时间的推移，人们的生活发生了翻天覆地的改变，心理和精神方面的疾病也相应地有了演变，以传统文化和迷信为背景描述的恐缩症，放在阿丽和杨果她们身上来解释病情，已经完全不适用了。应该以另一种形式的青春期性心理障碍来理解，可以当作一种新型的恐缩症，或者归为我国精神病专家钟友彬提出的那种新病态——“恐人症”的一种。

说起钟友彬医生，他是我国的顶级专家，曾在心理分析疗法中开发出了一套“钟氏领悟疗法”，能使求治者改变认知，通过领悟而使症状得到减轻或消失，对恐缩症是有帮助的。钟氏领悟疗法强调求治者的主动性，像阿丽和杨果的情况，要向她们讲解青春期生理发育和心理变化的过程和规律，以及卫生保健知识、与异性正确的交往方式等，解除她们的矛盾心理。当然，在疏导病人时，还要配合小剂量的抗焦虑药和植物神经系统调节药。

“那你快去办住院手续，留她们两天，观察观察。”杨柯还在写病历，没有抬头。

“好。”我也没多说其他的，赶紧回去找杨果，生怕她又病发。幸好，这两个女生的病情都不算太严重，只是断断续续发作而已。安排两个冤家住院，还需要把她们的病床分开，我们一科的病房有两个区，正好一人在一个区，免得见面就活学活用地打起架来。

带杨果入院时，我刚好碰到季副高出来，他已经是副主任，不用一直在病房值班。我打了声招呼，季副高笑了笑，然后拿着一份《健康报》往职工食堂去了。杨果一路都觉得新奇，虽然是头一次来这种地方，但她完全不害怕，不知道的根本猜不到这样的女孩子会得恐缩症。

我带她去的病房区就在牛大贵入住的那边，昨晚他刚打了我一耳光，看到我来了，又开始在病房里吼。牛大贵的狂躁症一直没好，现在似乎还有些恶化，所以他的行动也被医院限制了，不能随意出来走动。看我不理不睬地走过他的病房，牛大贵发脾气地乱叫："走啊，继续走啊，有什么好得意的！你早晚要像前一个主治医师一样，被他们活活打死！"

听到这些，阿婆曾对我提到过的那些话，又回荡在我的脑海里。

06 轮转医生

这时候，其他医护人员慌了神，本来没人安抚他，一堆人立刻跑过去，连护士长都现身了，她只用一个眼神似乎就镇住了牛大贵。别说病人，不知道为什么，就连我都有点怕这个护士长。不过我更好奇牛大贵说的话，哪个主治被打死了？谁打死的？什么时候的事？

我带着杨果，宋强也跟在后头，若非护士长在牛大贵病房那里站着，我是很想过去问一问的。宋强来医院比我早，我本想问他，但又觉得这样显得自己太神经质了。难怪前女友不喜欢我当精神科医师，她是担心我也会变成疯子吧。

安排好杨果，我让宋强观察她的情况，杨果却突然叫住我，不让我走："等等，陈医师，我……"

"怎么了？"

"我还有一件事没和你说。"杨果忸怩起来。

“什么事？”我顺着问。

杨果吞吐道：“其实那晚……阿丽并没有和严岳伦去后山，我是气阿丽怪我传染她，才故意那么说的。是不是因为我撒谎了，才害得我胸部缩小了……我这是遭天谴了吧。”

“我不是和你解释过了吗？这个病不是天谴，也不是什么吸心大法。”我又纠正了一遍，同时心想，原来如此，看来病人叙述的病情也不能全信。

杨果点了点头，羞涩道：“那你明天记得来看我，一定要治好我。”

难得杨家人会害羞，我忍不住笑了笑，转身离开病房。连续工作快三十个小时，我已经困得睁不开眼睛。搞定了杨果的住院手续，我饭都没吃就回主治休息室去了。如果没什么事，省下来吃饭的时间，我还可以睡半个小时。可没想到大家都是这么想的，等我推开门进去时，四张上下铺睡满了人，主治们居然都跑过来蹭床休息了。

医院不止八个主治，但主治们一般不会同时休息，八个床位是够的，床位也不是固定的，没有说必须谁睡哪个铺，大家通常都是哪有空位就睡哪儿。此刻大家都睡着了，有的还打起了呼噜，声音特别大。

杨柯安排好阿丽，送走堂叔，也想来蹭床，发现人满了，就拍拍我的肩膀：“看来我们没地方睡了，跟我来吧。”

我本想问去哪儿，又想到杨柯不喜欢别人废话，就什么都没问，老老实实跟了上去。绕了半圈，杨柯带我到医院的停车场，找到他的车子。我累得太久，脑子不太好使，以为杨柯这是要回家，只见他上车后说了句：“上车吧，你在后座休息，时间到了我会叫你的。”

杨柯难得这么好心，我就不客气地上了车，在车后座靠着闭目养神，总比躺在休息室听人打呼噜强。一上车，杨柯就拿出《精神探》在前面看了起来，好像快看完了。看了一会儿，杨柯回头指着后座上的一个包裹对我说：“这是昨天寄到家的，沈阳来的，应该是寄给你的。我忘了带上楼，你自己记着点。”

这应该就是前女友给我寄的手写稿了，也就是杨柯手上拿着的那本书的原稿。如果我现在告诉他，我就是太平川，不知道他是会惊喜还是生气，估计生气的概率比较大吧，毕竟我当时说过《精神探》很难看，他却说了很多赞美的话，如果知道真相，他会不会觉得我是在不怀好意地戏弄他。

想到这儿，我一秒回到现实，忍不住解释道："是我女朋友寄来的。"转念又不要脸地强调了一次，"女朋友！你有吗？"

"不是已经变成前女友了吗？"杨柯无情地戳穿我。

我无言以对，杨柯又缓和语气："好了，不说你了。我堂妹的事，这几天要辛苦你。你先休息吧，晚上一起回去，老样子，在一科等我。"

我实在太困，没力气想别的事，放下包裹靠在后座上一转眼就睡着了。这天中午，我只睡了半个小时，被叫醒的那一刻，却有种时间过了好几个月的感觉。仿佛现实与梦境交织在一起，世界都变得不真实了。杨柯见我动作慢吞吞的，便催命一样地叫我下车，一下子把我拉回现实。

这天下午，我一直在观察杨果的病情，还带她到住院部的娱乐室坐了坐，聊了一会儿天。住院部的娱乐室在一楼，采光很好，和康复训练室靠在一起——一些年轻的病人还会到那里做健身运动，而娱乐室多是老人家在下棋，听说医院十多年前还允许病人打牌，但自从出了马加爵杀人案，打牌这项活动就被取消了。

坐下后，杨果和我的聊天都围绕在医院的发展史上，我刚来没多久，大部分问题都无法回答，她就好奇地问我："你好端端的，怎么跑回广西了呢？"

为了建立医患的信任关系，我诚实地回答："因为女朋友要和我分手，还有不习惯那边的气候，而且在那边我也干得不开心。"

杨果抬头看了看挂在墙上的电视，又问我："那也不可能说走就走吧，单位培养了你，要是走的话，好像要赔很多钱的。"

"是啊。"我不禁叹气。

这个话题我不是很想提起，因为一开始说要辞职，沈阳那边的医院不肯给我办理执业医变更手续，法院也不受理我的诉求，后来投诉到卫生局也没人管。因为当年我入职时，曾糊里糊涂地签过一份协议，里面写有我规培三年后，必须服务于该医院五年，否则要赔偿医院十万元，以及三年规培期间的所有薪酬（包括基本工资、福利、养老保险金中单位承担的那部分）。工作头两年，我工资只有 1700 元，没有奖金，到了第三年才涨到正常水平，而那三年，我基本都在给人打下手、被使唤，所以每当看到宋强那些人懒懒散散，就觉得他们学医太不认真了。

要赔偿这么多钱，任谁都不愿意，我也试过找律师咨询、解决，律师建议可以走法律途径，但这种事涉及太多方面，医院不执行，他们也没有办法。比如，我不赔钱，医院就让人才中心扣住档案，法律规定辞职一个月后要归还档案，而我如果找到新的医院，需要转执业医师资格证，原来的医院不配合我办理，我就一点办法都没有。

规培时我们都过得很辛苦，拿最少的工资，干最苦最脏的活。正式入职前，我还去干了很久的轮转医生，到现在为止，医院都没有为轮转医生提供专门更衣置物的空间，我们都是在狭窄的值班室换衣服（那家医院要求穿白大褂）。随身的包以前放在值班室的上下铺，值班室的门不能锁，轮转医生的手机、钱包经常被偷，到后来大家都把重要的物品塞到白大褂的口袋里，塞得鼓鼓的。

轮转医生需要到每个科室干几个月，往往我们刚熟悉这科的流程，又要出科去下一个科室了。科室有聚餐也不会叫上我们，当我们是外人，其实我们也可以分摊费用，没人在乎那顿饭，就是想融入这个团队，想要一种心理上的凝聚力。

我很清楚离职的代价，可能是心累了，不喜欢那样的环境，再加上女朋友天天闹分手，老是找我吵架，我这才愿意赔钱走人。

回到广西南宁，来到青山路这家医院，也是因为听母校的吴教授说，这家医院虽然是民营的，但重视凝聚力，也舍得给新生规培的机会，是不错的单位。

这些事情太复杂，杨果还小，没必要去理解，我也不愿意细说，只是一下子想起来，感慨万千，毕竟几年的青春都留在了那边。回来后我找工作也找了很久，很多公立医院对精神科都不太重视，有些科室也是医师满员，不需要再招人了。在我山穷水尽时，能有一家医院愿意收我，就算是赔钱，我也要咬牙办理执业医的变更。

“你想什么呢？”杨果看我想得出神，“又在想女朋友吗？”

“没什么好想的，她是前女友，我们已经分手了。”我道出事实。

杨果得意地笑道：“看吧，我就知道你在诊室时是骗我的。”

“你们杨家人都很聪明。”

我不得不佩服，杨家人的基因是真好，不仅聪明，还都长得挺好看。杨果穿着我们医院的病号服，却丝毫没有掩盖她的青春美貌，病号服对她来说大了一号，可她竟然穿出了一种优雅的感觉。

我们说话时，杨果还不时地撩头发，每次一撩，都好像有一朵朵粉红的桃花从她的发梢飞出来，把娱乐室的男病人都看愣了。幸亏能来娱乐室的病人症状都比较轻，有暴力倾向的病人是不允许过来的。

杨果不理会其他病人的窥视，仍盯着我问：“那你现在是和我堂哥合住吗？”

“是啊。”我不知道杨果是怎么知道这件事的。

杨果又笑起来，好像很开心的样子：“等我病好出去了，能去找你们玩吗？”

“找我来医院就好了。”我木讷地回答。

杨果嫌我笨，没听出话里的意思，就叹了一声气：“难怪你前女友要和你分手，你真的好笨啊，陈医生。”

“你堂哥也老说我笨。”我趁机告状。

“你的确很笨！”杨果翻了一个杨式白眼对我说，“但你不丑，我收回之前的话，其实你人还是挺帅的，心肠也很不错。以后要是有空，我去堂哥家找你玩。”

就算是智力障碍者，也都能听出这里的潜台词了。其实，很多病人在治疗的过程中，都会对主治医生产生别样情感，这一点在我们上学时，老教授就再三强调过，绝对不能和病人有任何私人情感。

“还是看一会儿电影吧。”我岔开话题，抬头望向墙上的电视。

正在播放的是日本动画片《萤火虫之墓》。这部电影的主题是反战，剧情很压抑，我个人认为不适合给病人看，但电影传达了一种生命可贵的思想，也有值得学习的地方。在战争年代，生命不值钱，最美的灵魂却往往在那种时期诞生。然而物质和精神似乎一直都是成反比的，物质生活越丰富，精神越容易被忽视，就如现在的人，为了生活而努力，又有多少人太久没有关注自己的精神。

杨果望着电视，沉默片刻，脸上换了副忧伤的神情，目不转睛地说：“这个电影我在学校看过，每看一次都会哭一次。”

“那你先别看了，如果让你堂哥知道你哭了，他晚上又要骂我。”我赶紧道。

结果本来眼眶已经红了的杨果，被我一逗又笑起来：“你这么怕我堂哥？要不要我告诉你一个他的秘密？他要是再欺负你，你就可以拿出来对付他。”

“他能有什么秘密？”我不以为意。

杨果神秘兮兮地说：“现在我的手机被医院收走了，没办法给你看，等以后有机会吧。”

“你这关子卖的，也太不厚道了吧。”我急了。

“那你把我的手机拿过来。”

我怕有违院里的规定，不同意：“那可不行，你现在不能用手机。”

杨果噘起嘴：“那算了。”

我不是爱八卦的人，懂得好奇害死猫的道理，便又把话题转移到《萤火虫之墓》的剧情上：“你知道吗？真正优质的战争电影首先是反战的，不是展现人性的光辉，也不是宣扬战争的正义性，更不是让人看得热血沸腾，而是要告诉没经历过战争的人，战争有多恐怖。很多人要死要活的，都不知道生命多么珍贵，多少人想重新再活一次。”

“是啊。”杨果没有再和我唱反调，忽然黯然神伤。

我怕杨果情绪波动过大，想起医院提供许多口味的果冻，便问杨果要不要尝一尝。果冻的提供也要看病人的情况，杨果的情况不是很严重，吃果冻是没问题的。这一下午，我几乎都在陪杨果，而阿丽一直没出过病房，或许是不想与杨果碰面。

过了两天，杨果和阿丽的情况都稳定了，我们就安排她们出院了，之后她们又来医院做过几次复查。在意识到问题的关键所在后，她们都特别轻松，恐缩症没有再复发。只是她们仍是死对头，每次见面都剑拔弩张，恐怕这二人的心结是很难解开了。

杨果最后来医院的那次，我想起她在住院部娱乐室说过的那番话，又问起杨柯有什么秘密，可杨果反悔不想提了。在准备离开诊室时，杨果自诩不是言而无信的人，但只能告诉我，那个秘密是她堂哥的隐私，也是他会选择当精神科医师的原因，其实他完全可以有更好的职业选择。

我早就奇怪，杨柯家里应该是很有钱的，不必屈居在精神专科医院，这里赚得不多就算了，还每天有被打被杀的危险。不过既然杨果说事关隐私，我也就不好继续追问，谁都有不想谈的过去。

那天，送走杨果，傍晚我妈打电话来。那段时间，我爸妈老说要来城里看我，我总以从吴圩镇那边过来不方便为由，拒绝了他们。这次，我妈却说一定要见到我，说她找老家的大师给我算了算，说我今年“红鸾星”动了，会遇到意中人，很可能就直接结婚生子了，但会与家人聚少离多……我妈平日没事做，就喜欢研究这些有的没的，每次打电话来都要跟我说算到了什么，在生活中要注意什么。有时候我很想问她：你那么能算，怎么不去算彩票啊？买几张试试看呗。

接电话时我刚从医院出来，杨柯跟在后面，他不知道电话里是我妈，于是就催我：“快点，回家了。”

我招架不住我妈这边的长篇大论，急忙投降：“妈！我要挂了。”

这时我妈提高声调：“别，先别挂。你妈我算了算，虽然你红鸾星动，但你会犯劫数，这是很不好的忌星，如果不小心，你会有灾祸临头的。你一定要当心。当然，你不露财的话，这个灾祸就会不攻自破。”

“我又没财。”我丧气道，“我倒是想露。”

“这个财可以是财富，也可以是才华，你千万别让人知道你写过书。”我妈煞有介事地说。

我的书在网上被人骂得很惨，销量也不好，我才没打算说出去呢，就算卖得好也不想说。有一些老人经常说这些话来吓唬人，我从来不当真，于是随便应付几句就跟杨柯上了车。

在这之前我妈也说过很多这样的话，大部分我都不认同，但没想到这一次却在日后“应验”了。或许是巧合，或许是命运的安排，有些灾祸可能早就生根发芽，只是当局者迷，我没意识到罢了。

第4章
千里传音

随着时代的发展、科学技术的进步，在古代被认为是神技的千里传音，如今仅靠电话就能实现了。我们也会发现，身边越是知识丰富的人越显得谦卑，当他遇到难以理解的事时，不会第一时间跳出来否定，因为这个宇宙远比人类想象的要神奇，今天认为不可能实现的事，也许数年后便会成为简单平常的事。

01 雷击事件

我曾遇到过一个精神病人，他自称能千里传音，一开始我也以为那是他的妄想，是根本不可能实现的事。但如果当初我就这样武断地确诊了，很有可能会对他造成进一步的伤害。

整件事还要从一起雷击事件说起。

那天有几个外院的住院医要来我们医院轮转，我们一科最先接收这批人，主任、季副高分别带一个，我和杨柯每人带两个，宋强和小乔则准备出科了，要到卢苏苏的老年二科继续工作。

我们医院和区里的多家医院都有协议，他们会把单位的人送过来规培或者进修。住院医师规范化培训就是我一直说的规培，医学院毕业的本科生、硕士、博士研究生是不能直接找工作的，要在几家医院经历三到五年的住院医师轮转计划才可以。在这段时间，我们的劳动关系是在卫生局，而不是在这些医院里，也就不能享受医院职工的待遇，每个月只拿一千多块钱，还要累个半死。如果你所学的专业没定，三年后又要进行亚专科培训。

我很理解学医的人在轮转时的辛苦，一般在出科的考核上，只要表现不怠慢，工作中没有过错，我都不会为难他们。我知道小乔在男女关系上不太认真，可在技术方面，她没的说，对病人的态度也很好。宋强也很能吃苦耐劳，经常跟着我跑上跑下，基本上一直围着医院转，工作一丝不苟。

小乔知道我曾撞破她脚踏两只船，担心我给她穿小鞋，连续半个月都对我献殷勤，一副乖宝宝的样子，就像被大灰狼抓回来的小羊羔，生怕大灰狼一不高兴就吃掉她。我是过来人，这些事向来公私分明，并不会搞错重点，害人家白辛苦那么久。

杨柯也感觉到小乔最近的举动有些殷勤，那天早上六点，他大汗淋漓地慢跑回来，想去洗个澡，看到我还在卫生间里刷牙就问："你最近是不是和小乔有什么？你刚来，还是要注意一下。"

我嘴里都是泡沫，只能口齿不清地回答："鹅们没睡摸啊！"

"什么？"杨柯没听明白。

我吐掉泡沫，用水冲了嘴巴，清了清嗓子说："我们没什么啊！你不要造谣好吗？"

杨柯没继续多言，只道："你心里有数就好。"

我平日里看着像个大嘴巴的人，实则口风很紧，精神科医师都知道病人的许多秘密，保密功夫不输保密局的人。面对杨柯的提醒，我不可能直接告诉他，其实小乔早和七科的主治武雄在一起了，而且她还和宋强有一腿。总之，这事轮不到我来讲。

我和杨柯慢慢熟悉了，说话也愈来愈大胆，放好牙刷后就说："倒是你，要多注意和病人之间的距离，不要乱搞关系。"

"你有病！"杨柯瞪了我一眼。

我摸摸额头说："我是有病啊，今天有点发烧了。"

杨柯不理睬我的戏弄，骂了一句就立刻关上卫生间的门。我每天都惹杨柯生气，他骂我骂得多了，我也就免疫了，不会为此不高兴，反而觉得很好笑。不过我那天是真有点发烧，起床后浑身酸痛，一点儿精神都没有，要不是有外院的住院医要来，真想请假算了。

杨柯很快洗完澡出来了，不像我第一天住进来时洗了那么久，可能是当时他手肘受伤，行动不便吧。

在杨柯穿西装时，我又进卫生间去照了照镜子，想看自己的脸红不红，到底是不是发热。就在这时，我发现锁眼被堵住的那个房间有古怪，门缝下竟然有人走过的光影变化。

“有小偷！”我激动起来。

杨柯一边系酒红色的领带，一边出来问：“哪儿有小偷？”

“就这个开不了门的房间啊！”我指着门说，“里面有人。”

“我看你真的有病了，这房间不可能有人，只可能有‘鬼’！”杨柯吓唬我，然后又催促，“好了，别啰唆了，这几天青山路要修路，我们得绕道，要提前出门。”

“我是认真的。”我强调。

“我也一样。”杨柯不相信我，大热天的仍披上一件黑色西装外套，然后就要出门，一副不会等我的架势。

本来我坚信自己没有看走眼，但杨柯催得很急，一时间我也怀疑是不是自己眼花了。反正我是个穷光蛋，除了账单外没什么可偷的。房子的主人都不担心进小偷，我何苦去操心那事呢。

下楼时，电梯里没有冷气，热得像烤炉一样，杨柯居然一滴汗都没出，而我怕热，也就没穿西装，只穿了短裤和汗衫。虽然医院对我们有着装要求，但我如果不坐门诊，有时候就穿休闲装去住院部。我会选择这么做，一是这样穿着舒服，二是我只有三套西装，送洗不及时就没的换了，又不是每个医生都像杨柯那么有钱。

上了车杨柯就开冷气，我发烧有点怕冷，想问他能不能关掉，看到他穿着西装就懒得说了，只怪自己没带件外套下来。我看见车后座有一本新买的《心理神探》，笔名太平川，那是我的处女作，缺点很多，被读者骂得最惨。我非常意外，世界上居然有一个人这么喜欢看我的书。

于是我拿起书，对着驾驶座的杨柯说：“你这么喜欢看书啊！”

“看书能静下心来。”杨柯打着方向盘，从后视镜瞄了我一眼，“再说了，这个作者写的是我们这行，难道你不觉得有意思吗？”

“不觉得。”我自嘲，“再说了，干什么不好，写书都没啥钱的，估计日子过得很窘迫吧。”

车子开出小区后，杨柯就开始给我普及知识：“有钱没钱，又能怎样？除了太平川，我最佩服陀思妥耶夫斯基，他一生债台高筑，都快被逼债的逼疯了，还坚持天天写书还债，完成的作品依然那么出色，而且人家上过绞刑架，差点被吊死，谁能比他辛苦。”

“这你都知道。”我十分佩服杨柯，同时窃喜自己何德何能与陀思妥耶夫斯基相提并论，真是折杀我也。

等红绿灯时，杨柯开了车载音乐，然后对我说：“我除了看书，也当太平川是一个研究对象，她写的人物都是穷苦人家出身，应该是她本人的投射，所以佩服她能坚持写作。”

“不是吧，这你都能看出来。”我很惊讶，因为我从没意识到这一点，杨柯居然说中了。

“金庸笔下的人物，不也都是他人生的投射吗？”杨柯说得很轻松的样子。

我不服气，故意挑衅：“那你怎么还认为太平川是个女的？他书里的主角不大多是男性吗？”

“你怎么知道主角大多是男的？你不是没看过吗？”杨柯问我时，头转了过来。

我吓了一跳：“你专心开车！”

一路上我都在和杨柯打嘴仗，也许是缺人夸奖，每次听到他为我的书辩护，总有种开心的感觉，恨不得再写一本新书给他看看。只是，我不能暴露身份，因为这秘密瞒太久，已经错过了最佳的公开时机。再说我妈前几天还电话叮嘱我别露“才”，免得会有灾祸临头，谁知道她押宝那么多次，会不会这次就中了呢。

一到医院，我们就见到了外院送来的住院医，他们都是来轮转的，并不心甘情愿，觉得这三年应该是白打工。以前，我也有这样的想法，总认为带教医师故意整我们，可如果没人带教，毕业就直接进入医疗行业，不知道会害死多少人。我干住院医时就见过很多人犯错，有的人还不能见血，只能选择精神科。

本来，我应该分到两个新来的轮转，可有一个临时不来，只有一个叫梁凉凉的女孩子来了。这个女孩子长得很像我的前女友，一看到她，我的心就止不住狂跳。梁凉凉勤学好问，跟着我到一科的病房后，嘴巴就没合上过，还很认真地做笔记，没有像其他轮转那样用手机当录音笔来使。

回到门诊这边，本来想给梁凉凉介绍哪些是一科用的诊室，却听到季副高在一个多人诊室里和一位病人说话。我怕打搅到季副高，就没敢进去，而是站在门外，示意梁凉凉安静等一下，想跳过这里给她介绍下一个诊室。刚要离开，就听见诊室里的病人高声嚷嚷，说自己被雷击，没有死掉，这是因为雷公赐予了他神力，他并没有病。

"又一个精神错乱的人。"我在心中叹息。

刚走几步，这个多人诊室里又传出"咚咚咚"的声音，好像是谁在里面打架。精神病人发病时，力气特别大，季副高是搞学术研究的，很少接触危险的病人。我担心里面的病人发病了，要对门诊医师动粗，于是赶紧转身回去，推开了诊室的门。

梁凉凉跟在后头，胆战心惊，进来后就傻了眼："陈医师，这……我……我没有看错吧？"

其实，这句话也是我想说的。

02 奇怪的病人

在多人诊室里，除了一派斯文的季副高，还有几个穿着花花绿绿的人，像是从唱大戏的戏台上直接过来的，不知道的还以为是"天兵天将"下凡来看病了。大家都盯着地上，那儿躺着一个衣着更夸张的中年男人，他十分瘦小，身上的戏服却大了好几码，显得很不协调。诊室的角落里还有一个穿警服的男人——廖副，他一副不耐烦的样子，背靠在墙壁上，手指间夹着一根还没点的烟。

来看病的人千奇百怪，唱大戏的打扮也算不上惊奇，只是那个躺在地上的中年男人头上发着一团金光。人体无法发出肉眼可见的光，我乍一看还以为是自己眼花了，可那个男人的头顶真的在发光。

梁凉凉初来乍到，看什么都觉得新鲜，瞧见这一幕就小声地在我后面说话，语气里充满了兴奋："陈医师，这个人会发光啊！"

廖副耳朵尖，听到后就揭穿："他那是脑袋绑了彩灯。"

梁凉凉在我身后，悄悄地问："那他怎么……这样睡在地上不好吧……大家都不管他吗？"

我其实也很纳闷儿，病人两眼紧闭，一动不动，像是昏死了过去，也许是昏倒时才弄出了刚才的声响。在办公桌的另一头，季副高双手托着下巴，坐着没动。这一幕没能让他起身去查看病人，说明他已经见过类似的情况了，病人应该没有生命危险。围观的人也没有去扶的意思，大家都一副见怪不怪的样子，没人担心病人是不是真的没气了。

梁凉凉正义感爆棚，看大家都无动于衷，就想跳出来表现一番。我是过来人，很了解这种心情，看季副高这边没什么危险，当下就拦住梁凉凉，然后对季副高说："你们先忙，我带轮转医生先去下一科。"

"陈仆天，你等一下，这个病例比较特别，你有兴趣就留下来吧。"季副高语气平缓地说，"你这几天还有什么安排，也重新调一下。"

通常我们是不能这么看诊的，精神病人大多注重隐私，不喜欢有多余的外人在场，可季副高这么开口了，想必是有把握的。不过，也许是因为我今天穿的是 T 恤和牛仔裤，没有医生范儿，其他在围观的男女开始窃窃私语起来，有的人在怪没事先给医生塞红包，现在人家要把病号推给后生晚辈了，还有的人说早知道就挂主任医师的号，那才是真正的专家号，负责任一些。

我得澄清一下，我们精神科医师是不会收红包的。现在广西大部分医院都有一份《医患双方不收和不送"红包"协议书》，基本上入院都要先签这份文件。至于主任医师和副主任医师，其实都算是专家，副主任不一定比主任差。像我以前注册的医院，有个领导要来做手术，曾咨询过找什么级别的医师来做。当时的主任医师是博士毕业，发表过很多论文，临床上被分散了很多精力；而副主任医师是硕士毕业，没发表几篇论文，一直没能升上去，倒不是他水平不行，而是他一直泡在手术室里。如果你是病人，你会选谁来做手术呢？

我很敬佩季副高，他肯给后辈学习的机会，我正求之不得。平常，一科的领导很少来坐门诊，要么是到外面开会，要么就是给别人讲课，主治医师若非遇到解决不了的病例，是万万不能打搅主任级别的领导的。梁凉凉刚来医院，实在没必要跟这个病例，我就让宋强带她先去熟悉医院的各个部门，自己则留在多人诊室。

此时男病人已经被抬到检查室，那间检查室平时是儿科使用（小儿也会患精神类疾病），也会临时挪给一科用，因为更靠近我们的诊室。廖副还没离开，他守在外面，坐在不锈钢长椅上，手上一直夹着那根没点着的烟，可能是烟瘾犯了，脸色特难看，谁都不敢去招惹他。

我不怕廖副，走过去："你想抽烟就去抽啊，看你这样子，我都难受。"

"我要看人啊，免得他跑了。"廖副抬头看着我，不情愿道，"你以为我爱来你们这里啊，多晦气。"

这时正好有几个病人家属路过走廊，看到我和廖副在谈话，就交头接耳起来："现在精神病人越来越多了，你看，连警察都是神经病呢！"

"别那么大声，谁知道他有没有枪？小心他一枪毙了你！"

"得了精神病，谁还会给他配枪呢？"

"还是别多嘴了，走吧。"

廖副向来耳听八方，这些话逃不过他的耳朵，我看他脸色不好，就说："检查室里的是犯人吗？我们医院有司法鉴定科，你们是知道的吧？犯人应该带那边去啊，怎么今天带到一科来了。"

廖副苦恼地回答："我当然知道啊，都来过多少次了！"说到这里，廖副又平复了情绪，压低声音，"今天带的不算是犯人，他们都是我老婆那边的亲戚。”

我本来想安慰一下廖副，廖副紧接着又补充一句：“我再不带人来，他们可能就真要成犯人了。我老婆也为这事头疼呢，现在烦得连喂孩子的奶水都没了。”

有些人分娩后，是不会立刻有母乳的，也有的母乳特别少，这和心烦没太大关系。我想和廖副解释这一点，又觉得多此一举，于是改问：“犯法了？怎么回事？”

廖副心烦意乱，不愿意细说，全推给季副高：“行了行了，剩下的事就留给你领导讲吧。我去外面抽烟了，你也多帮帮忙，早点治好我这亲戚。”

如果警察的亲戚里出了罪犯，廖副肯定脸上无光，这与歧视精神病人没关系。而我被廖副这么一吊胃口，也觉得好奇。男女老少都有患精神类疾病的可能，即使两三岁的幼儿，也可能患孤独症。可是，一个昏迷的病人，动都不能动，也看不出什么症状，能是什么病症呢？难道昏迷了还能实施犯罪行为？

廖副走后，我稍作整理走进检查室。儿科检查室不算大，里面挤满了人，吵吵闹闹的，我能感受到季副高的无奈。为了更好地给病人做检查，我想轰一些人出去，季副高看出我的想法却摆了摆手，劝我作罢。见我进来，其他人也围过来，男男女女都在嚷嚷，说躺着的这个病人是个“神仙”，不该被廖副带来这里。

这一幕让我不由得疑惑起来：“廖副是不是搞错了？我看这个昏迷的人没病，倒是这群吵吵闹闹的人看起来有些不太正常。”病人昏迷是很严重的事，导致昏迷的原因有许多种，但有的非常致命，短期内如果抢救不过来，比如脑缺氧，那即便华佗转世也回天无力了。

可我又观察了其他人，包括季副高在内，没有一个着急的，季副高所谓的检查，也是走走过场，应付这群人而已。

“病人叫……”

一个白发老头争着打断道：“他是九天应元雷声普化天尊。”

“什么？什么？什么？”我听蒙了，连问了三次。

季副高是出了名的好脾气，但这次可能其他人太影响他看诊了，几个月来我是第一次看到他露出不悦的神情。我以为季副高要发飙吼人了，却见他缓慢摘下厚厚的眼镜，深吸了一口气，这时一个人推门走进来。

“出去！都给我出去！你们不嫌丢人，我还嫌丢人呢！”原来廖副没去抽烟，又折返回来。

白发老头不甘心：“可是……”

估计廖副憋了一早上的火，大吼起来：“没可是！你们也想被关进来吗？昨天我是怎么跟你们说的？今天来了还在这里执迷不悟，明天可别怪我大义灭亲！谁要是还想留下来吵吵，我就……”

廖副还没吼完，其他人就被震慑住了，一个女人先溜了出去，剩下的面面相觑，忽然安静下来，陆陆续续头也不回地出去了。这群人估计都是廖副妻子那边的亲戚，他妻子刚生产没多久，听说小孩有先天性心脏病，他这段时间可不好过，这群人还在这里添乱，简直是往枪口上撞。

“让你们见笑了。”廖副一边苦笑着赔不是，一边把门带上。

季副高也没计较：“这种场面对我们来说是家常便饭。”

“这个人是……”我将话题绕回来，“他是嫂子的哥哥吗？”

廖副头疼得捏了捏太阳穴，叹气道：“是啊，他是我老婆的大哥，叫朱开怀，在鞋厂的流水线当工人。两个月前，也就是我老婆快生产时，他回我老婆娘家抓只土鸡过来看我们。那天下了大雨，还打了雷，他在树下躲雨……就被雷劈了。”

“被雷劈了？”我大吃一惊，然后望向病床上仍然昏迷的中年男人，这是我第一次见到被雷劈的人。

廖副意识到后面要说的话很荒谬，自己先尴尬地笑了笑：“我这个大舅子本来是个老实人，这雷一劈，连带把他抓的母鸡给劈死了，但还好他命大，让村里的赤脚医生救回来了。”

“然后呢？”我追问道。

廖副顿了顿，抽了张椅子过来，一屁股坐下来接着说：“然后我大舅子就成了这副德行，就你看到的那样，动不动就昏迷，要睡觉。”

我一时摸不着头脑，一个人若时常昏迷，不是应该带去综合医院检查吗，来我们这里干什么？就算季副高是睡眠医学的专家，对于这个问题，估计也是爱莫能助啊，毕竟要做很多专业的检查，得用综合医院的那些仪器。同时我也放宽了心，这个叫朱开怀的人昏迷的次数如此频繁，想必这次昏迷也不会有生命危险，难怪谁都不着急。

可话说回来，以朱开怀现在这个情况，精神科医生会比较头疼。要知道，在精神病学领域，诊断是依据症状，而不是根据病因给出的。打个比方来说，咳嗽是症状，而肺炎就是病因。朱开怀人都睡着了，症状没有表现出来，这要医生们怎么找病因呢？

可以说，这绝对是我行医生涯中最奇特的病人之一，然而更奇特的事还在后头。

03 神技

天气很闷热，检查室关门关窗，发烧的我反而觉得有些冷。季副高不像主任那么严格，看我穿着随便，也没说什么，只是当我打哆嗦时，他才问我是不是今天不舒服。平时我上班也比较忙，一科病床常年都是满的，今天难得有机会学习，就算发烧到 40 度，那也必须挺住。

因此，我咳了两声后就回复道：“我没事，你们快讲病人的情况吧。”

廖副看了一眼季副高，然后才问我：“你确定吗？”

“你什么时候变得这么啰唆了？”我硬撑着说。

“副队长，你继续说吧，不然一会儿你大舅子醒了，又要打断咱们了。”季副高善意地提醒。

在廖副开始讲述前，我才有机会仔细观察他大舅子的模样。这个中年男人身材瘦小，颧骨突出，皮肤暗黄，门牙还有点龅出来。身上的衣服估计真的是从戏班里借来的，平常不会有人这么穿，除非拍古装戏。而且这套衣服太大了，明显不是他的。接着，我又注意到朱开怀手里握着一根长约 20 厘米的木棍，不知道这东西对他有什么特别的意义。

说起来，这算是我第一次在诊断的过程中，没有直接与病人交流。幸好，廖副是刑警出身，说话够客观，不像别的病人家属，讲起话来没重点，大部分时间都说不到病情上。

据廖副所言，朱开怀生于广西崇左，因为家境不太好，读完初中后就没继续上学。在家务农一段时间，朱开怀去广东深圳打了五年工，找到女朋友后，就带人回来结了婚。朱开怀是奉子成婚，为了更好地照顾孩子，回崇左后没多久就去当地的一家鞋厂当流水线工人，一做就是十多年。

本来，朱开怀的日子过得平平淡淡，和谁也没有过节纠纷。出事前的两个月，廖副的妻子，也就是朱开怀的三妹要生孩子了。朱开怀很照顾这位最小的妹妹，以前在广东打工时，也时常会寄些好吃的回来给三妹。

得知三妹临盆在即，朱开怀向鞋厂请了三天假，想回老家抓只土鸡，带给三妹煲汤，补补身子。倒霉的是，那天有雷雨，朱开怀抓了一只老母鸡后，也没多想，为了避雨就躲到了一棵榕树下。

那棵榕树有百年树龄，枝条吸收了大量养分，非常茂盛，如今已独木成林了。因为这地方经常有雷暴，而榕树被雷击过多次都没死掉，就有老人家在这榕树的主干下做了个雷公的神龛，每逢初一、十五都会有人去烧香。

雷雨天气不要在树下躲雨，这是基本常识，可朱开怀没有意识到这一点。他去避雨没多久，一道闪电就击中榕树，因为榕树的“经络”太广，即使闪电劈中的位置离朱开怀有些远，可他还是应声倒地，连手里抓着的老母鸡都被电死了。

亏得有人路过，叫来村里的一位赤脚医生，用土法救活了朱开怀。之后的两天，朱开怀一直全身发麻，不能下床，不分昼夜地忽然昏睡。起初家人以为他要死了，结果他又忽然苏醒，而且没什么异样，每次都是睡一觉就好了。

奇怪的是，朱开怀下床走路后，白天也会毫无征兆地陷入昏睡，完全不能克制自己的睡意。家人担心了一段时间，决定带着朱开怀去做身体检查，当地的卫生所也没瞧出个所以然来，加上朱开怀昏睡又没大碍，朱家人干脆就没继续操心了。

这事若是如此也就作罢了，可是朱开怀被雷劈的事被传开，因为他大难不死，不知道是谁开始传他是“九天应元雷声普化天尊”的人间化身，也就是道教体系中雷部的最高天神。

听到这里，我忍不住打断廖副：“不是吧，这也有人信？”

“我也觉得纳闷儿啊。”廖副无奈地耸耸肩。

“重点还在后面，你继续。”季副高示意我继续听。

廖副像个被留堂的小学生，很无辜地告诉我们，如果事情就此打住，倒也算不上事。不过，本来老实巴交的朱开怀也开始认为自己有神灵护体，短时间内就在当地聚集了一批信徒，还有人请他去帮忙看病。

为了像模像样，朱开怀甚至去被雷劈过的榕树那里折下一根树条，说那是雷击木，具有神力，是辟邪灵木。信众一多，朱开怀还在老家开起了“讲座”，每天讲自己昏睡后，能用一种叫千里传音的神技，与雷部的神仙们交流。朱开怀的“现身说法”越传越神乎其神，信众中有人就找了一些戏服来，给他穿上，带着他四处去“传教”，渐渐在乡里有了些名气。

传到廖副耳朵时，已经是快两个月的事了。当然廖副知道大舅子被雷击了，可并不了解之后发生的种种。等廖副听说后，这成了他的一块心病，若是任由大舅子胡闹下去，肯定要发展成为邪教组织呀，身为“组织领袖”的朱开怀肯定难辞其咎，坐牢怕是跑不掉的。

为了遏制事态，廖副才对妻子开了口，想让妻子去劝劝自己的大哥，不然由他出面去说，事态性质恐怕就变了。出乎意料的是，廖副的妻子对此无动于衷，还嫌廖副太敏感了，她承认早就知道大哥被雷击后有神灵附体的事，还想着，过段时间请大哥来家里为刚出生的儿子治治先天性心脏病呢。

原本，廖副和妻子就为宝宝的事操碎了心，听到妻子这样说胡话，他简直不敢相信自己的耳朵。妻子是朱家最小的妹妹，是朱开怀在外打工供她读完了大学。照理说，妻子受过高等教育，不应该轻易就被这些迷信思想蛊惑，可当他亲耳听到妻子这样说，廖副觉得整个世界都崩塌了。

“真的，我老婆那么说，真的吓到我了。”廖副垂下脑袋，仿佛那句话还在他耳边回响，“我儿子太可怜了，我以为是老婆心情不好，天天哭，把脑子给哭糊涂了，但是你们猜怎么着？”

“我猜不出来。”我现在也烧得厉害，脑子不太好使。

廖副苦笑着抬起头，面向我接着说。朱开怀聚集信众后，并没有以此敛财，也就没有触碰法律底线，但已经算是在法律边缘的灰色地带游走了。

廖副本想让妻子去劝大舅子不要乱来，妻子竟坚持认为大舅子是真的有神仙保佑，还说他每天都会用千里传音和她聊天，告诉她，儿子有先天性心脏病是上天对他们的考验，不用再去医院检查和治疗，很快就会不药而愈。

稍微读过书的人都知道，这肯定是瞎说。不去看病，先天性心脏病是无法自愈的。廖副担心妻子是产后抑郁，精神和心理都出了问题，才会影响她对大舅子这事的认知。

那几天，廖副旁敲侧击，想带妻子来我们医院看病，妻子理解那些话的用意后勃然大怒，带着出生没多久的儿子，直接回娘家投奔大哥去了。

“你早说啊，我可以帮忙的，你不用带人来我们这儿也行，嫂子刚生完小孩肯定排斥，大部分正常人都不会心甘情愿来这里。”我嗓子有些疼，话说快了，咳了一声，然后继续道，“那现在嫂子人呢？有没有带孩子回来啊？这个病还是得好好治。”

“回是回来了。”廖副丧气地回答，“关键是我去了老婆的娘家，在那里看到一件怪事。”

“什么怪事？招魂还是求神下雨？”听了他之前描述“雷公电母”之类的，我只能想到这些。

廖副有些犹豫，可能自己也没参透怪事的缘由，想了又想，才问我知不知道张宝胜。

这个人名对我来说非常陌生。季副高却在一旁介绍说，这个人是20世纪80年代很有名的“气功大师”，原本是辽宁本溪某铅矿的勤杂工，后来声称自己有特异功能，能够隔空取物，有“非眼视觉”，一跃成为社会上的名人，名声显赫一时。到了90年代中期，国家掀起反伪大潮，张宝胜被有关部门打假，大家这才识破了他的作弊手段，他从此就销声匿迹了。

提起张宝胜，廖副是想表示，诸如特异功能的表演，都是经过巧妙安排的，主要靠作弊手段来完成。大舅子朱开怀夸下海口，称自己能够“千里传音”，这在廖副眼中是一件不可能的事，是为了骗人编出的“本领”。

谁知道，那天廖副追着老婆回到娘家，争执过后，朱开怀就当着众人的面表演千里传音的神技。廖副坚称不相信天底下有这种事，一直否认，可朱开怀用来表演的对象，正是自己的三妹、廖副的妻子。当朱开怀昏睡后，廖副的妻子说她在村口就能“听到”大哥说了什么，等人醒来后，他们还都能对得上那些交流过的内容。

当时廖副就有些疑惑地问，为什么不让他亲自试验，朱开怀却辩称必须是“开悟”的人才能接收千里传音，而且是传到大脑，耳朵听不到。

廖副不肯相信，坚持认为是妻子和大舅子事先串通好糊弄他的，他要把儿子带回南宁去看医生。妻子却说自己在南宁根本没和大哥通过电话，她知道大哥有神通，全是靠大哥的千里传音才了解到的，还拿出通话记录让廖副检查，结果证实他们在那段时间没有联系过。

“可能通过家里其他人的手机联系过？不然你老婆怎么知道她大哥被雷劈的事？再说手机可以删除通话记录，光从手机上看，不一定就是那样吧。”我试着猜测。

“我也想过这个问题，大舅子出事，家里只来过一通电话，他们就算讲过话，也就几分钟的时间，后面很多细节，他们计划不来的。”廖副潜意识地为妻子开脱，“再说这也没必要啊，我老婆为儿子的病天天发愁，在这个节骨眼上，干吗去闹这一出？就为了骗我吗？”

“所以你觉得朱开怀是精神有问题？”我顺着说。

“对啊，我琢磨，是不是大舅子的脑袋被雷劈坏了？那天和他们吵了一架，说他们都快成邪教了，再不来医院检查就……”廖副有些不好意思，顿了顿才说，“反正我现在连唬带骗把人带过来了，你们要是能证明他有精神问题就赶紧治好他，免得我老婆也跟着瞎胡闹。”

就在这时候，躺在病床上的朱开怀忽然睁开双眼，一屁股坐起来，惊慌地大喊：“不好，出事了！三妹有事！”

廖副不耐烦地站起来：“哥，你少给我找事行不行？”

朱开怀跳下床，十万火急地说：“真的，小廖，你怎么就不信我？！我刚用千里传音和三妹说过话了，不骗你，她刚才……”

话没说完，廖副的手机就响了，他眉头皱起来，迟疑片刻接通了电话：“喂？啊？什么？真的吗？人在市一院了吗？好好好，我马上就过去！”

我怔怔地望着这一幕，心里忍不住嘀咕，莫非廖副的妻子真的出了什么事？

04 阴阳理论与子午流注学说

“我……这……”

“副队长，你有急事就先去吧。”

季副高很善解人意，听出廖副有急事，索性就让他去忙，朱开怀留给医院来诊治就好。我猜得没错，廖副的妻子已经到市一院去了，但出事的不是她，而是刚出生两个月的宝宝，因为心脏的问题，现在又被送入医院抢救了。

小儿先天性心脏病是比较常见的心血管疾病，大部分是因为产妇在怀孕早期没有注意，导致孩子在胚胎发育时期因病毒、药物、辐射等出现心血管发育异常，当然也不排除其他一些因素，如遗传等。

小儿先天性心脏病有各种症状，廖副儿子是法洛四联症，一种先天性心脏畸形，症状很严重。病人会由于慢性缺氧，引起红细胞增多症，导致继发性心肌肥大和心力衰竭而死。重症在 1 岁内死亡的概率比较大，即使是几岁后选择做手术，成功率也不高。

我对廖副儿子的病无能为力，能告诉他的，又都是打击性的，干脆就什么都没说。等人走了，我才在心中念叨，希望这一次我们是错的，朱开怀真的是天赐神力，能救拔众生，化解廖副儿子的苦难。

“你们看，我没说谎吧。”朱开怀见人走了，袖子一挥就说，“我能提前知道三妹有难，就是靠千里传音。”

我起初也和廖副一样抱持怀疑态度，可这事绝不可能事先排练过，时间还能掐得这么准。现在朱开怀醒了，我很想和他聊聊，问问他被雷劈后，还有没有特别的事发生。朱开怀担心三妹，不愿意多说话，只问他能不能也去市一院一趟，去去就回来，不会借机逃跑。

这个不由我做主，我看向季副高，他就挡住朱开怀，实话实说：“我们不能强迫你入院，也不能强迫你接受治疗，但你会没征兆地昏睡，万一路上出点什么事，不是让你三妹更不好过吗？反正你来都来了，不如就留下做个睡眠监测，只待一天就好。如果我们查不出任何问题，我会帮你和廖副队长说明白，让他别再怀疑你。”

“这可是你说的。”朱开怀抬头看着又瘦又高的季副高，然后又对我说，“你帮我做证。”

“这……”我不敢打包票。

季副高安抚朱开怀：“我在主治面前言而无信，以后怎么在一科待下去呢？你放心好了。不过，如果我们检查出问题来，你要配合治疗。”

“我没骗人！”朱开怀激动起来，但又按捺住性子，“好，我答应你，不然其他人还以为我是骗子呢！”

“睡眠监测的事就交给你了，这件事不要给管床的来做，记录要你自己来核对。你自己也做个诊断，给个治疗方案出来。”季副高很认真地嘱咐我，“我还有事，先走一步。”

季副高说的“管床”，就是我们常说的管床医生，一般病人入院，床头都会写负责的医生。这个床头医生一般是住院医，是病人最直接接触到的医生，也叫一线医生；二线医生就是主治，有时也会是副主任医师；三线医生就是副主任医师级别以上，在综合医院主要都是做大手术的。

换作别人，可能会以为季副高这是在做甩手掌柜，这么简单就让下面的人来接手了。我了解副主任，他要我做睡眠监测，只是要得出一些用得上的数据，他八成已经诊断出朱开怀的病症了，现在需要具体的东西来做参考。如果哪个医生随随便便和你说些话，马上给你个病名，那才是不负责呢。

此时的朱开怀被架上了神台，多少要点面子，不会和我动粗，同意我办住院手续。为了让梁凉凉熟悉一科，我就让宋强叫梁凉凉过来，顺便带了一套病号服给朱开怀。脱下那些戏服时，朱开怀很不情愿，特别是绑在头上的那串彩灯，他很不舍得摘下来。

见状，梁凉凉甜甜地笑着说：“没人抢的，明天我们就还给你。”

我在一旁碰了一下梁凉凉，暗示她别乱笑，果然，朱开怀马上恼羞成怒地问：“怎么？你是在笑我脑子有病吗？”

在与病人建立信任关系之前，精神科医师面对病人时千万别随便露出微笑。我们不需要职业微笑，病人很可能会觉得你善意的微笑是一种嘲笑，而产生抵触的情绪，甚至是暴力行为。幸亏朱开怀的情绪起伏不大，为了让信众信服，他全程都尽力配合。

要做睡眠监测的话，病房就在四楼，不在一科这边。四楼有几个科在用，大多是比较“老实”的病人，其中包括老年二科的那些病人。我送人上去时，卢苏苏正好从电梯上下来，眼睛红红的，泪水还没擦干，可能刚哭过。她不想被人察觉，立刻假装撩了撩头发，迅速擦干眼泪。

我想问怎么了，又觉得别人既然想保密，干脆就别多嘴了。卢苏苏鼻子也红红的，大概躲起来哭了很久，看到我只打了声招呼，就匆匆忙忙地走了。我还要送朱开怀去睡眠监测病房，不能耽搁，万一朱开怀半路又昏睡过去，发烧的我可扛不动他，尽管他身材瘦小。

所幸朱开怀没折腾我，路上挺精神的，还问我电梯怎么进。医院的电梯和步梯都需要输入密码，或者使用医护人员配发的安全卡片，密码每个月更换一次。一楼的铁门除了电子锁还有机械锁，以防止病人窃取密码和卡片后外逃。朱开怀提的问题，其他病人也经常问，我们都假装没听到，不去接这个话题。

监测病房是单人病房，刚好还剩一间，安排好朱开怀，小乔主动上来替我监测，好让我去职工食堂吃饭。我也是过来人，不少住院医心里都会骂主治、骂医院，觉得是白来打工的，极少有人这么主动。小乔的心思我非常了解，我并没有为难她的打算，可又不知怎么把事情摊开来说。

我今天发烧，没什么胃口，季副高也交代，做睡眠监测别换人，由我全程负责，明天他要看数据。于是我就婉拒小乔，她的眼神立即充满了慌张，好像我判她死刑一样，人都要哭出来了。

“好了，好了，你去忙你的吧。”我安抚道，“其他事情不用担心，该怎样就怎样。”

“那我出科的事……”小乔问出了心底的话。

我全身乏力，没精力拐弯抹角，干脆地说：“我不是那种随便给人穿小鞋的人，这事也轮不到我一个人来决定，还是要看科里其他领导的，你就别操心了，反正你工作上的表现是及格的，放心吧。”

“你没跟宋强说过……那件事吗？”小乔也豁出去了，大胆地说，“我只喜欢武雄，你别……”

我哪有权利干涉人家的感情，只好回答：“工作时间不谈私事。我嘴巴也没那么大，你以后自己注意些就好了。”

“谢谢陈医师。”小乔如遇大赦，眼神里又充满了“光”。

我心里记挂着朱开怀的病，不想在无谓的事上浪费精力，赶紧打发了小乔。廖副算是我回广西后结交的第一个朋友，他现在两头忙，要是我能解决他大舅子的问题，他就不用那么发愁了。至于朱开怀得的是什么病，我自己有个大概的想法，只不过在做完检查之前不敢妄下结论。

到了下午，朱开怀又陷入昏睡，这一次他睡的时间比较长，生命体征稳定。虽然季副高让我一个人负责睡眠监测，但我并不用一直守在那里，如果真有事，还是可以离开一会儿的。为了查明病情，我琢磨着让护士先看着，自己去医院的图书馆翻阅一些资料。

我们医院有住院医来规培，图书馆是必不可少的，查中文和外文资料都是规培中的内容。图书馆的外文资料多过中文的，学外语也是医生们的必修课程，当年我在上海念大学时，查阅的也大多是外文文献。可以说，学医真的是：活到老，学到老。

医院的图书馆在住院部后面，是一栋三层楼高的小洋房，一楼是档案室，二楼和三楼才是图书馆。那里常年背阴，即使是炎炎夏日，馆内也不闷热，有时还会令人莫名其妙地全身发冷。听武雄说，医院以前是座疗养院，后来搬迁改建时，挖出过一口棺材，因为没什么研究价值，又是无主的，当时就地烧掉了。之后，医院还没建成，就因坠楼摔死了两个建筑工人，附近的老人家谣传出各种可怕的故事，搞得人心惶惶。

学医的哪里怕这些，权当是环保冷气，热得不行就去图书馆蹭书看，顺便乘凉。这天可能大家都忙，图书馆空荡荡的，没什么人。我找了一本外文书打算寻个角落研究下。那儿的书桌上放了两本书，一本《灵枢经校释》，一本《素问诠释》。

我向来不喜欢拿东西占位的人，看到后就把书挪开，一屁股坐了下去。紧接着，身后冒出冷冷的男人声音："这里有人坐了。"

换作平常，我一定会发飙，可我听出了这个人是谁，不是别人，偏偏是我的房东。本想和他讲讲道理，可一张嘴就咳嗽起来，杨柯见状就问我："你发烧还来看什么书？请假，去休息，我开车送你回去。"

我以为自己发烧把耳朵烧坏了，不相信地问："这不像你啊，你会这么好心？"

"你是想找人吵架是不是？"杨柯瞪着我，不高兴地说，"那你今晚干脆睡大街吧。"

"我今晚也回不去。"我想到朱开怀，头疼道，"副主任叫我做睡眠监测，晚上要留下来。"

"发烧还要熬夜，你自找的。"杨柯并没有一点同情，毫不留情地说，"既然如此，我今天就不等你了。"

我还要查文献，没继续贫嘴，只想坐下来看书。可杨柯坚持认为，角落的位置是他先占的，刚才他只是去别的书架放本书，又不是离开图书馆。我争论不过杨柯，现在精神状态也不好，他说什么就是什么吧。我认输让了座位，杨柯不客气地坐下来，也不理我，自己看自己的。

刚在一旁坐下，手机就响了，我前女友打来的。本来不想接，可是手机的铃声非常大，杨柯扭头盯着我，似乎在用眼神骂我："怎么这么没素质，来图书馆还开这么大的铃声。"

我一时紧张，着急地抓起手机，接通了电话，压低声音诘问道："喂？阳可，你到底想干吗？"

没错，我前女友姓阳，巧合的是，她的名字和杨柯的名字发音差不多，因此这几个月来，我一直没在他面前提过前女友的名字。刚刚虽然压低了声音，但还是透露出些许脾气。果然，杨柯闻声一脸奇怪地望过来，可能以为我在吼他。我用另一只手拢了拢电话，冲着杨柯尴尬地笑笑，表示在接电话不方便解释。

前女友在电话里用哭腔向我撒娇：“喊我全名干吗？这么凶！以前你都叫我小可的！”

“我们都分手了，你老是有事没事地骚扰我，有意思吗？”我发脾气地说。

“哎哟……”她在电话那头喊疼，“我最近不太舒服，你就不能温柔些。”

“不能。”我斩钉截铁，不想藕断丝连。

她哼了一声，敏感地问：“是不是哪个狐狸精在你旁边，你不敢对我好声好气地说话？”

“哪有啊！”我不知怎的，忽然心虚起来，“你太多心了。”

“我们才分手半年多，你这么快就找对象了？”她也许是心情不好，拿我当出气筒，“男人没有一个是好东西！我告诉你，陈仆天，总有一天，你一定会后悔的！”

这出戏，我在沈阳见多了，直接挑重点问她：“我还要忙工作呢，你胡闹够了没？分手是你要分的，现在还老找我干什么？”

“我……”她欲言又止，“那算了，你忙吧。等你有空再说。”

不知为什么，我总觉得她这段时间老打电话、发信息，是有什么事想说，并不是真的无理取闹。不巧我今天发烧，身体不好，说话的语气很不耐烦，可能她觉得委屈，话一说完就挂掉了，不给我追问的机会。

杨柯等我挂了电话，不明所以地问：“你刚叫我？”

“没有啦。”我没解释。

“不说算了。”

我满脑子都是朱开怀的病，不想分心，也没理杨柯，开始读找来的文献。说起来，我从医多年，朱开怀的病难不倒我。虽然他昏睡着，看似没有行为动作，我也无法与他交流，但他的临床表现却符合一种罕见疾病的诊断标准——发作性睡病。

在国外，这种病是一种慢性睡眠障碍，被研究者称为 narcolepsy，中文则叫发作性睡病。不可抗拒的短期睡眠发作是它最明显的特点，病因一直不明，最早在 1880 年被人提出，但中国对这种病的研究比较少，很多人不理解：难道睡觉还是病吗？

殊不知，发作性睡病的昏睡是不受控制的，就算地上有硫酸、尖刀、粪便等，只要发病患者就会睡倒下去。这种疾病最主要的症状一共有四点：白天嗜睡、猝倒、入睡前幻觉和睡眠瘫痪。也被称作发作性睡病四联症。

朱开怀白天会忽然昏睡，又有自己是“雷部天神”的幻觉，极可能就是患上了这样的怪病。至于朱开怀为什么会患病，我们还说不准，先搞清楚是不是这个病才是最重要的。

我正看得入神，一个影子从我后面投下来，转头一望，原来是杨柯，他正准备把书放回书架。杨柯可能瞄到我翻阅的书的内容，停住脚步，默不作声地站在后面和我一起看。

我讨厌这种居高临下，把书合上递过去：“你想看就拿去吧。”

“你研究发作性睡病做什么？有这方面的病人吗？”杨柯接过书，随便翻了翻。

我揉了揉太阳穴，有气无力地说：“是啊，季副高的病人。”

“你要做睡眠监测就是为了这个事啊？”杨柯若有所思地说。

我点了点头，杨柯拉了一张椅子坐到我旁边，饶有兴趣地说：“这个病例很有意思啊。”

“廖副可不这么认为。”我耸耸肩。

杨柯把《灵枢经校释》和《素问诠释》摊到我面前，根本没听我在说什么，反而问我：“你知道阴阳理论和子午流注学说与这个病的关系吗？”

我并不明白杨柯的意思，不过我知道心理学和精神病学早在《黄帝内经》中就有阐述了，这些经典著作博大精深，值得每个学医的人研读。我刚想回答，手机提示前女友发了一张照片过来。这一次我没迟疑，立刻解锁手机，但她使用了“撤回”功能，照片看不到了。几秒钟后，她发了一条文字信息：

你看到了吧？我说过的，你一定会后悔的！

人的恐惧源于未知。

那一刻，我感到图书馆的空气骤冷，一种不安顿时袭遍全身。

05 发作性睡病

前女友闹分手时，做过许多更不可理喻的事。我还有病人要治疗，不想把时间浪费在男女之事上，当下虽然觉得不妥，还是选择无视她的诡异行为。

杨柯可能察觉到了什么，这次没和我斗嘴，反而关心地问我：“要不要先去睡一觉？”

我不想去休息，便让杨柯先说说阴阳理论和子午流注学说与朱开怀的病有什么关系。

“那随便你。”杨柯也没多劝我。

我逞强道：“这点病不算什么，你赶紧的。”

接着杨柯就告诉我，发作性睡病根据其主要临床症状，大致属于中医学的多睡、嗜卧、多寐等范畴，其最早论述为《灵枢》中记载的：“人之多卧者，何气使然？岐伯曰：此人肠胃大而皮肤涩，而分肉不解焉……阴气尽则寤。”

杨柯说到专业知识一套一套的，也不知道他的记忆力怎么这么好。

这段内容在非学医者听来，有些生涩难懂，我是学这个的，也只是理解个大概。简单地说，就是表明发作性睡病的病机与他提到的阴阳关系密切，而阴阳理论是中医理论体系的核心，与睡眠又有极大的关系。夜晚睡眠，白昼觉醒，这种周期性规律与自然界的阴阳变化过程一致，昼夜晨昏的变化就是天地阴阳盛衰变化的结果。也就是书中所说：人与天地相应。

《灵枢》中还提到：阳气尽，阴气盛，则目瞑；阴气尽而阳气盛，则寤矣。意思就是说，自然界阳气生发，人的阳气也会由里向外，自然就醒来了；人类入睡是由于自然界阳气消失，人的阳气也随之消退藏于体内。阳主动，阴主静。这些就是阴阳理论与睡眠的关系。

如果用这些理论套一下朱开怀的病情，就可以理解为，朱开怀遭雷击后，体内阴阳失调，所以睡眠才会如此紊乱。可病情的真相真是如此吗？我认为没那么简单，一定有个更符合他病情的解释。

杨柯问了朱开怀的具体病情，也同意我的想法，可能朱开怀的病还有别的隐情。又说，子午流注，则是中医针灸“人以天地相应”的理论基础，简单来讲，就是人的十二条经脉对应每一日的十二个时辰，由于时辰在变，不同经脉的气血也会有消长盛衰。

中医认为，天人合一，人是大自然的一部分，人的脏腑在十二时辰的兴衰环环相扣，人的生活习惯也应该符合大自然的规律。

不管是中医还是西医都提倡生活要有规律，这个规律就是符合自然规律，对应子午流注学说。正常睡眠依赖于营卫之气的昼夜运行，朱开怀的卫气[1]留阴太久，造成阴盛时间过长，这才引起多睡症状。

听杨柯这么一说，也算是明白了一些，朱开怀的发作性睡病在中医上就是阴盛阳衰，需要中药来调节。

中医有一药方叫六君子汤，属于对症之药；当然，光吃中药是不够的，还要配合针灸治疗。针灸有种治疗方法叫督脉十三针，由“金针大师”王乐亭创立。督脉是人体奇经八脉之一，一共有腧穴 28 个，根据

1　卫气：人的防卫免疫系统。

每个腧穴的功能，老中医王乐亭精选百会、风府等13个穴位，组成了督脉十三针。

杨柯对发作性睡病很了解，他告诉我，现在科学发达，还有电针疗法，前人为病人做治疗，大部分都痊愈了，只有一例是无效的。

我思考这种疗法对朱开怀是否有帮助，督脉联系心、脑、肾，督脉通否关系着阴阳的平衡，在临床上调理督脉来治疗发作性睡病似乎是可行的。

对朱开怀的治疗方案有了大概想法后，我就问杨柯："你怎么这么熟悉这个病呢？以前遇到过这样的病人吗？"

杨柯没有沾沾自喜，只有淡淡一句话："书上看的。"

"可这个发作性睡病并不能解释朱开怀的'千里传音'。"我仍是愁眉不展，"我还是自己研究一下好了，你有事就去忙你的。"

杨柯从来不会客气，但起身要走时，丢下了一句话："反过来想，总是反过来想。"

这句话是19世纪伟大的德国数学家卡尔·雅克比说的，他的逆向思维名言经常被投资大师查理·芒格引用，反而被很多人误以为是查理·芒格的名言。反过来想的话，朱开怀的"千里传音"是怎么回事呢？要怎么反过来想呢？是他的幻觉吗？可至少他没说错廖副儿子去医院抢救的事。

这不单单是幻觉。

我几乎一个下午都在图书馆查资料，还做了十多页的笔记。等我回住院部，护士说朱开怀中间醒过一次，可没多久又陷入了昏睡。四楼好多是老年二科的病人，大部分病人的睡眠都有问题，不过他们多是失眠，朱开怀的病在他们眼里反而是种幸福。

睡眠监测只能慢慢等结果，我在住院部待了一会儿，又去一科查房，观察了几个重点病人。忙起来时，我几乎忘记自己在发烧，等天色暗下来，才觉得双腿发软，人都快站不稳了。

朱开怀傍晚醒来时，人很激动，见我就喊："我要见三妹！"

我耐心劝道："明天见吧，我刚打电话问过廖副了，他和你三妹还守在市一院呢，你就别添乱了好吗？"

"我饿了。"朱开怀很实在地转移话题，"我要先吃点东西，怕一会儿又要睡着，错过饭点。"

确实到饭点了，朱开怀是可以到病人食堂用餐的。病人不是犯人，他们都有相应的自由。于是，就让护士先撤掉监测，我带人下楼。

下电梯时，朱开怀想偷看电子锁的密码，被我制止了，还叫他别动歪脑筋，这组密码明晚就要更换，记下也没用。

一路上，朱开怀都在说些消极的事，比如怕三妹儿子夭折之类的。到了病人食堂，我就开导朱开怀："我知道你关心家人，可你动不动就要睡觉，万一去找你三妹时，在马路上倒下睡了，谁来救你啊？"

"我有神仙救。"朱开怀要了一份餐食，坐下后执迷不悟地说，"你们就是不相信我，觉得我是骗子。"

"好了，好了，我不和你争，你要吃就快些吃吧。"我喉咙又干又疼，天一黑，发烧似乎更严重了。

我今天没穿医院规定的西装，穿了一件汗衫，有个男病人坐在我们隔壁，笑嘻嘻地问我："老兄，你刚来的吧？病号服还没拿到吗？你得的什么病啊？"

我无奈地转头看那个男病人，他又兴高采烈地说："不用怕，我不会笑你的，我也有病。"

"我是这里的医师。"我纠正道。

男病人笑着点头："我是魔法师。"

和病人较真是大忌。我不清楚这个病人的情况，干脆就不再理他。朱开怀在我面前吃得很香，可能过惯了艰苦的日子，对餐食没什么要求，管饱就行了。不像有的病人，总是嫌饭菜不合胃口，以为自己是在餐馆点餐呢。

十分钟不到，朱开怀就结束了用餐，上楼时，问我能不能把收走的雷击木还给他。住院哪能用私人物品，何况是一根尖利的木棍，万一谁拿来捅了人怎么办？这是绝对不允许的。虽然这些病人并非穷凶极恶的暴徒，但他们真的发起病来，体力可不比身体强壮的人逊色，还是要做一些预防措施的。

“给我吧。”朱开怀一路都在磨我。

我发烧了一天，没有任何好转，被烦多了，语气就变差了：“你要来干什么啊？一根木棍晚一天拿回来，有什么关系吗？”

朱开怀在电梯里不停地张望着，似乎除了我们，还有其他人。然后他靠近我，嘴巴凑到我耳边：“你们这里有鬼。”

06 信息纠缠

几乎所有人都会以为医院不干净，更有甚者会编造出闹鬼的说法，但其实医院每天都定时清洁、消毒。面对这里每天的生老病死，鬼才不爱来这种地方。何况我们医院自成立以来，从没死过病人，零死亡率一直是院长引以为荣的纪录。

朱开怀煞有介事的样子，让我想到了之前的阿婆，我不想继续这个话题，便把院长的金句口头禅搬了出来：“我们医院从没死过病人。”

“这个鬼不是病人，是个医生啊！”朱开怀踮起脚尖，嘴巴都快贴到我耳垂了，“而且是个女医生……”

女鬼医生？

我浑身打了个冷战，如果朱开怀和阿婆都没说错的话，那医院真的有鬼吗？院长老说我们这里没死过病人，会不会是文字游戏？没死过病人，也许死过医生呢？旧疗养院改建成医院时，不就挖出过一口棺材吗，后来又摔死了两个建筑工人，算不算？显然，那两个建筑工人并不包括在院长的金句中。

“这个医生死得好惨，她觉得自己很冤，变成鬼后很厉害的，我怕她。”朱开怀央求道，“你还是把雷击木还给我吧。”

我半开玩笑地问：“你不是说有雷神保护你吗？怕什么？赶紧降妖除魔，我们医院可以酌情减免费用。”

朱开怀生气了：“你这是在糊弄我。你不信是吧？我告诉你，这个女鬼姓张，你自己去查查看吧，我有没有骗你。”

姓张？我们医院有姓张的人吗？我不敢确定，也不想被病人的话干扰，当下就让朱开怀离我远一点。刚好电梯也到了四楼，我们就径直回睡眠监测病房了。没多久，朱开怀又陷入昏睡，我将监测仪器重新接上后，就暂时回主治的休息室去了。

住院部有值班室，可住院医没有自己的休息室，都是挤在值班室小睡片刻，因此我们二线和三线医生都不会去值班室占位置。门诊部晚上没什么人，我一个人走过去时，走廊里一直回荡着脚步声，似乎还有别的人在身后跟着。医院的灯光是偏冷色的，营造出一种冷静的氛围，为的是平缓病人的情绪，因为来看病的人都比较躁动，可那一晚我总觉得这样的灯光让医院变得阴森森的。

这晚，值班的主治竟然都不在休息室，我一个人乐得清静，进去后就倒在一张下铺睡死过去。不知过了多久，我高烧不退，似乎更严重了，迷迷糊糊地出现了幻觉。好像有个人推门进来，坐到我的床上，还摸我滚烫的额头。相信不少人发高烧时都曾有过幻觉，我不知道这一晚是怎么回事，那个人触摸我时，感觉特别真实。

过了好一会儿我都动不了，眼睛只睁开一条线，蒙眬中分辨不出是男是女，只觉得这个人的手好冰冷，冷得我瑟瑟发抖。明明是夏夜，我都没开空调，体内所有的温热一瞬间没了，就像被这个人给吸走了。可是我就是怎么都醒不过来，跟老人家说的鬼压床一样。

直到窗帘边缘透进一点点灰蒙蒙的光，我才有力气睁开眼睛。这时武雄他们有说有笑地推门进来，看样子应该是早上了。我躺在下铺无力地喘息着，武雄并不知道我在发烧，一进来就“哎哟”一声，笑起来：“陈仆天，这么热的天，你一个大男人还盖着外套啊！”

“什么？”我虚弱地问，然后摸了摸身上，真的有一件藏蓝色的西装外套。这外套的牌子我认得，非常贵，还有一股淡淡的木质香水的味道，好像是……杨柯的。可是，杨柯不是从图书馆直接回家了吗？

我口干舌燥，想喝杯热水，好不容易起身，杨柯进来了。武雄本来想开他玩笑，结果他先开口了：“我说怎么找不到这件外套，原来你拿了！你有毛病啊？偷我衣服干什么？”

我回敬道：“一大清早的，能不能正经一点？昨晚进休息室的人是你吗？”我拿起外套，递还给杨柯，“昨晚我一直发烧，睡得昏昏沉沉的，好像有个人进来，这外套应该是那个人给我盖的。”

“烧坏脑袋了吧，赶紧看病去。”说罢武雄就来摸我额头，接着表情夸张地说，“我的天，都这么烫了，你昨晚肯定是做梦了。”

杨柯没有多说什么，瞄了我一眼，把西装外套挂在椅子上，放下公文包在那儿整理文件。我头疼得厉害，整个人都轻飘飘的，哪里有精神去纠结昨晚是谁进了主治的休息室给我盖的外套。其他人也没当回事，全都各自忙各自的。

朱开怀的睡眠监测结果快出来了，我洗漱后直接去了住院部的四楼。睡眠监测病房用的仪器是 PSG，也就是多导睡眠监测，能在全夜睡眠过程中，连续并同步描记脑电、呼吸等 10 余项指标。第二天，所有的记录由仪器自动分析，再经人工逐项核实，因此医生并不需要一直守在那里。

我拿到所有的记录结果慢慢核实后，更确定朱开怀得的是发作性睡病。朱开怀早早就吃过饭了，我和他简单聊了几句，他又无法克制地陷入了昏睡，拦都拦不住。

季副高来找我之前，我抽空带着一群住院医去查房，查到牛大贵时，管床医生问我：“这个病人这么久都没好转，这样住下去也没用啊！”

牛大贵的狂躁症确实一直在恶化，没有好转的迹象，无论是女医生还是女护士，都不敢靠近他，都是男医生去诊治他。我们稍微不合牛大贵的意他就会动粗，不打到你头破血流不罢休。

今天没心情去理牛大贵，路过他的病房时，我简单看了下记录，没什么大问题，就直接到下一个病房了。我查完房改了一些病历，墙上的时针又走了一圈。快到九点半时，季副高已经在门诊等我了，他看了睡眠监测记录结果，不出意料地认同朱开怀患的就是发作性睡病。

“副主任，病是找出来了，病因呢？总不可能真是被雷劈了才患病的吧？”我划重点地问。

季副高还在看我从杨柯那里得来的治疗方案，一边翻页一边问我：“你有没有问病人的生活情况？比如工作环境之类的。”

“病人在鞋厂工作，其他的……我不太了解。”我回想道。

季副高沉默了好一会儿，详细看完治疗方案后说：“昨天我先走了，不是丢这个摊子给你。在你来之前，我和病人谈了很久，还有廖副队长的那些亲戚，也和他们说了好多话。你来了之后，我就抽空去了崇左一趟。”

“跑这么远啊？”我很意外。

季副高戴上眼镜，和和气气地对我说：“昨天我就猜到可能是发作性睡病了，我也想病因到底是什么呢。雷电和这个病的关系不大，通常病人生病，都和他们的生活有很大关系。朱开怀长年在鞋厂的流水线工作，我去他工作的工厂看过，也检查过，他患病的原因就在那里。”

“在鞋厂工作和发作性睡病有什么关系吗？”我不太明白。

“你自己看看。”季副高说完，把从崇左带回来的资料推到我面前。

我忍住生病的难受，揉着太阳穴，慢慢翻阅那沓东西。

原来，在那家鞋厂曾有一女工无端昏迷，就诊时血常规提示白细胞总数偏低，肝肾功能正常，体温、脉搏、呼吸、血压也都正常。

朱开怀最初也做过血常规，同样提示白细胞总数偏低。二人都无重大疾病史，家族中也无类似疾病，但结合临床表现，他们确实患了发作性睡病。

“不止一个人得过病？”

我心里起疑，翻到下一页资料继续看，这才发现，鞋厂有一种鞋胶蒸汽，这种蒸汽的成分含有甲苯，长时间在流水线工作，很可能会慢性中毒。

甲苯是一种挥发性很强的有机溶剂，可经皮肤、呼吸道进入人体，对中枢神经有麻醉作用，在血液循环中主要吸附于神经细胞膜及血脂蛋白上，然后蓄积于含类脂质较多的组织，如脑、骨髓、肝脏等。人若是甲苯中毒，会出现头晕、头痛、恶心、呕吐、胸闷、四肢无力、意识模糊等症状，重症者还会躁动、抽搐、昏迷。

朱开怀的发作性睡病，是由于甲苯中毒引起的，是一种中毒性质的睡病。

脑外伤、脑炎、肥胖通气不良综合征、肿瘤、卒中，都有可能导致继续性发作性睡病，但医学界对发作性睡病的确切病因仍不明确。

单就朱开怀的情况来说，甲苯中毒对他的神经核团造成了损伤，导致脑干缝际核 5- 羟色胺能系统对其他递质系统的触发节律失调，从而出现了发作性睡病症状。

季副高是睡眠医学的专家，连他也承认，现代医学对发作性睡病没有很好的治疗办法，西方大多采用心理治疗，以及配合小剂量的精神兴奋药物来进行治疗。

1982 年，天津某职工医院曾有一位女病人经诊断患了发作性睡病，医师采用六君子汤为病人治疗，效果显著，在《南通医学院[1]学报》上曾有过详细报道。

对于我给出的治疗方案，季副高是认可的，除此之外，再配合督脉十三针，以及一些心理疏导，预后良好。

不过，我还是不太理解：千里传音与发作性睡病没有任何关系，如果朱开怀没有作弊，他是怎么和廖副妻子沟通的呢？

显然，季副高顾全大局，除了去鞋厂做调查，还去朱开怀老家做了走访工作，今早还特地去市一院看望廖副和他妻子。

1　南通医学院：现为南通大学医学院。

综合各个渠道得来的信息，季副高认为，朱家人多多少少都患有感应性精神障碍。这种精神障碍又称二联性精神病，是指一个人（原发者）精神病发作后，把系统性的妄想（包括病态的推理和判断）传播到另一个人的头脑中，但不包括抑郁、焦虑等不良情绪的“传染”。

这种精神障碍的共生要满足诸多条件，一旦形成，那种奇特的心灵感应简直就像是超能力，但如果分开病人，使其断绝联系一段时间，病症通常又能自行消失。

大学时有一堂课，老师拿人与人之间的“心灵感应”，来解释感应性精神障碍。有时，一个人对自己很在意的人会有一种心灵感应，当关心的人出了事，他就会有一种心惊肉跳的感觉，很多人都说不清楚是怎么一回事。

实际上，心灵感应本质上是一种信息，大脑会根据信息作出反应，然后进行逆向还原。可心灵感应时间长了就会出现信息纠缠，继而出现死结，当各种客观条件被满足后，病人们就会共生出一种感应性精神障碍。

至于朱开怀如何用“千里传音”与三妹实时沟通，我和季副高都说不清楚，只知道要治愈这种病症，需要断去病人间的所有联系。

廖副妻子本来与大哥联系不多，近期的联系始于她大哥遭雷击时，她的担心催生了病症。

季副高后来也说，即使病人不生活在一起，或者没有通过电话，也会有感应性精神障碍。因为雷击事件成了廖副妻子的心头病，再加上儿子的先天性心脏病，她的焦虑才会引发各种不健康的情绪。

被感应者一般不需要入院治疗，只要让其放宽心，不要和传播者一起生活，或者不要经常想到传播者，就能自愈，这种信息纠缠造成的心灵感应，自然也会解开。

这些内容已经属于超心理学，大部分人认为是伪科学，但科学的尽头是哲学，哲学的尽头是宗教，这话还是有一定道理的。

我在诊室里和季副高说话时，发烧的症状愈发明显，鼻涕不停地流，我一直擤鼻涕，发出刺耳的声音。季副高知道我生病，就叫我今天不用忙朱开怀的事了，他会负责处理，让我先去吃药休息。

在我离开前，季副高又说了一句："辛苦了，小陈。"

"应该的……"我想笑的，结果打了个喷嚏，"阿嚏！"

"快去吧。"

"好。"

刚起床没多久，昨晚睡得也不好，现在若能继续睡一觉的话，真是求之不得。可是肚子饿得厉害，药还没吃，我就先溜出医院，去喝了一碗皮蛋瘦肉粥。

转了一圈回来，终于出了些汗，体温有些降了。不过，在回休息室的路上还是头昏脑涨的，只想躺下来休息。当我回到主治休息室，里面除了杨柯，其他人都不在。杨柯坐在下铺，脱了右脚上的黑色皮鞋，正在用一根一次性筷子挑鞋底上粘着的口香糖。

我突然想到，那块口香糖或许是我吐的。早上来不及吃早饭，就嚼口香糖顶一下，结果打喷嚏时飞了出去，也没在意落在哪里，结果被杨柯给踩到了。我身体发虚的同时，心里也开始发虚，怕杨柯知道真相骂我，当时没敢说话，想直接逃去住院部躲一躲。

"是不是你吐的？"声音突然响起，杨柯一面挑一面质问我。

"你在哪里踩的？"我佯装不知。

"还不是这里！"杨柯挑下口香糖后，对我说，"之前太忙，没时间弄，害我走路总是发出声音。"

我嫌弃地说："人走路本来就会有声音啊。"

杨柯把皮鞋放好，又穿上："和你说不清楚。算了。"

不知怎的，我想到了朱开怀甲苯中毒导致的继续性发作性睡病，然后就冒出了一句："鞋子拿那么近，你小心得病啊！"

"什么？"杨柯一头雾水。

我适时地丢出一句："和你说不清楚。算了。"

杨柯被我将了一军，看我的眼神怪怪的。

我头晕得厉害，想睡他坐的下铺，他却指着另一个下铺让我睡。我比较恋床，第一次到某个地方，坐哪里，睡哪里，以后就习惯去那个地方，所以有些不情愿，但又懒得和他争执。

杨柯躺下来要睡觉，我见状问他：“昨晚你真的没来过医院吗？”

“你觉得是我把外套盖在你身上，怕你着凉吗？”杨柯当我傻瓜一样地反问我。

“是不大可能，你才不会那么好心。”我想了想，又问，“可我真没偷你衣服，你难道不觉得奇怪吗？那件外套，昨天我看你穿着来上班的，你开车回去时没穿吗？”

“不太记得了，好像留在休息室了吧。”杨柯回忆道，“肯定是你自己半夜觉得冷，拿我的衣服当被子了。”

“是吗？”

昨晚真像做了场梦，我已经记不起细节。和杨柯说了会儿话，我吃的药就起效了，开始有了睡意，很快进入了梦乡。

我睡得很沉，虽然才睡了不到一个小时，却像睡了一天一夜那么漫长。

下午，我又去看朱开怀，对他做些心理疏导，还和他解释治疗方案，争取到了他的配合。之后的几个月，朱开怀陆陆续续来我们医院做治疗，同时也克制自己，没去联系他最关心的三妹。通过治疗，朱开怀很快就能控制住昏睡的毛病了，虽然还是会有很明显的困意，但这也是一个进步。时间一长，朱开怀也就不再提“千里传音”以及雷神之类的事了。

那天确定治疗方案后，主任让科里的人去开会，又说了一下带教轮转医生的注意事项。散会后，我被主任留在办公室，他语重心长地教育了我半个小时，说我着装太随便，衣品太差，来挂我号的病人总是那么少不是没有原因的。还提到季副高有意带我，给我机会我还不知道努力……

办公室有个员工信息墙，我的照片显得很土气。主任有些发火，扯下我的照片让我换一张好看的贴上。还说医院的宣传手册也要更新，这次可得提升一下自己的形象。

我被骂了一通，心里有些不服气，不知天高地厚地想为自己辩解两句，可再一看墙上，忽然愣住了。

印有我名字和职务的贴纸也被一同扯了下来，墙壁上露出了一些斑驳的色彩，像是一个长发女人的头像。似乎在更早之前，曾有另外一张照片贴在这个位置，因为年月太久，照片的颜色渗入了墙壁。

在我名字下面还有张没撕干净的照片？我迟疑了一会儿，不顾主任异样的眼神，想凑上去端详。主任看我这样很恼火，骂了几句就让我快点滚出去，不要在他面前装傻充愣。

不过，在被赶出来之前，我还是从墙壁上认出了一个很模糊的字：张。

第5章

失衡空间

我妈妈的老家在安徽无为县，祖上在月老庙外面帮人家算姻缘，其实也就是旧社会一个谋生计的活儿，勉强养家糊口而已。后来我外公遇到了外婆，两人辗转来到了广西。

外公对紫微斗数等命理学颇有研究，或许这正是他与外婆相遇相知的原因。在家庭熏陶与耳濡目染下，我妈更是深受二人“真传”。

我小时候妈妈就常给我讲：婴儿的天灵盖没合上，会有灵光漏出来，容易招惹不干净的邪祟；有的宝宝因此还会有天眼，能看到妖魔鬼怪……

01 暴雨前的稀客

我却从不信这些，觉得都是吓唬那些不听话的小孩子的。

后来才知道，新生儿头顶骨缝没闭合是一种正常现象，一般情况下会在一岁半之前闭合。没闭合前，那里非常脆弱，稍有不慎被磕碰到，就会伤到孩子。

每次我妈打电话来和我唠叨这些有的没的，我都会找借口挂掉电话。直到有一天，我妈因为一些事来找我，我才对她的“老本行”改变了些看法。

那天刮台风，南宁下特大暴雨，杨柯早上没能去跑步，这是我租住这么久以来，他第一次早晨没出去运动。

我因为头一天累得腰酸背痛，那天早上很晚才起，结果刚出房门就看到杨柯在客厅做俯卧撑。医生每天都累得半死，我一有时间就恨不得直接躺在地上睡觉，杨柯却好像是铁打的，完全不知道“累”字怎么写。

杨柯见我从房间里出来，一边运动一边开始教训起我来：“你是猪啊，每天都起这么晚。”

我睡眼惺忪，哈欠连天地投降：“好，好，你不是猪，我是。”

“少啰嗦，赶紧的，不然别怪我不等你。”

看来，杨柯早就洗漱好了，衣服也穿好了，估计早饭都吃过了。

他催完我，继续做俯卧撑。我很想提醒他：你这样刚吃饱就做剧烈运动，是很容易得阑尾炎的！但又怕惹毛金主房东，一会儿得自己坐公交车去上班，想想还是算了。要知道外面可是在下暴雨呢。

我从卫生间出来，杨柯还在做俯卧撑。他的白衬衣袖子都快挤爆了，居然还不满足锻炼成果。

我看时间快到了，不敢再磨蹭，穿好衣服，吃了口苹果，拿上公文包。

杨柯随即从地上起来，去卫生间洗手，出来后脸色有些不太好，刚才明明很精神的。

我一时没忍住，乌鸦嘴地问他："你不会是阑尾炎了吧？"

"你就不能盼我点好？大清早诅咒我？"杨柯忍住脾气，没有吼我，但是表情严肃。

我喊冤道："大哥，我这是关心你好不好？谁让你吃饱了没事儿做俯卧撑的！"

"你……"杨柯想骂我，但可能真的不太舒服，后面的话竟然没喊出来。

我本来是开玩笑，没想到杨柯这么快就难受了，心里感叹这老天爷显灵显得可真快。电梯里只有我们两个人，我能听到杨柯不时地吸气，好像肚子疼得特别厉害。估计杨柯嫌我没事咒他，生闷气不肯说话。我很想为自己辩解，大家都是学医的，饭后不宜运动，这不是常识吗，何况是剧烈运动呢。

杨柯没给我好脸色看，搞得我心里很紧张，我一直惧怕他那种冷冷的眼神。出了电梯，我才想起忘带伞了。杨柯早上本来就等我等得不耐烦，哪里还会让我再上去拿伞。

到停车的地方还有一段距离，于是我厚着脸皮，挤到杨柯那把黑色大伞下，他当我是神经病，躲闪了一下问我："你干什么？"

"我没带伞。"我尴尬地笑了笑。

"你……"杨柯被我气得说不出话来。

“我不是故意的。”我急忙解释，“真的。你的伞这么大，借我躲一下吧。”

“不借！”杨柯故意把伞倾斜到他那边。

前段时间被主任骂穿衣不讲究，我花光了工资特意买了两套比较高档的西装，哪里舍得被雨淋。为此，我就大胆地抢伞柄，把伞挪过来一些，同时说道：“我要是衣服湿了，你的车子也要被我弄脏，这样真的好吗？你要往长远考虑。”

杨柯被我堵得没话说，凶巴巴地看了我一眼，任我和他一起打伞。

一路无话，我想打破尴尬，便仗着雨声说道：“别人看到两个大男人同撑一把伞，肯定说我们有病。”

“是说你有病吧。”杨柯道。

“谁说的，明明是你不舒服，你才有病。”我反驳道。

“那好，车子给你开。”杨柯顺势接话。

南宁那两年修地铁、修路，特别堵，“好好先生”开车都会得“路怒症”，不少人有车都不太愿意开。不知道杨柯是不是真的得了阑尾炎，我不敢再多嘴，接过车钥匙不说话了。

因为只有一把伞，我还得让他先上车，然后自己才坐进驾驶座。

“雨好大啊，不知道路上积水深不深，”上车后，我自言自语，“不过我是游泳健将，不怕，洪水来了也不打紧。”

杨柯没搭话。没人说话尴尬，我一个人说话也尴尬，干脆沉默好了。

路上，我通过后视镜以医生诊病的视角偷看了杨柯几次，想观察他是不是真的病了。杨柯却警惕得像一只狼，每次我观察他都会被他逮住，前几次没说话，后来就问我是不是变态，为什么偷看他。

我很委屈：“谁稀罕看你啊！我这是关心同事好吗？担心你生病了。”

“你担心你自己好了。”杨柯不领情，可眉头皱得很紧，似乎疼得更厉害了。

本来我还担心杨柯是不是得了急性阑尾炎，被他这么一说，我就懒得搭理他了。倒不是被杨柯的话伤到了，而是想起了最近一直困扰我的前女友。

我前女友阳可，分手明明是她闹了很久我才同意的，现在我回到广西，她却突然三天两头打电话、发信息骚扰我，好像是我把她抛弃了一样。骚扰我也就算了，可前两天，她不知道从哪里查到了我们单位的电话，居然找到院长告我的状，说我始乱终弃，生活作风有问题。

院长倒是没有直接出面斥责我，而是让主任来转达。可能前女友骚扰院长好多次吧，主任来找我时，语气非常差，我连解释的机会都没有。

前女友告状的事很快传遍了医院，同人都以为我是薄情的人，就连护士们对我的态度也变了，有时候不配合我工作。

只有杨柯知道我没有前女友说的那么坏，他说我这种人有女朋友都要谢天谢地，哪里还会朝三暮四，没那个资本！

想到这些事不开心，堵车时想要发脾气骂几句，这时我手机响了。被前女友骚扰久了，听到手机响就心惊肉跳的。本来不想接，一瞥屏幕，显示的是“妈妈”，就勉强用蓝牙耳机接通了电话——虽然我一样不想接。

果然，我妈开头第一句就是：“小天啊，别用蓝牙耳机打电话，这样很容易得癌症的。”

“妈，别一大清早的就咒我好吗？”我说这话时，潜意识地瞄了下后视镜，杨柯正在得意地通过后视镜和我“对视”，那眼神似乎在说：“你也有这一天啊！”

我妈自称神算子，经常能猜中我在干吗，有时都怀疑她是不是给我的手机装了监控程序。

我妈被我这么说了一句不高兴了：“我哪里咒你了？真是的！我是关心你好不好？”

这对话像极了我和杨柯，我有种怪怪的感觉，当下就推托道：“妈，我在开车呢，有什么事，晚上再给你回电话吧。”

我妈在电话那头喊道：“等等，等等！你急什么？我先问问你，你现在上班的地方是不是青山路的那家疯人院啊？”

“什么疯人院啊，是精神专科医院。”我纠正道。

我妈啰唆道：“这能怪我吗？你回南宁后才回家里看过我和你爸一次，我们都不知道你在哪里工作，住在哪里。你也是的，不让我们去找你，我还怕你被传销的骗了去呢。”

“你要来找我？”我抓住重点问，“我要上班，你来干什么？”

“来找你看病啊！”我妈很认真地说。

“妈，我这里是看精神病的，你又没有那种病。”我提醒道。

“你妈我当然没有精神病了！”我妈又气又笑。

“那你……”我迟疑地问。

“反正我今天去找你就是了。”我妈不肯把话说完。她这种神算子就喜欢说话说一半，就像影视剧里那些神级越高的神仙说话越晦涩难懂，一句“天机不可泄露”就把你给打发了。

确认医院的地址后，我妈只说中午来找我，其他事什么都没提。能让我妈这个神算子求助于我，看来这事的荒唐程度不亚于阿婆的求医事件。一想起阿婆的石女病，我又脸红起来。

我冒着暴雨把车开到了医院的停车场，回头一看，杨柯好像疼得不行了，一直用手捂着小腹。我本想问他，要不要先送他去别家医院做个检查，他这样子太像是急性阑尾炎了。但我怕问多了，杨柯又不高兴，见他没有要去检查的意思，便撑着伞，把他从后座接了出来。

走向门诊大厅时，被很多上班的同事和一些熟识的患者看到，身后有一些人在小声议论。

“就是这个医生，不要脸，始乱终弃……”

“真是有一手。”

“杨医生人这么好，怎么和他走这么近。”

“一样都是斯文败类！”

杨柯比我听力还好，不可能没听到这些话，虽然雨声很大，大家都以为我们察觉不到，但声声如针刺耳。这种话任谁听到都会不高兴，何况本来是我的事情，和杨柯无关，让他白白受连累。以杨柯的性格，他哪里受得了这些，加上他正不舒服呢。一到大厅，杨柯就把伞丢给我，自己先去住院部带住院医查病房，看都没有看我一眼。

恰好，老年二科的主治卢苏苏送病人出院，在大厅叫住我："小陈，有个阿姨找你，已经在一科等你了。"

难道是我妈？她这么快就到了？我心里好奇。

"你不用管其他人怎么说，别理他们就是了。"卢苏苏没多问找我的阿姨是谁，反而关心起我，"当耳边风就行了。"

我想起上次，卢苏苏从住院部电梯里红着眼睛出来，我都没有安慰她，顿时觉得愧疚。可现在再提那天的事反而不好。卢苏苏对病人无微不至，送病人出院都是自己来，老人家也夸她比亲闺女还亲，恨不得把儿子、孙子介绍给她。

想和卢苏苏再多寒暄几句，可是人来人往的大厅里忽然有人惊慌失措地大喊"救命"，把在场的人吓了一跳。

精神病院里不时有人乱喊，这不稀奇，怪就怪在这声音刚冒出来，我就在人群中看到了一个不应该出现在这里的人。

02 魔画

刮了一天的台风，暴雨不断，南宁很多地段出现内涝。

门诊大厅挤满了人，有的是从外面进来避雨的，有的是来看病的，还有的是出院等人来接的。人来人往，热闹得就跟菜市场一样。

我和卢苏苏说话时，不经意地向人群扫了一眼，一个熟悉的身影掠过眼帘。那个人不是别人，正是我的前女友阳可。

按理说，她远居沈阳，不可能出现在这里。当我想再仔细看清楚时，那个人已经不见了。不知道是不是最近被她电话骚扰这件事给整魔怔了，竟然出现了幻觉。她已经和我分手，就算再疯狂，也不会从北到南大老远跑到我的新单位来闹。现在想想，打电话告状似乎好过自掏路费杀上门。

不知道是谁喊的救命，大厅人员密集，暴雨的声音又大，救命声一瞬间就被淹没，大家也习以为常。我在人群里又搜寻一圈，除了工作上的同事，大部分都是陌生面孔，似乎没有一个认识的。

卢苏苏以为我没兴趣和她说话，看我有些心不在焉，就体谅地说："你有事就去忙吧。"

我于心有愧，想要解释，又觉得那些破事没人有兴趣听，心里万分纠结。正好小乔来找我，说有个病人挂了我的号，要来找我看病，已经等很久了。小乔来的时候，一副不高兴的样子，上次她的出科考核没过，估计以为是我在给她穿小鞋。从那以后，小乔就没给过我笑脸，像我欠了她多少钱一样。

我能理解小乔，因为住院医在医院规培，要轮转好多个科室，出科必须通过考核才能结业，然后才有资格去报名参加结业考试（考三次不过就不能再考了），拿中国医师协会各专业委员会审核通过的全国资格证书。现在小乔出科被卡住了，相较其他住院医，进度慢了好多。

宋强也没通过出科考核，仍要留在一科，不过他来医院才一年多，比小乔"年轻"一些。

我并不知道他们为什么出科没过关，也许医院方面有自己的考量。因为住院医参加结业考试，每年都会有人考不过，而基地培训生通过率太低，对医院会有不好的影响，这是每个培训基地都会考虑的问题。这工作事关人命，不能有丝毫马虎，没通过就是没通过，不能随便通融。

小乔闷闷不乐，见我慢吞吞的，就不高兴地说："病人等得不耐烦都开始骂人了。"

"没人会开开心心地来看病，不用计较他们的态度。"我劝道。

小乔不想和我多说话，简单地应了一声："噢。"

不知道我妈到没到医院，既然来了病人，那先去看病人要紧。

到了门诊室，一位六十来岁的老太太带着一个七八岁的小男孩坐在里面。看我来了，老太太不耐烦的表情立即消退，强装笑脸叫小男孩向医生问好。小男孩不吭声，老太太就推了他肩膀一下，眼神里的愤怒藏都藏不住。

坐下来后，我瞄了一眼病历，小男孩叫胡小宝，才八岁，老太太是他的外婆，姓周。

我还没开口，周老太就不情愿地说："我们是不想来的。"

胡小宝很害怕，把头转过去，不敢看我。周老太继续说："你随便给我开个证明，说小宝没问题就行。"

"什么？"我一头雾水，拒绝道，"我这里不是开证明的。"

"你不是陈仆天吗？"周老太嫌弃地问，"你妈说来找你没问题，怎么你这么不好说话？"

"我妈让你来的？"我糊涂了。

"你们已经见上了啊！"这时候，只见我妈从走廊里拐进来，面带微笑地说，"我刚去上厕所了。周姐是我们吴圩的人，我特地带她来找你。"

我有时候会和我妈唠叨，说来找我挂号的病人太少了，估计她是担心我"业务量"跟不上吧，竟然帮我从吴圩镇上拉"生意"过来。

我妈可能有些话不好当着孩子的面说，便叫我到离诊室比较远的地方，也没卖关子，直接问我："你看看胡小宝，不是反社会型人格障碍吧？"

这话问得很专业，也很科学，完全不像我妈平时说话的风格。

没等我回复，她就自顾自地又说胡小宝这几个月在学校行为举止都很异常，有几次还无缘无故地打同学，学校方面担心胡小宝有反社会型人格障碍，让他暂时休学一段时间，同时建议带他到市里做一下精神方面的检查。

"原来如此。"我明白了我妈的用意，向她解释说，"可是仅凭现在的描述，要鉴定一个小孩子有没有反社会型人格障碍，还言之过早。要知道这种情况形成的原因非常复杂，人的前额皮质与冲动行为和评价奖惩的能力有关，如果大脑皮质活动水平低，人就会去寻求刺激，出现反社会型人格障碍……”

我妈自然听不懂这些专业的解释，忙叫我打住：“我不是来听你说天书的，来这里也是学校要求的，不然小宝就不能回去上课。小宝挺可怜的，他爸妈在外地工作，外婆脾气又不好，我担心他……被鬼缠上了。他最近啊，面相很不好……可能脑子被阴气入侵了。你知道我们家紫微斗数是中州派，相术是潇湘派的……”

“你又来了。”我立刻纠正她，“我这里是看病的地方，讲求的是科学，您可别乱说话。”

“这可不是我瞎编的。”我妈委屈道，“小宝自己说的，他说了好多次，有几个大人也听到了。不管是白天还是黑夜，在学校还是在家，他都说自己看见鬼了，还怕得直喊救命。”

刚才在大厅喊“救命”的不会就是胡小宝吧？我揣测着。转念一想，学生有厌学情绪是很正常的，尤其在学校被人欺负时，他们会编出各种借口不想读书，不去学校。

我把初步判断告诉我妈，她嫌我不拿她的事当事，觉得我在敷衍她。其实，我当年在学校读书的时候，就有过这种心理，只是今天借着胡小宝的事情，正好说出来而已。

我妈还是想跟我进一步证明，自己不是胡乱编造。似乎还有其他准备，说完她想说的，就开始翻挎包里的东西。当时小乔正好经过，怀疑地回头看了这边好几眼，估计以为病人家属要给我塞红包。我怕被同事误会，叫我妈别乱来，赶紧一起回诊室。她却掏出几张叠好的纸，让我自己看。

我狐疑地展开那些纸，上面都是些奇奇怪怪的画，好像是《西游记》里的妖怪，但更诡异一些。那几张画上有男有女，有老有少，还有各种动物，但他们有的脖子很长，有的头很大，有的眼睛很大，还有一些身体的构造很奇特，比如手脚都是弯曲的，像蜘蛛的腿，或者三头六臂，或者一头四臂……

我一边看，我妈一边解释，说这些画都是胡小宝画出来的。

我随口表扬一句：“这些画很不错嘛，可以拿奖了！”

我妈却说胡小宝上过兴趣班，会画一些东西，不过这些是胡小宝出现症状后，也就是见“鬼”后画下来的。见我不说话，她认真道：“我才不信八岁的孩子能有这么丰富的想象力，画得出这种东西，除非真的看见了。”

现在小孩子都爱看漫画，日本漫画里的妖怪大部分长这样，我读书时也看过《犬夜叉》，这些画上的鬼怪很像那些漫画书里的角色，没什么大惊小怪的。

我想否定我妈，可人都送来了，不如先和小孩子聊聊。仅凭刚才在诊室内的交谈来看，周老太教育小孩的方式很不妥当，小孩子长期在这样的教育下产生心理问题，也并不意外。

“您还是和周老太在外面等我吧，我先和胡小宝聊聊，你们在旁边盯着，小孩子也不敢说实话。”我叮嘱我妈。

周老太等得久了，正想出来找我们。听到我要单独和胡小宝交谈，她非常不乐意，但还是被我妈劝出去了。胡小宝看似也不愿意外婆离开，一直拽着周老太的衣角。

我理解小孩子都怕生，便继续留着门，并没有关上。随后又给胡小宝倒了杯热水，想让他喝点水缓和一下，不至于那么局促，连手脚都不知道该怎么放。

可我刚坐下，胡小宝就瞪着我，眼珠子都快掉地上了。

隔着一张办公桌，我顺势仔细观察了一下胡小宝，他的瞳孔放大了好几倍。

瞳孔对光的反应由脑干控制，而脑干还控制血压、呼吸。在心理学上，瞳孔放大，说明这个人在说谎或者有恐惧、激动的情绪。

胡小宝的瞳孔放大，要么与撒谎有关，要么与恐惧有关。我很清楚，大人能诈病，小孩也能。只是小孩不会演得那么真，胡小宝一定是遇到了真正害怕的事才会有这种反应。

“救命啊！外婆，有鬼！”

还没等我问诊，胡小宝忽然从椅子上跳下来，想跑出门去。周老太守在外面，看到小外孙要逃，她没有安抚，反而黑着脸，直接从外面把门拉上了。我本能地想去追人，正要起身时，却被接下来的一幕给吓到了。

胡小宝更是尖叫起来：“啊啊啊啊啊！”

03 血字的威胁

不用胡小宝大叫，连我都想叫了，因为门被周老太从走廊关上后，发生了两件奇怪的事。

一个是，胡小宝跳下椅子想去开门，只跑了两步就伸手拧门把手，但他离门还有两三米呢；另一个是，黄色的门后居然有两行血字：

陈仆天

我做鬼也不会放过你！

血还沿着门板流了下来，那两行字很瘆人，像极了恐怖电影里的场景。

台风天，虽然气温降了几度，体感还是有些闷热，可看到这样的场面，我还是禁不住浑身打冷战。顿时觉得，胡小宝精神没问题，是我有问题，我才应该去看医生！

先不说胡小宝为什么还没到门跟前就开始隔空拧门把手，单就说那两行血字，是谁写的呢？我来这家医院不到一年，没得罪过谁，诊治的病人也都算满意，谁会写这种威胁人的话呢？

我更怕吓到孩子，急忙从诊室里找了一条毛巾到水龙头沾了些水就去擦。那些血已经干掉，起码写上去一两个小时了。我最初还怀有侥幸心理，以为那是红色的油漆，可这门板上的血字一擦就掉，绝对是血，只是不确定是人血还是动物血……

我惊魂未定，擦完才猛然想到，怎么不先拍个照呢，到时候报告领导、追查责任人也好有证据。

我第一秒想到的嫌疑人是小乔，除了她因为出科考核的事对我怀恨在心，还有谁能做出这么缺德的事呢？再说了，只有医院的人才知道我今天坐门诊以及要用哪间诊室。话又说回来，我也不能随便冤枉小乔，毕竟医院人来人往，要是有心写这种吓唬人的东西，谁都可以办到。好在走廊外有监控，去保安室调一下录像就能知道是谁。

“有鬼，有鬼！”

胡小宝本来就很害怕，见到门上的血字，病情表现更是变本加厉。我过去安抚他，裸露的前臂刚伸出去，就被他抓出了血痕，这小子还狠狠地咬了我一口。如果成年人这样发疯，我们可能要给病人注射镇静剂。但小孩子，还是要慎重一些，我弯下身子，抱住胡小宝，哄着他，让他别怕。

过了好一会儿，他才惊恐地看着我，然后摸着我的脸。

“叔叔，你……”胡小宝很困惑，欲言又止。

“怎么了？”我顺着问。

胡小宝没说话，但整个人安静下来，也不那么害怕了，还主动松开了我。我抓住机会，哄着胡小宝坐回去，想和他聊一聊，看看他心里究竟藏了什么秘密。像这样的“留守儿童”，由隔代长辈照顾，心理通常都会有大大小小的问题，而周老太的教育方式更让孩子有苦不敢言。

看我手臂受伤了，胡小宝低头道歉：“对不起，叔叔。”

“不要紧，我不介意。”我说，然后问，“小朋友，你还记得刚才发生了什么事吗？”

“门上有红色的字，写了……”

我赶紧打断道：“我不是说这件事。”事有轻重之分，血字的威胁，我稍后再自己调查。

胡小宝不太理解，吞吐道：“你是说……”

“在你想跑出去之前，看到了什么？”我很温和地问。

话音刚落，胡小宝低头沉默下来，又不吭声了。我很理解小病人的心情，我刚才问的问题，之前肯定也有人问过，他肯定说了一些内容，却没有一个人肯相信他。这样的次数多了，涉世未深的小孩子就会三缄其口，有人再问，他也不会轻易开口了。

“不如这样吧，”我把桌上的纸笔推过去，“你把看到的东西画出来，我和你外婆在外面聊一聊。”为了让小病人安心，我又强调，“门会打开着，你不用怕，有事就叫我。好吗？”

胡小宝依旧不回答，我只当是默许了，出去找周老太。

看到我出来，周老太就心急火燎地问我开完证明了吗，一个字没问刚才小孩子为什么那么害怕。

这样一来，我更不能敷衍了事，小病人的家人不关心，我可不能不管。

像胡小宝的情况，如果真是心理问题，我一般会先问家属病人第一次表现出这种症状是在什么时候，在那个节点前后又发生过什么特别的事。

我妈竟然和我想到一处了，早在来之前，就问过周老太这些，可是周老太实在不记得发生过什么特别的事。我们也是这次了解到，周老太成天就爱打麻将，对外孙的事并不太上心。

她只隐约记得在一个周末胡小宝和同学们出去玩，回来说自己被一条黑色的蛇给咬了，脚上还留有蛇的牙印。没人关心那条黑蛇到底长什么样，但肯定是有毒的，因为那晚胡小宝腿发黑、肿大，立即被送到医院急救。

周老太不仅爱打麻将，还很迷信。

她听说佛陀在世时，有一个比丘曾遭到黑蛇咬螫，痛苦难当，佛陀就传他一个修持法门，念诵就能消除诸毒，后被人称为“孔雀明王咒”。还听说雪山上有只金色大孔雀，平常也会念诵该咒，所以安乐长在，生存了很久。

正是因为道听途说，当小外孙回来和她说自己被黑蛇咬了的时候，周老太第一时间想到的不是送他去医院，而是认为黑蛇给她送财来了，她先给外孙念诵起了孔雀明王咒……

这当然没效果，外孙的腿伤愈发严重，到了晚上他们才去医院，还好没耽搁太久，但小孩子在医院遭了不少罪，最终才给抢救了回来。

对于小外孙后来能见“鬼”，周老太的麻友们都说她的外孙有了“阴阳眼”，周老太也一直觉得是“孔雀明王”显圣了，把神力留在了孩子体内，但也只有她和她的麻友们这么认为。

有些病人家属总是抓不到和病情相关的重点内容，尤其是比较迷信的人，这对病人的治疗很不利，往往会耽误治疗的最佳时机。

听到胡小宝曾被蛇咬过，还是一条毒蛇，我心里就觉得有些不乐观。胡小宝很有可能是发生了器质性病变，也就是说可能器官、组织、细胞等出现了病变，不单纯是精神心理上的问题。最好能安排胡小宝去做个综合检查，尤其是影像学检查，如果能拍出器质性病变，那这个病例就好分析治疗了。

对于我的安排，周老太很不满意，还唠叨我妈，说骗她来“疯人院”就算了，居然还要另外跑别家医院，那还不如直接去那家医院好了。我妈也不乐意了，以为我要将烫手山芋转手，这是在她熟人面前不给她面子。

我只能耐心地跟她们解释：并不是只有压力大才会得精神类疾病。在精神疾病分类中，专门有一种疾患叫“器质性精神障碍”。而大脑作为心理的器官，脑部有明显病理性改变及继发各种症状都会导致精神障碍，而这种疾患才是人们最应该当心的。

我妈和周老太听了都愣住了，接着担心起来，问我能不能就在青山医院做检查，外面下暴雨，要叫车也不容易。

我们医院做不了综合检查，只能将人往外送，如果她们来之前就做过这些检查，我还可以看着病历分析。

天像漏了一样，雨依旧很大，现在打车不方便，我问她们要不要来职工食堂先吃了午饭，等雨小一些再去做检查。

我妈顺势说："人不留人天留人，那就顺应天意，到食堂吃午饭吧。"

周老太哼了一声，毫不掩饰地投来瞧不起的眼神，似乎在说，医院的饭菜能有什么好吃的。

我当下就接了句："不用你们花钱。"周老太才第一次露出了笑脸。

我回到诊室时，胡小宝还没有动笔，耷拉着脑袋。

我看了下表，现在去食堂还有点早，就对门外的老妈使了个眼色，示意她们坐在长椅上再等一等，我继续想想办法。

怎么才能让这个小孩子开口呢？如果病人一直不开口，总是沉默，我是无法通过交流进入病人的精神世界的。

老师讲过不少与精神病人交流的技巧，其中一种叫"傻瓜法"，以前也叫"狐狸摄魂术"。这种技巧得名于二战时女性间谍的心理战，当中包含许多心理学技巧，经过多次改进，现在变成了医生与病人之间的谈话技巧。

比如，在对话过程中，如果病人一直不肯开口，那医生就要故意说错话，以此激发对方想要纠正的欲望，套出医生需要的信息。因为病人此刻的心理是觉得即便开口，医生们也不会理解他们的内心世界。

> 医生：这衣服是在甲地买的吧？
>
> 病人：不是，是在乙地买的。
>
> 医生：去年买的吧？
>
> 病人：上个月刚买的。
>
> 医生：乙地不是离你家很远吗？
>
> 病人：很近啊，才一条街。

医生：是吗？不记得那边有什么小区啊？

病人：有个丙小区，里面住了许多人，大部分是丁单位的职工。

……

就这样，通过一系列故意搞错的提问，对方就会很自然地出于纠正的心理，毫无防备地透露出他们的信息。提问人不必简单粗暴“查户口”似的问：你是谁，住哪里。当然，具体情况也要具体分析，这对提问人的沟通功力也是有很高要求的。

想到这里，我故意装傻：“小朋友，刚才外面的阿婆给我看了这些画，是不是你同桌帮你画的？”

胡小宝上兴趣班有段时间了，学绘画也有些成绩，自然不会希望自己的努力成果被说成是其他小朋友的。听到我这么问，胡小宝抬起头，把我当成傻子一样看了看，生气地说：“当然是我画的！”

“是吗？那这画的是《葫芦兄弟》吗？”我继续套话。

这一次，胡小宝的瞳孔没有放大的迹象，他很平常地回答道：“是我看到的……鬼。”

“是吗？你是不是从小就能看到？”我问这句话，是想知道小病人是从什么时候开始出现这种症状的。

病人的病情，其实只有病人自己最清楚。

我以为，他会像周老太提到的那样，说自己的病始发于被黑色毒蛇咬伤之后，没想到小病人回复的话让我大吃一惊。

04 精神病学家托德

小孩子的防备心不像大人，只要稍微用些交流技巧，他们就全都

“招”了。

原来在一年前，胡小宝还被拐卖过……

当时，周老太出去打麻将，没有留意身旁的小外孙什么时候跑开了，当打完麻将想回家时，才发现小宝不见了。这可把周老太吓坏了，她立刻找人帮忙报警，通过警方调取周围道路监控，才证实胡小宝是被人贩子抱走了。

报警两天后，胡小宝在市郊的一片林地里被人发现，当时，人是昏迷的，被一张草席包裹着。路人以为是尸体，打电话叫了警察过来。奇怪的是，胡小宝忽然咳嗽几声醒了过来，但对于昏迷前发生的事，完全记不得了。

经过医院检查，胡小宝没有外伤，也没有检查出其他什么疾病。为此周老太还说多亏她求神拜佛，小外孙是被她的诚心给救回来的。

在小地方，小孩已经被找回来，也就没有人再追究这件事，也没有人好奇，为什么被拐走的小孩子又被丢在了市郊的树林里。人贩子既然得手，只要家人这边还没有线索，将孩子改头换面地打扮一下，还是有可能带去外省的。

难道是人贩子良心发现？还是真的有神佛显灵，应了周老太的祈祷，将她的小外孙送回来了？

不管怎样，小宝是回来了，可刚一到家，就被周老太关起门来暴打一顿，骂他活该被人拐卖，谁叫他跑离麻将桌，要是再跑就打断他的腿。

由于被打骂得太厉害，胡小宝更不敢说自己看到了什么，只是忍着眼泪被鞭子抽打。后来按照他的描述，他看见乱七八糟的东西的次数愈来愈多，这才开始用画画的方式来记录所见。有时候他还看到同学变成“鬼”，跑过来要打他，他是恐惧过度，下意识地反击，才将人打伤的。

这些内容涉及了他经历的重大事件，以及他受到的重大心理创伤，这不是一个七八岁的小孩子能编造出来的。当然，我也绝不相信胡小宝真的看到了“鬼”。

现在重要的，还是赶紧送胡小宝去综合医院做检查，如果不是器质性病变，还要再研究分析到底是什么问题引发了这种幻视。思来想去，我总觉得胡小宝被拐卖时发生了很特别的事，导致人贩子不得不放弃他。可胡小宝被人发现时是昏迷的，问他遇到了什么情况，他又只是摇头，说不出个所以然来。

和小宝的对话几乎持续了一个上午，周老太和我妈也去食堂吃饱回来了。等我做好了工作，这才联系一辆车，赶忙让周老太带着小外孙去做检查。

本来想留我妈再待一会儿，她却坚持要和周老太一起去，我看她那么尽心尽力，就私下问她：“你不会是收了周老太的钱吧？”

我妈很老实，张口就答：“那当然了，不收钱会倒霉的，好吗?！”

外面暴雨倾盆，车子还需要一些时间才会到。

我妈看我露出了鄙夷的眼神，就教训我说：“收钱的不一定是骗子好吗？能量守恒，福祸相依。有人遇劫，你帮人化解了，本来他应该倒霉却没有倒霉，那么倒霉的就会是你。好比一个人跳楼自杀，你刚好经过楼下，起了缓冲作用，跳楼的人没死，只是半残，但你就会被砸死。凡人畏果，菩萨畏因。拿人钱财，替人消灾，没有错的。没有人会无缘无故替人承担因果……”

我才不相信这些，只是这么多年也没能纠正她的思想，又加上好久没见，就让她发泄一下，在我面前多叨咕两句吧，但又实在听不下去，于是就抬杠：“前段时间你不还给我算那啥啥啥，说我要倒霉了，我可没钱给你。”

我妈白了我一眼，好像我是一只白眼狼：“我们当然不一样了，亲人早就因果相缠，才不用像外人那么仔细计较。不过呢，这家医院好像不太正常，阴气特别重，地下可能有……”

我妈越扯越离谱，我赶紧打住她。正好叫的车子也到了，她想和周老太一起去，我真是求之不得。

车开走前，我嘱咐我妈注意安全，要是医院检查出了结果，有问题的话，最好能马上告诉我，如果没有问题，更应该立刻告诉我。周老太嫌我啰唆，没说“再见”或“谢谢”，而是嘟囔了一句“真麻烦”，就让司机开车走了。

熬过上午，我打算去食堂抓紧把午饭吃了，结果碰到几个科的主治围了一桌，嚷嚷着今天饭菜不好吃，想叫外卖。外面的雨下得老大，完全没有减弱的趋势，现在点外卖，应该也没人送得过来，估计要等很久，还不如自己撑伞出去吃。

刚想到这儿，武雄回头看到我，一边冲我招手一边起哄说：“让陈仆天去帮我们买！”

“干吗让我去？”我不服气。

卢苏苏见我被欺负，帮忙道：“雨那么大，算了吧。听说有个小姑娘给男朋友送饭，在路上被大水冲进下水道了呢。”

杨柯也在，一脸难受的样子，好像肚子还在疼，对卢苏苏说：“今天早上他说他是游泳健将，让他去吧。”

“你……”我被这句话堵得没话说。

这时杨柯的手机响了，他看了看来电号码迟疑片刻就起身去食堂外面接电话。武雄瞄到了对面桌的小乔，嘱咐我再买两杯饮料回来，说要给我们展示一种测心术。

卢苏苏对这种小伎俩很感兴趣，忙问：“是什么测心术，用来干什么的？”

武雄说：“如果两人的关系暧昧不清，还没捅破那层纸，你就可以在和对方一起喝饮料时，装作无意地把自己的杯子放在很靠近对方杯子的地方。如果对方没有移走杯子，那么对方可能就是喜欢你，可以考虑升级了，但如果对方移走了杯子，那么维持目前的朋友关系就好。”

小乔和武雄早就是情侣关系了，只是没有公开，我知道武雄是想显摆小乔对他有意思，显得自己受年轻女性欢迎。

我也犯不着揭穿他，当下就答应给大家都买杯饮料。

还好大家要吃的东西在医院附近就能买到，我很快就带了回来，只是衣服还是被淋湿了，这可是我咬着牙买的高档西装。

杨柯打完电话回来，拿起一杯柠檬红茶，轻轻喝了一口，依旧冷冰冰地坐回之前的位置。

武雄故意叫小乔坐过来，说有事要问她，顺便请她喝饮料。小乔不明就里，武雄故意把自己的饮料杯子放到了小乔的杯子旁边，可小乔想都没想，居然立刻挪开了她的那杯饮料。

和胡小宝、周老太说了一上午的话，我舌头都干了，懒得看他们做测试。随便拿了一杯饮料喝了一口就放在桌子上了。想着先把西装外套脱了，免得湿透了不好打理。

这时瞥见杨柯的脸扭曲起来，疼得很难受的样子。卢苏苏也注意到了，立即过来给杨柯做了初步检查，还问了一些情况，我一边脱衣服一边接过话，描述了我们早晨出门前后的情形。听我说完，卢苏苏判定杨柯得阑尾炎的概率极大，主张赶紧送去治疗。

“我就说是阑尾炎，你还不信。”我着急道。

杨柯瞪着我，嫌我这个时候还不忘挖苦他，又交代我：“刚才是杨果来的电话，她说今天会去我那里住几天，你就让她睡我的房间好了。”

“你堂妹要来？ 来干什么？”

杨柯马上要被送去别的医院，我还在追问这些，显得有些自讨没趣，他也气得没再理我。卢苏苏非常担心杨柯的身体，送去别家医院治疗时，一直忙前忙后。我却被这突来的几件事打乱了思绪，完全不记得杨柯的车钥匙还在我这里，也没想到应该开车送他们过去。

不过，我下午还要坐门诊，也不能随便走开，主任最近盯我盯得特别紧，我哪敢擅离职守。赶紧草草地把午饭吃完就回到了门诊那边，我还是好好研究下胡小宝的病例吧。

精神病人会有幻视、幻听、妄想，这些都会让病人觉得自己看到了“鬼”。胡小宝在一年前被人贩子拐带，幼小的心灵受到了刺激，产生了妄想，这是有可能的事，而妄想又会催生幻听、幻视。可是，胡小宝的病症发作好像是间歇性的，当我抱住安抚他，他又慢慢恢复了理智。

现在看来，还是要等综合医院的检查结果出来才行，如果排除了器质性病变，那问题就变得棘手了，因为我暂时还想不到，胡小宝为什么会变成这个样子。由于我先和那边的医院打了招呼，胡小宝做检查时效率都很高，影像学检查的结果两三个小时就全部出来了。

通过电话我了解到，胡小宝体征各方面都是正常的，可以排除卒中或脑瘤等脑部疾病，磁共振和 CT 断层扫描也没有问题，检查结果无法给医生任何提示。我本来还想问，胡小宝的脑活动有没有异常的电脉冲模式，结果对方医生说这个也没有异常。

没有器质性病变，那么是什么原因导致胡小宝有“阴阳眼”呢？

通电话时，胡小宝又犯病了，在那边大喊有鬼，搞得医生们都催我快点过去把病人接走，不要乱把精神病人推到他们那边。我只好让我妈赶紧带人回来，又问了一年前胡小宝被人在市郊的树林外发现后，为他做检查的是哪家医院。

周老太想了很久，才想起是江南区的一家医院，还问我找这家医院做什么，她可不想再多跑一家医院，太折腾人了。我心中有种不好的预感，总觉得胡小宝的病没那么简单，所以想查看一下最初检查的那些数据。

可惜，我联系上那家医院时，对方没能马上回复我的咨询，而是埋怨道：“都一年前的事了，谁知道资料丢去哪儿了，而且凭什么提供给你呢？有什么法律依据或者官方通知函吗？”

这件事对小宝、对我们分析病情太重要了。我的职级不够，人脉也不广，就跑去找季副高想办法，想通过他的渠道快点要到那些数据。不巧的是，副主任昨天去南京开会了，根本不在南宁。

我恨不得去找那些人贩子，想问问为什么丢下胡小宝。我唯一能想到的让人贩子放弃到嘴肥肉的理由就是，当时胡小宝很可能出现了非常严重的病症，人贩子无法处理，只能抛弃他。而这个病症是胡小宝“见鬼”的重要原因。

思索了一下，我还是决定联系季副高，用手机给他发了一条短信，询问能否帮忙在那家医院要到那些数据。

等了好久也没有收到季副高的回复，估计是忙得没时间看手机。坐在诊室里无计可施的我，头疼得厉害，无意间注意到胡小宝的画还留在我的办公桌上。

我把画铺开仔细瞧了瞧，心想，要是我经常看这种东西，估计也是要发疯的。这些画上的鬼怪都很奇特，像是在用鱼眼镜头看世界，但画面又比鱼眼镜头更夸张：有的人头很大，有的人腿很长，甚至弯曲得厉害。其实，我第一眼看到这些画时就感觉似曾相识，现在再仔细一看，忽然灵光一现，想到了英国精神病学家约翰·托德的一项研究，他的案例里似乎有一个病人也见到过类似的画面……

正当我的大脑飞快转动时，有人敲了敲诊室的门。外面风雨声依然很大，刚开始我没注意敲门声，迟疑好久才意识到去开门。按理说，还不到看诊时间，不应该有病人来。等我打开门，外面走廊一个人影都没有，大厅那边也很安静，之前拥挤的人群都散了。

“奇怪。”我狐疑地后退一步，想关上门再休息一会儿。一转身，整个人僵住了，不知道什么时候，房间里居然多了一个披头散发的女人……

05 幻觉全书

一瞬间，我的汗毛都竖起来了，差点叫出了声。

窗外暴雨肆虐，一直没有停过，虽然已是中午时分，天色却异常昏暗。

最近，主任专挑我的刺，有几次午休时间我没关诊室的灯，他也会说我在浪费医院资源。为了减少不必要的挨骂，最近只要不是办公时间，诊室的灯我都关着。现在，光线不明的屋子里居然莫名出现一个女人，我真觉得自己和胡小宝一样——活见鬼了！

好在我胆子也不算小，冷静下来仔细一看，才发现这个女人站在诊室的窗户外，隔着窗户在看着我。窗户上雨花太多，形成了毛玻璃效果，我只能看清楚人的轮廓，根本看不清楚那女人的长相。女人杵在那里一动不动，我以为是哪个病人发病了，在那里装神弄鬼，于是拿了把伞奔出诊室，绕了一圈想去看看是谁在诊室后面。等我找过去时，窗外已经没有人了，仿佛刚才的一切都只是我的幻觉。

“搞什么名堂！”还没到下午就出了这么多状况，我非常恼火。要不是忙着胡小宝的病，早就去保安室调取监控录像了。对胡小宝的病刚有点头绪，我不想节外生枝，于是下意识地掏出手机看了时间——12：51。记下时间后，我又估算了看到血字的时间，打算忙完了就去保安室看监控录像。

趁着还是休息时间，我先回去关上了诊室的门，然后一个人撑着黑色大伞，跑到住院部后面的图书馆去查资料。上楼时听到一楼档案室里传出打印机的声音，在楼梯间里一直回荡。图书馆有闹过鬼的流言，导致这里总有一种阴森森的氛围，特别是今天下暴雨，里面一个人都没有，也不知道管理员去了哪里。

图书馆有许多外文原版书籍，我四处翻了又翻，找到一本*A Dictionary of Hallucinations*，2014 年的版本，作者简·布洛姆，是一本有关幻觉的百科全书，我私底下称之为《幻觉全书》。这本书写到过一个人——英国的精神病学家约翰·托德，书中提到约翰·托德曾在 1955 年的《加拿大医学会杂志》上提到过一种怪病，叫“爱丽丝梦游仙境综合征”。

爱丽丝是著名童话《爱丽丝梦游仙境》的主角，在书中她跌进兔子洞后发现自己可以随环境而变大变小，于是约翰·托德就沿用童话情节，将类似的症状集合命名为“爱丽丝梦游仙境综合征”。

这种病症很罕见，有点像视微症，或者视远症。前者是看物体或身体部位比实际小，后者是看物体比实际远。而梦游仙境症更为奇特，患者看到的东西可大可小，甚至有奇幻的画面，失去时间感。如果患者是小孩子，在他们认知能力不够时，会误以为自己见到了什么不得了的东西。

总的来说，梦游仙境症的临床表现可归纳为：视觉失真、时间扭曲、身体扭曲、平衡问题（感觉世界旋转或颠倒）、听觉失真、嗅觉失灵、感觉扭曲（感觉地板柔软，气球坚硬）、情感经验混乱（莫名的恐惧）等。

这类病患有时会去看神经科或者眼科，大部分人不会像胡小宝来看精神病专科。通常患者自己有分辨的能力，但以周老太的教育方式，估计已经给胡小宝带来了不好的影响，对他造成了精神上的困扰。

梦游仙境症在医学检查中一般查不出来，就像胡小宝做的那些检查，磁共振和 CT 断层扫描都没有问题，脑电图也看不出问题。我一开始还怀疑胡小宝得了脑瘤，因为脑瘤也会引发类似的临床表现，但结果都显示没有异常。

为了慎重起见，我打算让胡小宝在我们医院做个 24 小时脑电图监测。倒不是我怀疑其他医院的检查不准确，而是有时候某些病症只在发病的情况下做检查才会有体现，像心电图、脑电图这些检查，在不发病时去检查，不一定能查到问题。

遗憾的是这类病症能查到的资料不多，在中国有书面记录的病例就少之又少，我在图书馆又查了一会儿，没有更多的发现，就打算先回门诊。

雨还没有停，我走到门口想要拿放在那里的雨伞，结果那把黑伞不见了。门口和楼梯间有两串脚印，一串已经快干了，另一串还湿漉漉的，只是同样到了门口就慢慢干掉了。

“谁拿了我的伞？”我提起嗓子喊了一声，偌大的图书馆没人回答，只有雨滴击打雨棚的声音。

我走回藏书室，绕了几个书架后隐约看到一个人，他似乎有意和我捉迷藏，一直与我保持着三四个书架的距离。猫抓老鼠了好一会儿，不知道什么时候，那个人溜了出去。等我追到门口，看见黑色的雨伞被丢在了地上，但旁边有个歪歪扭扭的符号，有人用雨伞滴下的水珠画了一个字母：X。

“神经病吧。”我自言自语，拿起了地上的伞，疑惑地下了楼。

暴雨中，看不到任何人影，仿佛全世界只剩下我一个人。图书馆的外面有个监控器，但那个监控器早就坏了。

据说这里的监控器总是莫名其妙地坏掉，医院维修的速度赶不上监控器坏掉的速度，也就没再高效率地继续派维修人员过来。估计大家都觉得图书馆里只有书，档案室只有档案，比起门诊大厅、住院部，能有什么危险的事情发生呢？

我只当刚才是武雄之类的恶作剧，撑着伞一路快速地走回门诊。快到目的地时，看到卢苏苏一个人撑着一把黄色的伞在外面打电话。

暴雨天在外面撑伞打电话也太危险了，现在还时不时地打雷打闪，不怕被劈成木炭吗！

卢苏苏背对着我，大雨又掩盖了我的脚步声，她并没有发现上前想要制止她的我。而当我快靠近她时，却模模糊糊地听到了卢苏苏略带着哭腔：“你们为什么不理解我……我在医院上班够辛苦的了，为什么还要……你们不知道我受了什么罪……”

我没想到会是这种私人对话，无意间听到，双方都太尴尬了。看样子雨也要停了，应该不会有太大的危险，于是我临时转了方向朝另一头走去。

现在不是安慰她的时候。既然卢苏苏选择出来打电话，肯定是不希望被人听到。难怪前段时间看到她，她总是眼睛红红的，原来是遭了罪啊……会是什么罪呢？被病人殴打？被领导处罚？被同事欺负？实在想不到，也没时间再去想，因为我看到我妈带着周老太他们回来了。

胡小宝胆子小不敢说话，回到医院后还是总躲在周老太身后，哪怕周老太对他的态度依旧恶劣。

我见状就询问周老太，是否同意留胡小宝住院做 24 小时脑电图监测。我以为周老太会怕花钱，不愿意做这个检查，没想到她一拍大腿，立刻答应了。她还说今晚约了人打麻将，把小宝留在这，自己得马上回吴圩镇去。

我们和综合医院的住院部也有所不同，病人家属是不可以留下来照顾病患的，既然小宝留下，那么剩下的事就由这里的护士来照料。

我倒是想留我妈在这住一晚，没想到她知晓我的想法，连着“呸呸呸”三声说，自己又没得精神病，住什么住，我这是盼着她早日发神经吗。其实我是想让我妈和我回杨柯的房子住，毕竟上午杨柯说今晚堂妹要过来，孤男寡女不太方便，但我妈想和周老太回吴圩镇去，我也就不勉强。

办完入院手续，我陪胡小宝待了一会儿。下班前叫宋强留意小宝脑电波的监测。经过牛大贵的病房时，他又在那对我喊打喊杀。像这样的狂躁症，住得越久病情越严重，无奈他的家属坚持让病人住院。像他这样的，离开医院的方式估计只有死亡了，其实是很可怜的。

我一路下了楼，刚出来就听到电话响——陌生的号码，接通后才发现是杨果。我问她：“你到你堂哥家了吗？要是没钥匙的话，你等会儿，我马上就回去了。”

“不用了，我在医院呢……不过不是你们医院。我堂哥刚进去做了手术，你都不来看一下吗？赶紧过来，来了正好接我一起回去。我把地址发你手机上。”杨果不容反对地做了安排。

“好吧。”我也想知道杨柯怎么样了。

我开车离开医院时雨势小多了，不过南宁修地铁，哪里都很拥堵，有的路段积水还特别深。出了医院我才想起来，还没去保安室看监控呢，算了，监控录像应该不只保存一天，明天再看也一样，还是先去看杨柯吧。

杨果早早就到了医院，一个人在等杨柯做手术。等我赶到时，杨柯已经从手术室出来进了苏醒室，随后又从苏醒室被送出来。

整个手术杨柯没同意加止疼泵，也没打止疼针，类似手术的其他病人都在不停地喊疼，让护士再给他们打一针。只有杨柯异常安静。苏醒过来后，还是一副臭脸，貌似很不乐意看到我。看他躺在病床上的样子，我又嘴欠起来。

“你看吧，叫你吃饱了别乱动。”

杨柯把头摆到一边，不看我，只声音低沉地道：“你们走吧。”

“我们马上走，就是让你知道我们来看过你了，免得你日后怪我们，说你生病了，都没有一个人来关心你。”杨果机灵地回道。

杨柯没再说话，我也不想在这时候刺激他，于是说了声保重就拉着杨果走了。杨果也没说她为什么要来杨柯这里借住几天。她目前在上高中，家又在南宁本地，突然要求出来住的理由是什么呢？

路上她突然“招供”，原来她和她爸闹翻了，因为赌气才出来住几天。杨果的母亲早就去世了，青春期女孩的心理父亲无法深入了解，出现矛盾还是很正常的，我也就没打算和她继续聊这个话题。

倒是杨果，很识趣地换了话题，问我：“我堂哥那个臭脾气，你受得了吗？”

“吃人嘴软，受不了也要受啊！”我无所谓道。

杨果忽然坏笑起来：“你还记得吗？上次和阿丽一起来看病，我和你说过我堂哥有一个秘密，但后来没告诉你是什么。”杨果帮我回忆之前的事，“你还想不想知道？”

“既然是秘密，那就算了吧。”我当精神科医师这么久，已经知道有些秘密是负担，不知道反而好些。

可杨果这次像是下了决心，不管我想不想知道她都要说出来。她头倚靠着车窗，眼睛望向外面掠过的霓虹长叹了一声。

“其实我堂哥很可怜，你别看他总是一副臭脸。”她吸了吸鼻子接着说，“我听我爸说，我伯父原本是一家心理研究所的研究员，后来不知道为什么，突然失踪了。当时我伯母一个人带着我大堂姐，还怀着我堂哥，生活实在是有些艰难。后来我那个堂姐不幸得病死了。我伯母因为太过思念我堂姐，偶尔就把我堂哥打扮成堂姐的模样，所以我堂哥小时候还穿过女孩子的衣服，有一次竟然穿着去了学校，被同学一顿嘲笑。再后来，我伯母想女儿想出了病，住进了精神病院，我堂哥照顾了她好多年，最后人也没留住，好像是得了什么病去世的，也就是几年前的事。”

“原来杨柯他……”我欲言又止，心中不禁感慨：原来看似很幸福的人，也都有痛苦的一面，真是不容易。也许杨柯就是因为这个原因，才选择当精神科医师的吧。

杨果坐在副驾驶上一直没看我，继续自顾自地说：“我堂哥小时候经常被同学嘲笑，还好不是霸凌，但他个性变得冷漠了许多，谁都不爱搭理，独来独往的。这么多年我也没见过堂哥有什么朋友，你应该是第二个吧……居然能忍耐他这么久，他还能接受你来合住。”

我只是没钱，所以没办法啊，要不怎么会屈居于他人屋檐下，还是这么难相处的一个人。穷，对于男人来说，真的是一件很可怕的事情。当着女孩子的面，这话我也说不出口，只好尴尬地笑了笑。

没多久我缓过神来，忙问：“第二个？那第一个是谁？”

杨果也转换了情绪，表情从忧伤到微笑：“怎么了？你还不高兴了？”

“没有。我只是好奇而已。”我一边说一边踩了油门。

杨果有些意外：“怎么，他没告诉你吗？我以为你们在同一家医院上班，他不告诉你，同事也会和你说过……”

“说什么？”我一脸茫然地问。

“张七七啊，以前也是你们一科的医师，她还是我堂哥的女朋友。不过他们是偷偷在一起的，没几个人知道。后来他们分手，张七七就辞职离开了。我也不太清楚具体怎么回事，可能医院不允许同科室恋情？也是因为她走，医院有了岗位空缺，他们才重新招了个人……嗯，就是招了你吧。”

杨果饶有兴致地说完，我听得仔细，却突然意识到前面有个红绿灯路口，猛地踩下急刹车，刚好在红灯亮起来之前停下了。

06 监控

原来走掉的那个医师叫张七七，之前只是从一些蛛丝马迹中得知有一位医师离开了，可并不知道背后还有这么多故事。不过辞职和分手也没什么大不了，为什么医院里的人没有透露过有张七七这个医师呢？就连杨柯也从没主动提及过。

杨柯是当事人，他不提的话也还能理解，但像武雄这样爱起哄的人也对这位医师的事情保持沉默，这又是为什么？我记得在给黄飞红治疗的时候，武雄他们曾在食堂悄悄聊天，当时我隐约听到好像是有医师死了，而不是辞职走人……这又是怎么回事？说的不是一个人吗？

杨果对医院的事了解得比我想象的多，但等我再问她时，她却摇头了："这我就不了解了，不过张七七和我堂哥住在一起过，只是医院的人知道这事的好像不多。我以前一和我爸吵架，就去我堂哥家住。他们倒是也没同居，张七七好像也是来租房子，住的就是最里面的那个房间。对了，你知道的吧，那个房间的锁眼是堵着的，就是张七七堵的。好像现在也没打开呢，我堂哥一直懒得弄。"

"是这样啊。"我表面上不以为意，心里却想，现在的高中生可真是不简单，看着弱不禁风、涉世未深的样子，其实大人们的事情什么都逃不脱他们的观察。

回到家，杨果似乎和我有些赌气，觉得她告诉了我一个大秘密，我却表现得波澜不惊，回应极少，所以她心情也不怎么好，进门就关在房间里看电影去了。

我简单洗漱后就开始琢磨胡小宝的病情，想着想着就想到张七七到底去哪儿了……意识到自己思绪跑远了，赶紧想办法拉回来落到小宝的病情上。我翻出电脑登录邮箱，想着季副高一直没给我回短信，或许给我回复了邮件，结果一查，邮箱里一封新邮件都没有。

一直折腾到凌晨一点多我才上床睡觉，梦里都是胡小宝的身影，还梦到他被坏人抓走后死了，坏人将他扔到了医院图书馆的大门前。

又梦到佛祖飞身经过一座座巍峨的雪山，一只金色大孔雀把他吞到了肚子里，佛祖破开孔雀的背，脱身而出……孔雀那么小，脖子和嘴更小，怎么能吞人呢，更别说吞掉佛祖了，这都大小颠倒了吧。我就在梦里说：哎呀，原来孔雀明王的传说就暗藏了梦游仙境症呀，看来刘易斯·卡罗尔创作《爱丽丝梦游仙境》时，就得了这个病症吧，要不然怎么能写得那么逼真。

我像是发现了什么重大医学研究成果般激动得大喊大笑起来，于是就从梦境里醒了过来。我大口喘着气，翻了个身拿起手机一看，已经快到早上六点了。揉了揉眼睛和额头，撑着疲倦的身体从床上坐了起来。

杨果也早早就起了，希望我能开车送她去上学。我没有拒绝小孩子的理由，便快速洗漱好准备换衣服下楼。

可在经过锁眼被堵住的房间时，我却不自觉地停下了脚步。我突然想到《简·爱》，书中曾描述有这样一个神秘的房间，里面关着一个人。我不禁联想到，会不会张七七一直没走，就被关在这个房间里面了呢？

随即我又摇了摇头，推翻自己的想法。这不可能！房门都锁住了，如果有人在里面早就饿死了吧。我嘲笑自己昨晚做了太长时间的梦，胡思乱想太多了，导致今早大脑还没有清醒过来。随手敲了一下门就身心轻松地想要回自己的房间去换衣服，没想到我刚走开，就听到有人在里面回敲了一下。

居然有人在里面！我错愕至极，停下脚步，怔怔地看了好一会儿，鼓起勇气又敲了一下，不过这次就没人回应了。

杨果听到我的敲门声，从房间里探出半截身子，叫我快一点别磨蹭，他们高中有早读，不能迟到。

突然被催，我一时加快了脚步没再想那么多，匆匆换好装束和杨果出了门。杨果的父亲倒是对女儿放心，一直都没联系她，估计他还不知道杨柯生病住院的事。

送完杨果，我加快车速直奔医院的住院部。

宋强早就在住院部了，等着我带他们巡房、看病人、改病历。现在杨柯住院，住院医有什么问题全都来找我。

巡完了一科的病房，我问宋强："昨晚的监测有什么特殊情况吗？"

宋强不好意思地挠挠脑袋，说昨晚他拉肚子差点都脱水了，所以找新来的轮转医生梁凉凉帮忙盯着。

好几天没见到梁凉凉，巡房时也没看到她，估计还在 24 小时监测病房里。于是我安排好工作，输入电子锁密码从楼梯间跑上楼，迫不及待想看胡小宝的数据结果。

到了 24 小时监测病房，只见胡小宝坐在病床上发呆，梁凉凉则背对着房门站在铁窗旁不知道在望着什么。

我喊了她一下，梁凉凉仿佛吓了一大跳，脸颊上的汗毛都竖起来了，重重的黑眼圈特别明显，整个人精神状态比刚来时差好多。这模样要是被我妈看到，估计她就要扯这个女人的寿元折掉了，被什么妖魔精怪吸走了阳气。

我问梁凉凉："你怎么了？还好吗？"

梁凉凉眼神空洞地递给我一些监测数据，一句话也没有说。

几乎是同时，呆坐如木头人般的胡小宝忽然拔掉了头上的电极片，好像有什么东西缠绕着他似的，逼得他把自己身上的衣服、裤子都脱掉了，然后一身精光跳下床，哭喊着自己身上有好多蛇，叫我们救他。

"他又发病了！"

我来不及看数据，上前抱住胡小宝，让梁凉凉再去拿一套病号服过来。胡小宝发狂得很厉害，我差点就抱不住他了，可能他觉得我也是一条蛇。幸亏梁凉凉拿了衣服过来，给胡小宝重新换上后他才稍微冷静一些。我一直在重复，说这里没有蛇，胡小宝却持续打哆嗦呢喃着："有蛇！你的眼睛里有蛇！"

孩子还小，发病时暴力等级较低，即使发病过程持续，我也不能随便给他注射镇静剂。没办法，我就让梁凉凉用束缚带将胡小宝先控制住，不然他乱抓身体可能会抓伤皮肤，甚至抠自己的眼珠子。

我妈今天又要陪周老太过来，出发前给我打了个电话。我刚控制住胡小宝，忙得满头大汗，接了电话就告诉她们胡小宝又犯病了，等会儿还要研究脑电图的监测数据。我妈听了竟然让我念孔雀明王咒给胡小宝听，还说绝对有用，接着就叫我跟着她念：唵，么庾啰，讫兰帝，娑婆诃……

我实在不会念，而且梁凉凉也在场呢，哪能带这样不好的头。我就说："要念你自己给他念。"然后把手机放到胡小宝的耳边。也不知道电话那头我妈是不是真的念了，居然奏效了，一分钟没到，胡小宝就安静下来。

我忙问我妈："刚才你真的念了孔雀明王咒吗？要是这么有效的话，不如你来我们医院上班好了，把大家的病都给治好。"

我妈故作高深地说："胡小宝和孔雀明王有缘，所以孔雀明王咒才会在他身上发挥效力。神佛讲究机缘，也就是契合度。这就像是用药，有的药对这个人有用，对那个人却没用，甚至会害死那个人，比如医学上的过敏反应。"

我妈扯得太多了，她话还没说完，我就挂断了电话。根据病历上的信息，胡小宝没有精神病家族史。而监测数据上显示，脑电图在凌晨 2 点 21 分到 2 点 23 分捕捉到一次异常，梁凉凉记录了一次胡小宝的发作时间，与此吻合。这次的 24 小时脑电图监测还记录到了很重要的数据，为了确定这件事，我去和主任求证。

主任最近对我意见特别大，见我来了，马上教训我不要再乱搞男女关系。

我脸红起来，忙说自己接了个病人，他患了梦游仙境症，会看到稀奇古怪的东西，但又不算是幻觉，属于一种感觉错乱。

主任是专家级别，见多识广，听我提到梦游仙境症就说："你给病人托吡酯口服预防性治疗就行。"

托吡酯是治疗癫痫病用的，正好我也怀疑胡小宝的病不单纯是梦游仙境症，疑似是一种癫痫引发的，而且是比较难查到的伦诺克斯-加斯托综合征。这是一种晚发性儿童枕叶癫痫，主要见于1~8岁儿童临床症状为发作性视觉异常，像是幻视及黑矇、眼球偏斜等，随着病情进展还会有人格改变。得这种病的四分之三的患者在做神经影像学检查时都检查不出异常，脑电图的特征就是：发作期间活动背景正常，局限性枕区异常放电，如棘波、棘慢波发放，枕区棘波以1~3Hz节律性暴发或成簇出现。胡小宝的全天脑电图还没够24小时，但是在深睡期间，这些记录都与这种儿童癫痫病符合。

如果我猜得没错，一年多前胡小宝被人拐走期间发过一次癫痫病，在发病时会出现痉挛、口吐白沫、昏迷等，估计人贩子见到后害怕了才将人丢弃。胡小宝命大，这一年来没有再发过病，只是表现出了一种视觉异常的症状，并影响到精神状态。不然真的癫痫发作，严重的话是会要人性命的，而且每次发病都会造成大脑受损。

“既然是这样，那就让病人转院，留下来也没用，治标不治本。”主任向来主张明哲保身。

“好。”

“不过你还是要多做几次检查，不能想一出是一出，别搞错了。”主任一边回复手机信息一边对我说，“要不要找人来会诊？”

“我已经联系过其他医院了。”我补充道。

主任很少表扬人，准备打发我走时，把视线从手机上挪开，上下打量了我一番：“嗯，你今天有个人样了。不过你要记得，男女关系的事要处理好，不要欺负女孩子，更不要让私人关系影响到医院形象。”

我没敢多辩解，转身灰溜溜地走出了主任办公室。我很想问问主任，张七七去哪了，他是主任，应该知道吧，可惜这句话我现在没有勇气问出口。

回到门诊那边我等了两个小时，周老太和我妈才来到医院。听了胡小宝的病情，周老太直摇头：“那今晚的麻将打不上了，太可惜了。”

看到家长这样的反应，我真为患儿感到难过，同时又想到胡小宝最近面色变差了许多，我妈一直担心是“鬼缠身”，其实是得了一种很难检查出来的癫痫病。但要把癫痫病比作不干净的东西也未尝不可，因为这种病你不知道它什么时候发作，轻重程度也不好把握，有的可自行消退，有的则会危及生命。

为了病人着想以及最终的确诊，我继续安排会诊，几乎又把一天的时间耗在了这件事情上。

晚上送我妈离开时，她又开始劝我：“花要半开，酒要半醉。花开太娇艳会被人采摘，你写书的事可别太张扬，名气未必是好事，将来会给你带来灾祸的。”

我听了就劝慰她说：“您别太担心了，我写的书谁爱看啊，根本就没人追捧，要不您带几本回去垫麻将桌腿吧。”

“你听话就是了。”丢下这句话后，我妈就跟周老太打车走了，她收了人家红包不跟着来回奔波可不行。

他们一走，空中又堆起了乌云，似乎还有大雨要下。我还有许多事要忙，一科的主治工作都推给了我，之后的三天忙得两脚不着地。我怕开车打瞌睡，那三天都是在医院里度过的。杨果乐得清静也没叫我回去，她有了备用钥匙，想怎样就怎样。

等杨柯能下床走动，他回到一科分担了我的工作。我有了时间，终于想起来还没去保安室看监控录像呢。

雨过天晴，太阳高挂，我趁午休时间找了保安室的人，请他们给我调取几个时间段的录像。保安室的人没有为难我，很快就给我调取了记录，不过医院的监控器比较劣质，录像画面不太清晰，放大后就像是在看马赛克。

经过仔细观察，门后有血字那天，除了医院的人及病人外，还有一个长头发女人进去过，敲门和站在窗户外的人也是她，不过怎么都看不清楚她长什么样。保安室的人知道了我那天的遭遇，忙问我是不是一科的主治陈仆天，他们早就听说过我的“丑事”了，接着就嘲笑我说是不是前女友找上门来了。面对这样的话我无地自容，随便找个借口就逃走了。

杨果那几天一直住在杨柯家，杨柯出院她也没有要走的意思。杨柯就只好和我挤一个房间。这搞得我很紧张，生怕一个翻身碰到杨柯的伤口或者是一脚把他踢下床……于是我想去睡沙发，让房东先生睡卧室。

杨柯却不同意，担心杨果半夜会从房间出来喝水、上厕所，我一个男人睡在客厅沙发她也会不方便。

我也不想和他太客气，好不容易熟络起来再变得生分，只是躺在床边离他远远的。杨柯也不是很爱聊天，我们收了话题，没多久我就和周公下棋去了。

不知道睡了多久，我翻身从床头柜拿起手机一瞧，已经5：50了。不好意思再睡下去，急忙起身穿好衣服到卫生间里洗漱。

夏季天亮得早，这时候晨光已经照进客厅。锁眼被堵住的房门下又投射出了光影的变化，似乎有人在里面走动。

“有人吗？”这不是我第一次发现有问题了，就壮着胆子大声问了一句，同时用手试着去转动门把手。令人意外的是，这次门把手竟然能转动，房门被我轻而易举地拧开了。

我很诧异，门的锁眼不是被堵住了吗，怎么还能打开呢？难不成房门一直都可以打开，只是锁眼被堵住了，大家才误以为这房门打不开？

杨柯性格这么古怪，估计是他和张七七分手后不想再进入她住过的房间，所以才制造了这样的假象。

正当我好奇地想推门而入时，却听到敲门声响起——有人敲了入户门，我的动作也停住了。这大清早的，不知道是谁来凑热闹。想到前几天医院里也有人闹我，就生气地转身，想先去收拾大门外的顽皮鬼。

“谁啊？有病啊，这才六点不到……”我一边骂一边打开门，想看看是谁在捣乱。门一打开，我就瞠目结舌愣住了，整个人冻在了原地。

谁能想到敲门的竟然是我的前女友，阳可。不知道她是怎么查到了我住在这里，一大早就找上门来。我想说些什么，可向下一看，阳可的肚子已经大得遮不住，估计胎儿得有八九个月了。

“这……”我大脑一片空白，留着大门没关，也不管阳可接下来要说什么，随即就行尸走肉般地转身想先去卫生间洗把脸清醒清醒，看看这是不是在做梦！可当我经过那个锁眼被堵住的房间时，已经被我打开了一半的门“吱呀”一声，缓缓地全部打开了。就在那一刻，我真实地看到了房间里的样子。这个神秘的空间终于揭开了真面目……

杨果不知道什么时候也起床了，她悄悄地站到了我身后，语速很慢地说了一句英文：“Oh ... My ... God ...”

第6章

胎儿不见了

这有可能吗?

看着书桌上的东西，我久久不能平静。如果这些都是真的，那就会改变现在的一切。杨柯和我一样震惊，任谁都没有想到，在一座看似普普通通的医院居然会藏着这么大一个秘密！而这事若是曝光，受牵连的人会多到难以计算——连我和杨柯都会有麻烦。

由于这事复杂得超乎想象，要将它讲清楚，我必须从阳可出现在杨柯家门前的那天说起……

01 怀孕的男人

阳可是我在东北谈了很多年的前女友，当时我们已谈婚论嫁，可她一直不理解我的工作，总是能找出很多理由和我吵架，每次吵架都闹着要分手。我是精神科医师，十分明白如果婚后生活一直这样，那我们的婚姻必定不会幸福，还会影响到我们的工作，到时候两个人都会疯掉。为此，我同意分手，并付出很大的代价离开了沈阳。

可没想到的是，我回到广西老家，阳可竟会有一天找上门来，而此时她的肚子已经很大了……

那天早上，打开大门看到前女友站在外面，我错愕得说不出话来，转身就想逃。就在那时，锁眼被堵住的房间门打开了，正好杨柯的堂妹杨果也在，我和她看到了里面的样子，两个人都惊呆了。

“门不是打不开吗？”杨果在我身后问。

我赶紧解释：“锁眼是被堵住了，但门可能一直是可以打开的，一拧门把手就开了。”

“你为什么要拧门把手？你是想……”杨果像捉贼一样地问。

“我……你……”我吞吐起来，然后强行狡辩，“你是想知道为什么我要开门，还是想知道为什么房间里会是这个样子？”

和我一样吃惊的杨果没有继续追究，而是躲在我身后张望着这神秘的房间。我本以为，这个房间张七七住过，里面会是她留下的一些东西，可房间里面竟然贴满了一个男人的照片。照片有大有小，有近景，也有远景，近景都摄于夜间，远景几乎都摄于白天，有些甚至是这个男人睡着的时候拍的——这些照片明显都是偷拍的。不可思议的是，照片上的人全都是我！

这时杨柯从我房间里出来，看到被打开的房门，脸色特别难看，像要骂人的架势。但当他也看到里面的景象时，顿时安静下来。显然，他也被这些照片吓到了。

所有人都很纳闷儿，张七七此前和我没有任何交集，为什么她的房间里会有那么多我的照片呢？就在大家沉默时，我注意到了一张照片，照片上我是睡着的，人只照到了上半身，身上盖了一件西装外套——很难分辨出颜色。但我一眼就瞧出来了，是杨柯的那件藏蓝色西装外套，这张照片是我发烧睡在医院休息室那晚拍的。

我清楚地记得，杨柯说他的西装外套不见了，我也不知道那外套是怎么盖到我身上的。那晚我发烧时甚至出现了幻觉，感觉似乎有人摸了我的额头。这件事过去挺久了，我一直没有太在意，没想到那晚不是幻觉，真的有人来过休息室，并且拍下了照片。会是谁呢？

不，重点是这些照片都是我回到广西后的。拍照的人为什么要这么做？是出于变态心理，还是其他什么原因呢？

我和杨果不约而同望向身后的杨柯，因为这些照片显然都不是我的自拍，既然照片都贴在杨柯家里，那拍照的人很可能就是他。杨柯意识到这一点，毫不犹豫地投给我一个嫌弃的眼神，好像在说：谁会拍你啊，也不撒泡尿照照自己。

这个房间有太多的谜团，多到我一时间无法仔细思考，甚至忘记了挺着大肚子找上门来的阳可。我本想问杨柯："张七七不会还有你家的钥匙吧？也许她偷偷回来过。"但就在这时，阳可在门外痛苦地喊了起来。

"好疼，我要生了，陈仆天，快送我去医院！"

阳可一喊，顿时换杨柯望向我了，我也想回敬他一个嫌弃的眼神。

杨果却在一旁起哄，说我搞大了女生的肚子……

阳可疼得额头冒青筋，我知道这肯定不是装的，慌慌张张地就要带阳可去医院。杨柯叫住我说开车送我们去，还不忘叮嘱杨果自己坐公交车去上学。杨果平常虽然任性刁钻，但在这种时候还是很懂事的，她让我们快点送人去医院，不要耽搁赶上早高峰堵在路上。

女人分娩时羊水会先破掉，弄湿车座是难免的，本以为爱干净的杨柯不会让我用他的车，毕竟他送洗西装都要求甚多，没想到他会主动提出送我们去医院。

阳可一路上都在喊肚子疼，不过羊水没有破。送到一家综合医院后，阳可要强想自己填表。医院告知她：如果家人没来，你自己签字的话，不能打无痛分娩针，也不能做剖官产，因为没人给你签字。

阳可疼得要命，一听这话立即揪住我的衬衫领子，对医生喊："他就是我老公。签！快签！"

我尴尬地签了字，医院的人也没多问，告诉我一个月内来办出生证明，超过一个月就不给办了。把阳可送进去后，杨柯问我要不要留下来，他可以帮我请假。

这天早上，有病人挂我的号，早就预约过的。病人家属大多不好惹，乱改预约时间，他们会找主任投诉。近期主任又看不惯我，一有什么小辫子被抓住，就会来骂我。季副高这段时间也不在医院，没人给我撑腰说好话。斟酌再三，我还是决定先和杨柯回青山路的医院。

一路上，我心神不宁，不停地回想怎么会和阳可有了孩子，以后该怎么办呢？对人家负责是必须的，这是作为一个男人最基本的原则。我知道这世界上没有百分百的避孕措施，我怕吃避孕药对她身体不好，因此一直都是自己主动戴安全套，也许安全套什么时候破了也不一定。阳可怀孕了这么久，一直瞒着我到现在……一想到这一点，就觉得很对不起她。

我和杨柯迟到了，主任逮到我，立刻又开始教训起我来。杨柯帮我说话解释，告诉主任是他开车来的，路上出点小状况就耽误了。也许杨柯冷酷惯了，很少帮人出头，主任竟然很意外，一时间就语塞了。杨柯见机就叫我先带住院医去查房："待会儿还要坐门诊呢，别浪费时间。"

躲过了主任，我和杨柯也各自忙各自的。说来也巧，这一天小乔吐了两次，武雄对她很是照顾，还叫我别给小乔分管太多病床，暗示我人家已经怀孕了。我不想谈论这个话题，当下就点头，试图送走武雄这尊难缠的门神，赶他回七科的病房去。对于小乔怀孕的事，武雄好像很开心，又不好把话说穿，就一直得意地暗示着，他们准备要结婚了，话匣子根本关不上。

给住院医分配完了工作，我就一路逃回了门诊，想要在诊室里清静清静。可惜，我完全不能平静，总是想阳可的事。她进了手术室，身上的手包就丢给了我。我想着，要不要打电话联系她父母，她怀孕这么久了，父母应该是知情的吧。

就在我思考时，大红色的手包忽然振动起来，我本能地打开手包摸到手机，想要替阳可接电话。

看来电显示，我一眼认出这是某家综合医院的号码。可能是阳可生完孩子了，我心想。这么快就生完了吗？效率不错啊……但手机响了很久我都没有接通，只是一直望着手机屏幕，直到振动消失。我不知道自己这是怎么了。

放回手机，手包里的一串手链吸引了我的视线。

那是一串绑了护身符的手链，我狐疑地拿出来端详，手链是黄色玉石串成的，色泽很像橘子肉，护身符则文了一些五彩的祥云图案。我拿起来看了一眼，想要放下时，宋强走了过来，和我说预约的病人和家属来了。

见我在看手链，宋强不好意思地挠头笑起来："小乔和你说了吗？我以为要三个月后才能说。"

"说什么？"我一头雾水。

宋强也糊涂了："这不是橘子石手链和石碑护身符吗？小乔说这个搭配可以补充胎气，是请'胎神'用的。不是她叫你帮忙买的吗？我们本来打算扯了证再说的，没想到她先告诉你了。”

我眼睛瞪得老大，顿时明白了宋强的意思。我以为自己的事就够折腾了，没想到宋强更……我无法形容。我只好转移话题说这是我前女友的，宋强听了大惊小怪起来，告诉我小乔唠叨过好几次，“胎神”的手链戴上了就不能取下来，连洗澡都不能摘下来，否则孩子会被“胎神”带走的。

“真是迷信。”我教训道，“你这样还想出科吗？出去叫病人进来吧。”

一级压一级，我不敢顶撞主任，宋强不敢顶撞主治，他老实地出去请病人进来。出去前宋强瞄了一眼办公桌，桌边有瓶没喝过的矿泉水，他不好意思地笑了笑，说那是小乔昨天落下的，是她一直爱喝的牌子，就拿走了。也许小乔昨天和某位医生用过这间诊室，所以落下了东西，我也就没多想。

病人还没进来，杨柯忽然来到诊室，说昨天把一沓资料落在这里了，得过来找一找。想到早上杨柯难得维护我，帮我说话，我就琢磨着要不要跟他说声谢谢。

可当盯着忙于找东西的杨柯时，我却说不出话来。他发现了，就凶巴巴地瞪了我一眼：“看什么看！”

我死要面子地回答：“谁看你了！”

杨柯见我敢顶嘴，恨不得要掐死我，但他的手机和我的手机同时响了起来。

还是刚才的号码，我忽然有种心惊肉跳的感觉，但这次只迟疑片刻就接通了电话。杨柯不像我，立刻就接起了电话，然后安静地听着。

过了十多秒，我们异口同声道：“什么？”

这一天，注定是不平静的。宋强把预约的病人送了进来。是个微胖的男青年，一额头的汗，浅蓝色的恤衫浸湿了一大片，还打了好几个嗝，像是刚从桑拿室吃饱饭赶过来的。男病人一进来就嚷着：“医生，我怀孕了！”

02 冰岛毛皮鳕鱼

我正在接电话，有些分神，不知如何接病人的话。如果不是出现在医院，我肯定会当对方在胡扯，既然病人这么说，那肯定是精神或心理上有问题。

病人的母亲跟着进来后，看见我和杨柯都在接电话就面有不悦，一副“我要投诉你们”的架势。

精神专科医院天天都有“新花样”，可一个大男人说自己怀孕了，又一次刷新了我的认知。我匆匆忙忙挂了电话，先请病人和家属坐下，然后叫宋强倒了杯水。同时，我看向也挂了电话的杨柯，眼神里充满了无数话语，迫切想和他交流，却不能说出来。我想起身出去和他说，杨柯却用手压住我的肩膀，不许我站起来。

“我去和医务科说一声，要去外面出诊，有个病人得接过来。”杨柯语速很快地交代了一句就走了。

我脑海里一直回荡着电话里的内容，心情久久无法平复，很想追出去问杨柯，是不是阳可去生孩子的那家医院也联系他了。因为刚才，那家医院联系我，说他们对阳可进行了剖宫产，不可思议的是，她腹中并没有胎儿……肚子里是空的！

我难以置信！医院的人坦承，这样的结果令他们也大吃一惊，因为阳可持有整个孕期的诊断记录，她坚称是医院偷走了她的孩子。

如果我猜得没错，杨柯刚才接到的电话，就是那家医院要他出外诊收治病人，也就是收治阳可。只不过，她刚做了手术，应该无法立即收治，她的亲人也不在广西，家属没办法签字，就更不能直接收治。杨柯赶过去只能帮忙确诊一下她是否患有精神疾病。

人明明看着是怀了孕的，剖宫产时，孩子却不见了，有这种怪事吗？真是医院偷了孩子吗？这当然不可能。不知道为什么，得知这样的消息，我既松了一口气，又倒吸一口气。松了一口气，是因为阳可并没有生下我的孩子；倒吸一口气，是我怎么可以有这种不负责任的

想法呢？

“陈医生？陈医生！”病人的母亲看我心不在焉，拍了拍桌子，不高兴地叫醒我，“你的领导是谁，我要和他说话！”

我们这行最怕被病人家属投诉，虽然医院理解有些病人家属是无理取闹，但为了安抚他们，总会先拿医生当替罪羔羊。我赔光一切才回到广西，进入这家医院，经不起任何折腾了。我赶紧安抚病人的母亲，整理自己的思绪，强迫自己不去想前女友的事，还是先处理好手头上的工作再去想解决办法。当时决定和杨柯回医院，不就是为了给病人看病吗，要是这么三心二意，还不如陪阳可待产。

我清清嗓子，开始问病人的一些情况，大致了解一下病情。

病人名叫谢华，38岁，武鸣人，经营一家装修公司，身边的人都叫他谢哥。为了建立与病人的信任桥梁，一般我会随着这种套近乎的叫法称呼病人。谢哥父亲去世早，一直是母亲照顾他，大家都尊称她为华姨。谢哥的装修生意做得不错，日子过得挺舒坦的，就是一直没找到女朋友，经常被华姨催婚。日子长了，好脾气的谢哥被华姨逼得暴躁起来，有时华姨说他两句，谢哥还会摔东西。

前不久，谢哥为了躲避催婚去欧洲玩了一圈，回来后就经常说自己怀孕了。男人怎么可能怀孕呢？华姨一开始以为儿子在和她作对，胡闹，过了两个礼拜，儿子还是逢人就讲个不停，闹得邻里都以为她儿子得了精神病。

华姨本来认定儿子是在装疯卖傻，以此抗拒催婚，直到媒人都不敢给她儿子介绍对象了，她才慌慌张张地找到医院，想给儿子看看病。

在陈述整个病情时，华姨总是抱怨儿子不结婚，还不忘当面数落：“陈医生，你说说看，哪有人一把年纪了不结婚的，这是不是不孝顺？也不怕别人在背后说闲话！我这张老脸都快丢光了！”

“这……”我被堵得没话说。

华姨越说越来劲：“我起早贪黑把儿子养大，干吗啊？还不是盼着他好！现在我还有力气，能帮他带带孩子，等我死了，谁给他带啊？

请保姆不要钱的吗？你说是吧，陈医生？我看你这年纪，应该早就结婚了，孩子都上幼儿园了吧？”

被这一连串不间断的话语追问，别说谢哥了，我都生出一身冷汗。我也是这时才意识到，我妈是多么体贴，虽然平时爱叨咕一些怪力乱神，但从不催婚。

谢哥这么一个大男人，老是被母亲催婚，还催得这么难听，心里肯定不舒服。当他母亲不着边际地叙述他的病情时，谢哥的身子一直侧向诊室门的那一边，一看就知道潜意识想逃离这里。

病人家属都差不多，替病人讲病情时总是抓不住重点，讲讲就变成了发牢骚。我能理解谢哥，便打断华姨，问能不能让我和她儿子单独谈谈，或许我们同龄人之间更容易交流。

华姨没有立即答复我，先是打量了诊室一番，然后问我：“你要怎么治疗我儿子？能不能先开些药，吃了马上痊愈的那种？”

我面露难色：“阿姨，药是不能随便吃的，会伤身体。你先让我和谢哥谈谈吧。”

“不瞒你说，我来之前去过一个咨询中心，带我儿子看过什么心理咨询师还是治疗师来着，是他们说不能开药我才来找你们的。”华姨挑剔地说道，“你要是也不能开药，那我就带人走了，别浪费我们的时间。”

我暗暗叹了一声，不由得摇了摇头。

大部分人搞不清楚心理咨询师、心理治疗师、精神科医师的区别。这三种职业的共同点是：为正常人的烦恼提供建议。但心理治疗师和精神科医师又比心理咨询师多一功能，那就是为精神病人提供心理治疗；而精神科医师比前两个职业再多一层功能：如果开导也没用，那就开药给病人吃，精神科医师有处方权。

总之，华姨要给儿子开药吃，找我是找对了。但只要尚未确诊，我就不能随便给他们开药。我本想再好言劝一劝华姨，可在一边沉默了好一会儿的谢哥突然爆发起来：“吃药、吃药、吃药！你想吃死我啊！要吃你自己去吃！买一车药给你吃！”

“说你几句，你还生气了，是吗？我养大你我容易吗？我这还不都是为了你好！”说着说着，华姨眼泪就要流出来了。

谢哥气得难受，想继续发飙，还想摔东西发泄。看到办公桌上放着一部手机，他起身一把抓过去，抬手就要摔——那部手机是我的，看到它命悬一线，我站起来赶紧拦住，心疼地抢了回来。我明明舍不得手机，嘴上却冠冕堂皇地制止道：“干什么这么激动呢？别吓到老人家。先和我说说你怎么想的，到时候再摔东西也不迟。”我一边说一边把手机放进抽屉，锁了起来。

华姨似乎受了大委屈，这一次不用我劝，自己就起身出去了。

谢哥没有去追的意思，一屁股坐下来，摸着圆滚滚的肚子，打了个嗝说：“终于清静了。”

“我理解你，我自己也没结婚，家里人三天两头地催，你这心情我理解。”我试图拉近关系，将心比心地建立信任纽带，“我也三十好几了，女朋友也没有一个，还要受男房东的气，你说惨不惨？！”

谢哥没理会我的积极互动，继续摸着自己的肚子说：“我怀孕了，陈医生。”

我刚才以为谢哥说自己怀孕，是为了在他母亲面前装疯卖傻，搪塞催婚的。男人怎么怀孕？又没子宫。再次仔细观察了一下谢哥的外貌性别特征，也不像是两性人。我知道年龄大了被家里催婚，确实会让人很焦虑烦躁，可是被逼迫成这样的还是比较少见，至少以前没有哪个男病人坚持说自己怀孕了。

谢哥是自费病人，不像医保病人有自己的病历本——用的时间也比较长，我们可以从病人的以往病历上看到比病人自述还可靠的病史过程，有助于诊断和确诊。

学医的人都知道，诊断学是一门大学问，特别是门诊，时间短、资料有限，确诊很困难，大部分时间像是在猜谜。

我看谢哥说得很认真，他也相信自己是怀孕了才这样大肚子的，我就问他，既然怀孕了，有没有带一些辅助检查结果过来，比如抽血化验、超声之类的单子。谢哥并没有这种资料，他和华姨买了薄薄的病历本就来门诊了，没什么可供进一步参考的信息给我。

“你不相信我，是吧？我就知道！”谢哥一边打嗝一边说，“你以为我是疯子吗？才不是，我是真怀孕了。”

“那你做过检查吗？”我小心翼翼地问。

谢哥当我是白痴：“废话！你当我是傻子吗？我当然做过检查了。”

“那检查结果呢？”我顺着问。

谢哥提高了声调，发泄道：“你是指我去做超声检查什么的吗？我倒是想啊，可哪家医院的产科会给我做那种检查啊？他们都当我是神经病好吗？”

“这我能理解。”我安抚道，随即又试着问，“医院不给你做检查，那你是怎么确定自己怀孕的？”

谢哥停顿了一会儿，组织了一下语言后问我有没有看过《西游记》。我“哦”了一声，说自己不仅看过电视剧，还看过书。

谢哥拍了拍大腿说：“看过电视剧就行了，那你一定知道女儿国的河水喝不得，男人一喝就要怀孕……”

我心想，世界上哪有女儿国，更不可能有子母河水，否则不孕不育医院早就全部倒闭了。

谢哥见我不信，就神神秘秘地从裤子口袋里掏出一卷东西，原来是一只手帕，里面包了个东西。他放在办公桌上摊开后，一条长毛的鱼干就露了出来。那条鱼身上长了一层很厚的花纹毛发，像是猫毛一样，散发着一股怪怪的腥味。

我第一次看到这种奇怪的鱼，谢哥就问我，是否还记得刚才华姨提到过他曾去欧洲旅游的事。未等我回答，他继续说，当时他去了一趟冰岛，这条鱼就是当地的，名叫冰岛毛皮鳟鱼，据说男人吃了这种鳟鱼，会怀孕。他当时出于好奇就尝了一下，所以现在怀孕了……

这说法比刚才电话里医院说阳可的事还荒唐，我都怀疑今天是不是一直在做梦了。谢哥看过心理咨询师，了解一些程序，大概看出我不太相信他，就从另一个裤子口袋里掏出了自己的手机。

我见状就在心里嘀咕：哎呀呀，看来这位大兄弟没精神问题啊，知道摔手机要摔别人的，这不，把自己的手机收藏得好好的。

“来，陈医生，你看。”谢哥翻出一张照片。

我狐疑地问：“看什么？”

“我不是说了吗？医院产科是不会给我做检查的，我只好自己想办法！”谢哥竟然有些兴奋起来，“你瞧，这就是我怀孕的证据。你是医生，肯定能看得出这结果造没造假！瞧，快瞧！”

我半信半疑地接过手机，凑近一看，惊得下巴差点掉到了地上。

03 氯前列烯醇

照片上是一支验孕棒，众所周知，验孕棒只显示一条线，那么很遗憾，你没有怀孕；如果显示了两条线，即对照线和检测线都显色，那么恭喜你，你有宝宝了。

在谢哥给我展示的照片中，验孕棒有两条线，这表示使用验孕棒的人怀孕了。

说到底，我是科学派，忍不住就质疑他，这只是一张照片，怎么能证明使用的尿液是你的呢？甚至，怎么证明这张照片不是从网上下载下来的？

面对我的质疑，谢哥很生气，拍着胸膛，又打了一个嗝，说：“我长得就这么像骗子吗？医生你不信的话，那我立刻出去买一根，我可以当面尿给你看。”

和谈话对象不能抬杠，这是精神科医师最需要注意的事，争赢话题，对我们的治疗工作未必有积极的帮助。在日常生活中也是一样，只要不是原则上的问题，有些话题别人想赢就让他赢，争下去于人于己都没有好处。

为了不让谢哥情绪波动太大，我就配合他，好声好气地说：“这么着吧，现在还是上班时间，我不能离开门诊部。要不你先和我说说，为什么忽然想到要用验孕棒来检测自己有没有怀孕呢？咱们先聊一聊，等午饭时间到了，我和你出去买，再确定一次。”

谢哥没有暴力倾向，是个好商量的病人，听到我这么提议，就按捺住：“好吧，你说话要算话，到时候记得帮我做证。”话音刚落，谢哥又打了一个嗝。

“好，好。”我说罢，指了指桌子对面的纸杯，问，“喝水吗？打嗝可以喝喝水，一会儿就不打了。”

谢哥身上有个棕色的挎包，听到喝水的建议，就自己拿出一瓶矿泉水，表示自己带了水。不过，谢哥拿出水后并没有喝，而是放到了桌上，说自己进医院前吃了一碗老友粉还喝光了汤，现在肚子太撑，并不是很渴。

“随便你吧。”我的视线又落到手绢上的冰岛毛皮鳟鱼，还拿笔去戳了戳，那些毛发似乎真是从鱼皮里生长出来的。不过现在造假的技术这么高超，用胶水粘的话应该也能粘上去。

谢哥见我在戳那条鱼，便说：“陈医生，你想摸就摸，不用怕，要是你不孕不育，还可以送给你当礼物。”这话让我哭笑不得，忙推托说医生不能收礼，而且我也没有不孕不育，前女友刚还在医院生孩子呢——或者说，“生孩子”还有待商榷，阳可的事目前仍是个谜。

“我看看就好。”解释完，我就捧起那条毛皮鳟鱼。

虽然这鱼已经晒干了，但总给人一种下一秒就要活过来的感觉。这种奇奇怪怪的东西我是不会吃的，饿死也不会吃。因此，对于谢哥为什么会吃这鱼，我非常好奇，难道他只是因为单纯好奇？毕竟他自称怀孕的事是在吃鱼之后，既然他知道吃鱼会怀孕，为什么还要吃呢？

谢哥没有犹豫，直接就答：“去旅游的时候，我听当地一个中文导游说的，本来只是尝尝鲜，显得自己胆子大，真的没什么特别的原因。”

“可是你怀孕了，结婚的事就要缓缓了吧。”讲这话时，我的语速特别慢，也不带任何情感，显得平平淡淡的。

谢哥叹了一声：“你说我不讨厌老人催我结婚，那肯定是假话，我当然不喜欢啊！我想发脾气又不能发，她老说养大我多辛苦，我还能怎么说？当然是随她唠叨了。可是你知道我们那边的媒人都是怎么介绍对象的吗？随便给个电话号码，就让小伙子直接和姑娘聊。我要是会聊天还会缺女朋友吗？不会做媒就别做嘛！”

这话说到了我的心坎上，我家里人也是这样的，哪有电视剧里那些金牌媒人专业啊。为此，我附和道：“你说得很对。”

每个人心里都有苦恼，有些人喜欢经常抱怨，有的人则很少袒露心声，后者一遇到适当的时机，倾吐起来就停不下。我没有继续作声，只是听着谢哥继续发泄：“我老妈一直没再婚，现在年纪大了，我也不能丢下她，跑远远的躲避她的催婚。她老骂我不体恤她的辛苦，我若是真的跑了，不正应了她骂的？”

我点头同意，这一代老人没有自己的生活，总是忙前忙后，口头禅都是为了自己的孩子活，天天操心。但这种爱就是一把双刃剑，苦了孩子也苦了自己。

情感绑架只会让一家人都不开心，最后反而会成为陌路人。催婚催出精神疾病的案例和新闻也不少，面对病态催婚，有的人长期内心压抑、苦闷，不知不觉患上了情感性精神障碍，轻则言行失控打人骂人，严重的还会选择自杀。前不久，武汉就有位女白领担心假期被家人催婚，跑到精神专科医院，借口自己失眠很严重强烈要求住院，以此来逃避催婚。

谢哥大吐苦水时，我在快速思考，看来催婚就是触发谢哥病情的一个因素，至少是其中一个因素。要想治疗的话，病人家属必须得配合才行，否则我们这边刚做完心理疏导，病人回家又被唠叨，那所有功课就白做了。

谢哥似乎抓住了我这根救命稻草，有一肚子的话说。这一上午，基本都是他在说，我附和，没有给他讲什么大道理，有时候这样的病人只需要一个倾诉的窗口而已。到了午饭时间，谢哥就要带我去买验孕棒，好证明他并没有作弊和撒谎，还坚持让我全程跟着他。

华姨之前生气跑出了诊室，也不知道上哪儿去了，可能是想让儿子去找她，结果儿子一上午都在倒苦水没去找，她也就躲着不肯出来。

与此同时，我心中挂念着阳可，不知道她生孩子到底是怎么回事，胎儿究竟哪儿去了。杨柯早就赶过去了，人一直没回来，也没有任何音讯，我又不好打电话问，只能忐忑不安地干等着。

也是为了缓解自己的焦虑，不再去想这些烦心事，我就答应跟谢哥去外面的药店买验孕棒。药房的小姑娘见两个男人来买验孕棒，一直盯着我们看，好像我们有什么大问题。谢哥也注意到了别人的眼神，就连忙解释，指着我说："这个人是从精神病院来的，我们都是正常人。"小姑娘本来只是好奇，可听到这句话，眼神里竟多生出一丝恐惧。

"走了，走了。"这个谢哥只会帮倒忙，我没再过多解释，只催着谢哥赶快回医院去。

正走出药房之际，武雄带着小乔进来了。小乔将没有出科的事怪在我头上，见了我也没打招呼，全程黑着脸，拧开手上的矿泉水瓶子猛喝水，假装没看见我直接去药架那边选药。武雄根本看不出女人的心思，还以为小乔是害羞，怕人家瞧出她怀孕了。

我没有计较，和武雄寒暄两句就走了。谢哥一路上都在打嗝，看来早上的老友粉太好吃了，完全不用吃午饭。

因为早上阳可的突然出现，我和杨柯都没来得及吃早饭，此刻肚子早就饿得呱呱叫了。无奈，谢哥执意证明自己没有骗人，要尿给我看，硬是拽着我先到了医院的厕所。

到了男厕所，谢哥没有进隔间，而是拉开了裤子拉链……这一幕正好被从隔间里出来的主任撞见。他眉头皱起来，再次教训我不要在医院乱搞关系……我还没来得及解释，主任就厌恶地摇着头，大步流星地离开了。

“你看看你，害得我……”我抱怨起来。

谢哥不以为意，他接了尿，将验孕棒按照流程说明书一一弄好，摆在我面前，不许我走开，一起等测试结果。所有步骤都是在我眼皮子底下完成的。大约过了三分钟，验孕棒陆续出现了两条紫红色的线，且检测区明显清晰，这是呈阳性的表现，说明测试的人——怀孕了。

“这……”面对这样的结果，我瞠目结舌，一句话都说不出来。

从去购买验孕棒，到尿液滴在验孕棒上，我全程跟着，谢哥确实没有造假，结果也是千真万确。虽然说验孕棒不能百分百确定一个人怀孕，但它的检测结果有很高的准确率，是一个很重要的参考指标。证据就摆在眼前，无论我之前多么不相信这荒唐的事，现在都得改变观念了。

一瞬间，我吃饭的欲望也没有了，急忙叫谢哥回诊室，还嘱咐他打电话联系华姨，让她别躲了，赶紧回来。

谢哥打了电话，华姨没接，接连又拨了三次，还是没通。他说口渴了，想要喝水。可桌子上那瓶矿泉水——不见了。那瓶水是病人自己带来的，还没有打开过，刚才光忙着倒苦水、买验孕棒了，水一直留在办公桌上，怎么不翼而飞了呢?

正好梁凉凉经过门诊部，我就叫住她:“小梁，刚才有人用过这间诊室吗？谁进来拿了东西吗？”

梁凉凉被我突来的问题吓了一跳，拍了拍心口，眼珠子一转，回忆道:“吃完午饭我进去拿了点东西，是杨医生那天坐门诊留下的一份轮转医生考核表，他交代我来拿的。还有，小乔说口渴，叫我来门诊室帮她取瓶水，说那水是她昨天买的，还告诉了我牌子。我进来就看到桌上有一瓶没打开过的水，牌子也一样，想着就是这瓶吧……就拿去给她了。”

“那是病人的水！”我起身来到门边，小声和她说，“还好病人没喝过那瓶水，万一……算了，你忙你的去吧。”

梁凉凉已基本熟悉各科的工作流程，她为人热心、单纯，就是胆子比较小，来了一段时间也没锻炼出来，整个人显得有些没精神，别人叫她一声她都会跳起来，完全不像是学医出身的。她知道自己似乎做错了什么事，听到我让她走，如遇大赦，一溜烟就跑开了。

谢哥还坐在诊室里，我担心病人身体有问题，就叮嘱他一定要联系到华姨。如果要做检查或者住院，必须得家属到场签字才行。

谢哥知道我现在不怀疑他了，高兴得不行，倒是很想看他母亲惊诧的表情。

我稳住谢哥后，找了个机会到另一个诊室想联系一下季副高，发一封邮件向他咨询男人怀孕的奇闻。

就在我掀开笔记本时，手机铃响了，还以为是杨柯打来告诉我阳可那边的情况，掏出手机一看，原来是季副高。

之前胡小宝来看病时，我联系过季副高，发的短信他一直没回复我。

季副高在电话那头连忙解释："不好意思啊小陈，我在南京开会，现在才有时间。对了，我刚帮你问了江南区的……"

"没事了季副高，我已经解决了，小病人的事您不用担心了。"我抓住机会，急忙求助这次的事，"不过我又遇见一件怪事，正想要请教您。"

"怎么？"季副高语速缓了下来。

我将谢哥的事原原本本地讲了一遍，连阳可的事也一并说了。还没说完，有个人闯了进来。

我想和季副高把电话讲完，却听到来人痛苦地大喘，等我回头看过去时，才发现进来的人是小乔。她站着的地方，黑色的裤脚下流出了一摊血。

"你怎么了？这是怎么了？"我心一沉，忙问，"小乔！小乔！你出什么事了？"

"陈医生，我肚子好疼，刚才喝了梁凉凉拿来的水就一直疼到现在，我……会不会……"小乔痛苦地想扶把椅子坐下来，可腿已经软了，差点摔倒在地上。

我三步并作两步上前扶住小乔，连忙挂了季副高的电话转拨了主任，请他快点安排一辆车送小乔去别家医院救治。主任以为是病人不舒服，嫌我不让医务科联系急救中心，浪费自家医院的资源做什么。等我说明了具体情况，主任才着急起来，叫我先给小乔看一看，他马上叫人过来。

与此同时，我脑海中也想了很多，小乔这样子恐怕是流产了，可她没有受伤，也没有做剧烈运动，怎么就忽然流产了？刚才在药房打照面时，她不还好好的吗？难道真像小乔说的那样，是梁凉凉拿给她的那瓶水有问题？可那瓶水原本是谢哥的啊。

谢哥还在原来的诊室等我，见我半天没回去就出来找我，当发现小乔身下有一摊血时，就在走廊惊呼。

我厉声质问他为什么会带有毒的水来医院，正是别人错拿了他的水，被这个住院医喝了，才会发生这样的事。谢哥惊慌失措，矢口否认自己在水中下了毒，还保证瓶装水的盖子自己就没有拧开过，怎么会投毒呢。

这时候，华姨回来了，她经过诊室，一眼就瞅到这边，随即大叫起来："哎呀呀，出什么事了？"

"你儿子带来的水有毒！"我不管谢哥有没有承认，当即认定是谢哥的毒水让小乔大出血。

"我没有！我没有！"谢哥怕了，连声惊呼。

"你不说是吧？我打电话报警！"我恼了，拿起手机就要联系廖副。

"等等，你等等。"华姨急忙跑过来，夺走了我的手机。

我扶着小乔，动作不方便，不能过去抢，只能问："你干什么？"

"水是我买给儿子的，我又不知道其他人会喝……"华姨很慌张，话说得越来越小声。

"妈，你……"谢哥醒悟过来，"你做了什么事？"

"你老说你怀孕了，我就……我就和隔壁的潘嫂要了……要了……

这个。”华姨一边说一边从包里拿出了一支注射器，还有一瓶药水。

“拿给我看！”我凶起来，不容置疑，让他们把东西都递过来。那瓶药水的瓶身上有一行很大的字：氯前列烯醇。看到这个名称，我心里凉了一大截，如鲠在喉，话都说不出来了。

04 弗洛伊德的癔症研究

氯前列烯醇是前列腺素的类似物，具有和前列腺素同样的功能，是用来催产的，但不是给人用的，而是给动物用的。只要产生了类似于氯前列烯醇的激素，母猪体内的孕酮就会开始溶解，一旦孕酮溶解，子宫就会收缩，胎盘就会从子宫壁上脱落，正常的幼猪就会出生。当然，有些死胎是生不出来的，所以氯前列烯醇除了用来催产，也用来给母猪清死胎或者流产。

通常，给母猪催产使用一毫克就够了，但华姨应该不懂按照克重使用，在瓶装水中注射了比较多的氯前列烯醇，加上小乔又操劳了一晚上，没能好好休息，药效在她身上就特别明显。

我估计小乔腹中的胎儿是保不住了，心里一边替她难过，一边叫她坚持住不要害怕。可她太害怕了，没多久就晕过去了。

这件事发生得太突然，主任怕影响不好，处理得非常迅速，晕过去的小乔很快被送去了别家医院。

谢哥目睹了全过程，回过神后就一直骂华姨，说她脑子有病，居然找隔壁开养猪场的潘嫂要给猪用的催产药，难道当他是母猪！来精神病院看病的不应该是他，需要看病的是华姨才对。

华姨恼羞成怒，在门诊部和儿子吵了起来，大喊养儿子含辛茹苦，这儿子居然不孝顺，早知道生出来就掐死算了。为这件事，这对母子的矛盾更深了，怨恨似乎到了爆发的临界点，谁都不肯示弱，吵着吵着就要动手。

老年二科的卢苏苏也在坐门诊，听到动静后就出来劝华姨，好声好气地将老人家带到了一边。

我本来也想劝劝谢哥，只见武雄匆忙地从住院楼跑过来，问过小乔的状况后，不管不顾地离开医院去找小乔了。

半分钟不到，宋强也从门诊部后面冒出来，小乔那边已经去了一个武雄，我不想再出什么闹剧，就拦住宋强，让他带谢哥回原来的诊室消消火气。

门诊部向来不太平，这么大的动静，其他人也都习以为常，并不关心发生了什么。

一时间我头脑乱得厉害，待在门诊部没办法静下来思考。谢哥还在打嗝，我就让宋强给他倒杯水陪着他，并交代水一定要喝，老这么打嗝可不好。

我想躲去图书馆安静一会儿，在去的路上，远远地就听到华姨在数落儿子。

卢苏苏对病人的情况不是很了解，也不好搭话，就一直听华姨哭诉。华姨也有一肚子气，话匣子打开了根本关不住。我隐约还听到华姨问卢苏苏结婚了没有，没有的话，能不能考虑她儿子——这时候还不忘给谢哥介绍对象、催婚呢。只可惜，卢苏苏早就结婚了，华姨只能继续在那里哭。

这是非常不开心又疑云满布的一天。我躲到图书馆后，没有找资料书来看，而是坐下来，拿出工作本和原子笔，烦躁地开始涂鸦。涂了一会儿，我就写下了一、二、三、四、五，想要总结一下今天遇到的所有怪事：

一、阳可怀孕，分娩时，胎儿为何失踪？

二、杨柯的前女友张七七人在哪里？她住过的房间里为何会有那么多我的照片？

三、拍照的人是谁?

四、谢华明明是个男人,为什么验孕棒显示他怀孕了?

五、最后一点,也是最关键的一点,偷拍我的人为什么要那么做?为什么要将照片贴在杨柯家?

日本侦探小说家横沟正史创造了著名的侦探角色金田一耕助,他在《本阵杀人事件》里曾写道:这件事中真正恐怖的不是如何进行,而是为何必须这样进行。很多悬疑惊悚小说家都喜欢把桥段写得很诡异,杀人手法很奇特,但都忽略了本质的问题——那些事为何必须这样进行?

这个人是为了吓唬我吗?那为什么不把照片贴到我的房间里?

想必这个人有办法自由出入杨柯家!

那到底是谁?一切猜测都显得徒劳。

这五个问题没有一个能解开,我越想越沮丧,便抱着头叹起气来。问题不会自己解开,我明白这个道理,自怨自艾了一会儿,就站起来在书架间徘徊。

图书馆的藏书多是外文原版书籍,但也有中文书,比如古代医学典籍、中医理论、西医技术知识,还有部分与精神卫生有关的小说。

以前在沈阳工作的那家医院也有图书馆,他们还订了两本"太平川"的小说,只是没什么人借阅。有一次,我难得看到同事借阅《精神探》,便兴冲冲地问他读后感,结果他说里面叙述的故事太假了,因为书中写到有户人家的女子都猝死了,年轻人怎么可能轻易猝死呢?他既然这么判定,我也懒得和他解释。其实现在熬夜的年轻人那么多,长时间玩手机和电脑,很容易耗损肝血,引发眼睛疲劳、头晕等疾病,严重的还会脑出血、心脏停搏,从而导致死亡。这样的病例并不在少数,而且日渐增多。

想到这里,我就不由自主地走到文学类的书架,想看看有没有我的书。

一眼望过去，与精神卫生有关的小说特别少，书架上还真有我的书。我又写了一本新书，已经快要出版发行，如果我们医院也能采购几本的话，那太令人高兴了。

既然看到自己的书，我就想取下来翻一翻，这时手机振动起来。

杨柯？

我心急火燎地接通了："喂？杨柯，现在是什么情况？"

"你最好过来一趟。"杨柯不紧不慢地回答。

"现在吗？"我一面问一面走出图书馆。

杨柯"嗯"了一声，电话那头传出一个女人的骂声："是谁？是谁偷了我的孩子？一定是你们医院干的，我要起诉你们！让你们全家死光光。"

不用说，我一听就听出这是阳可在骂人。以前闹分手，她经常用这句"让你们全家死光光"。阳可现在怎么变成这样了？我有些尴尬，又有些愧疚，觉得或多或少，我是有责任的。

我先去找宋强和谢哥，让谢哥跟我去其他医院做个躯体检查，然后安排宋强去管一科的病房。能有借口远离母亲，谢哥求之不得，不用我劝，就很配合地去了。在路上，谢哥还允许我摸他肚子，我告诉他，这次检查不是我来做，不用有太多思想负担。

等我们赶到医院，我让谢哥先去做检查，自己马上去找杨柯。杨柯很受产科医生、护士的欢迎，大家看见帅哥来了，都找借口去搭话。

阳可却不买杨柯的账，尽管刚动过手术，她却一直躺在病房里骂人，杨柯只好站病房外。护士们一致认为，阳可疯了，没怀孕硬说自己怀孕，居然还给这么英俊的医生脸色看。

我是既难过又害怕，首先道了句："对不起。"

阳可本来还在骂人，见我来了就哼了一声："你还知道来看我！为什么不接我电话？"

"你说的……是哪一次？"最近她给我打了太多电话，有时候打了一会儿就断了，是我来不及接，有的时候是我不想接，就像今天上午。

她的手机在包里，被我带到了青山医院。

“我打了那么多次，一定是哪个女人挂了我的电话！”阳可怒火冲天。

女人？难道她指的是在家里见到的杨果？记得之前，杨果得了恐缩症，我在门诊部给杨果问诊，阳可的确打过一通电话来，由于当时的各种原因，我确实没有接，并且还挂断了。

我本来还有负罪感，可一想到她这段时间的无理取闹：“诊室门后面的那些字是不是你写的？你在沈阳闹得还不够，还想来这里毁了我，是吗？当时我们说好的，好聚好散，都是假装客气吗？”

“我不是把你的稿子都寄给你了吗？这还不够好吗？”阳可岔开话题，咄咄逼人，“现在还给你生了孩子，对你还不好吗？你倒是把我们的孩子找回来啊！”

见到我来，杨柯早就退到外面的护士站去了，但这里的争吵，他肯定多多少少还是能听到一些。

我本来担心阳可气疯了，提及我偷偷写书的事情，被杨柯知道。不过还好，话题已经转到孩子的事上。她催我去和医院交涉，一定要把被偷走的孩子找回来，只要找得回来，她就愿意和我结婚，带我回沈阳……

我当初可是赔掉了一切，才将执业医转到南宁，怎么可能又转回沈阳。执业医的转出和转入看似简单，实则非常麻烦，而且两个人的感情也不是过家家。我心中也有气，想转身就此离开，可杨柯不知道什么时候又来到病房，难道是想给我和前女友打圆场？

我顺势挽着杨柯的胳膊，手指着他，开始和阳可胡说八道：“你现在就不要自作多情、多想了，我已经有喜欢的人了，是不会和你回沈阳的，要回你自己回。还有，你回去后就不要再来了！”

杨柯不肯配合我，恶心似的要甩开我挽着他的手。

一旁的护士不知道我也是精神科医师，以为我和阳可都是疯子，见状就起哄：“杨医师，又来了个男疯子，你快连他也收了吧！”

不想，一个女护士却跳出来质疑："同性恋不是病吧？"

"是吧？"别的护士不确定。

"不是吧？我记得国家新出版的精神病标准说同性恋不算病。"护士们学习的劲儿提上来了，开始七嘴八舌地议论。

我并不喜欢杨柯，只是为了气阳可，让她死了这条心。但没想到，这并没有火上浇油，阳可也并没有更生气，而是忽然阴沉地一笑："哼，你以为就你会演戏吗？"

"什么意思？"我站在门口，身子侧向杨柯，杨柯没有走，但也没有作声。

"我给了你机会的，你要是不这么绝情，我还可以帮你。"阳可得意道。

这话没头没尾的，我估摸阳可脑子是真的出了问题，便道："我帮你联系父母，让他们接你回去治病。"

没有一个精神病人喜欢别人说他们有病，我刚才的那句话激怒了阳可："你这个薄情寡义的！我那么多年的青春付出，你竟然这样对我！我给你生孩子还不够吗？我要去你们医院告你，让你声名狼藉、彻底臭掉！让这里没有一家医院敢收你，让你这几年的努力也白白费掉！"

这威胁对我来说是致命的，学医不只是大学那几年，从毕业实习到规培，前前后后加起来，不是几年，而是十几年的努力。

医科生求学路复杂漫长，外行人无法体会其中的艰辛。阳可的威胁，可谓是打蛇打在七寸上，这是要把我往死里逼，我这一辈子不会就被她毁了吧？

我哑口无言，愣在当场，不知不觉红了眼眶。就在我动摇时，"看戏"的杨柯忽然把手搭在我的肩膀上，然后淡淡地说了一句："小姑娘，我劝你还是息事宁人的好。"

"怎么？要你来出头吗？"阳可不甘示弱。

杨柯仍是一副不气不恼的样子："你要玩，陈仆天陪你玩。"

“什么？”我回头看向杨柯，他又把我的头转到阳可那一面。我心想，我的妈呀，杨柯是不是也疯了，这时候和阳可抬杠干什么？这女人是真能毁了我，主任也等着收拾我呢，不要瞎替我做主，好吗？

“我要去找你们领导！还要找媒体！去告你们，你们俩的执业医师资格都要吊销！看以后还有谁敢找你们看病！”阳可不依不饶。

杨柯没有阻拦，反而鼓励她道：“好啊，请便。不过实话告诉你，这事闹大了，对你也没好处。你是怎么来这里的，你心里应该比谁都清楚。别说陈仆天了，你要是这么闹，这家医院也不会放过你。”说到这里，杨柯话锋一转，“我奉劝你，这次回去，你不要再来骚扰陈仆天了。”

丢下这句话，杨柯就拽着我离开了病房，也不让我回头去看阳可。奇怪的是，阳可居然没再说话，而是安静了下来。以阳可的脾气，没有继续闹，这真是出乎我的意料。

从上午到现在，杨柯一直耗在这家医院，看来不是白白耗着的，一定是在研究阳可的病情时，发现了什么。

“等等。”我挣脱杨柯，停下来问，“你是查到了什么把柄吗？”

“你自己看吧。”

杨柯走回护士站，从那里的工作台上拿了一沓厚厚的影印资料，丢到我怀里。我接住一看，第一张上面有一行大字：弗洛伊德的《癔症研究》。

我迟疑地翻了翻那些资料，心中猜想，谢哥和阳可都自称怀孕了，我也怀疑过他们可能得了某种癔症。但谢哥的验孕棒上显示的是阳性，阳可也说自己有整个孕期的检测记录，这又不像是癔症能造成的。

我又随便向后翻了几页，本以为没什么实质性的关联内容，几秒过后，注意力就被后面的内容吸引了。

原来杨柯刚才是这么个意思！

05 奔豚气与中国古代心理学的应用

在后面的资料中，杨柯找到了一个病例，一名叫阿迪莫·谢古朵（Ultimo Segundo）的巴西女性也曾声称，一家医院偷走了她刚出生的宝宝。

当时，医院以为阿迪莫·谢古朵真的怀孕了。由于监测不到腹中胎儿的心跳，情况紧急，于是采取了剖宫产手术，没有做超声检查。在手术中，医生们在阿迪莫·谢古朵的肚子里没找到胎儿，腹中空空如也。

该案例发生的过程和阳可这次的事件如出一辙。

后来，这位女病人的丈夫告诉医生，这是她第二次“怀孕”了。在精神医学中，这属于一种假性怀孕，未怀孕的女性相信自己已经怀孕了，并表现出所有怀孕的典型症状。这种“精神怀孕”，是典型的心理因素导致了生理因素改变，俗名叫幻影，学名则叫作转换性癔症。

这种事听着夸张，知道的人也少，但在历史上确实有不少同类病例，最著名的莫过于发生在英格兰第一任女王玛丽一世身上的事情。当年，玛丽一世发现自己小腹隆起，就对外声称自己怀孕了，结果她并没有怀孕。

造成假怀孕的，除了心理上的病症，身体上的疾病也可以引起，比如红斑狼疮，它会让人的绒毛膜促性腺激素上升，这是用来检测是否怀孕的指标。不过，我的病人是男性，他的病情还不能用阳可的事来做参考。

接着，我又继续翻看资料，没想到阳可的精神早就出问题了，她在沈阳时就被父母送去治疗过。

而且杨柯想办法联系了沈阳那边，意外发现，阳可是几个月前偷偷从医院跑出来的，至于医院和她父母为什么没有报警找人，现在还不得而知。

杨柯说，阳可的转换性癔症是在沈阳就确诊了的，他们都知道她是假怀孕，她也被告知了这个诊断，但她自己并不这么认为。

杨柯还说，弗洛伊德认为，部分癔症是意念引起的，癔症的主要表现有两种，一种是分离症状，一种是转换症状。转换症状是指精神刺激引起情绪反应，接着出现躯体症状，一旦躯体症状出现，情绪症状就会减退或消失。

阳可因为感情原因，认为自己怀孕了，这种情绪继而转换成假怀孕的症状，连她自己都被自己骗了。上一家医院一直没能让阳可痊愈，只是缓解了病情。她这次偷跑出来几个月，或许是早就到了南宁，这种症状就加剧了，身体也胖得没人会怀疑她有没有真的怀孕，一切都是她幻想出来的。

既然阳可曾入院治疗过，那么她应该很清楚自己没怀孕，如果她要继续闹大此事，她就会被医院状告敲诈。而她精神有问题，这又导致她没有办法起诉，也不会有人去听她的说辞，至少主任不会再认为所有的错都是我一个人的了。

我心中仍感内疚，精神病人是缺少情感宣泄渠道的，或者没能找到正确的发泄方式，阳可之前因为我是精神科医师不停地和我吵架，是不是担心我的职业敏感会看穿她生病了呢？那如果我早点看出来，或许她就不会走到今天这一步了。

“你已经联系过沈阳的医院了？”我翻了几页，问杨柯，“她父母说要来接她了吗？”

“都安排好了。”杨柯轻松道，“反正轮不到我们收治她。”

我不明白地问：“那你还叫我过来干吗？”

“如果你不来做个了结，你们俩这个心结就一辈子都不会解开。你也想像她那样浑浑噩噩的吗？”杨柯一针见血。

这句话触到了我的内心，我想起了杨果和我说过的那些关于杨柯的事——他的母亲因为丧女而精神崩溃，杨柯之所以选择当精神科医师，主要也是缘于母亲的病。

杨柯这个人，把自己能做的都做了，不像看上去那么冷酷无情。

翻完资料，我的肚子不争气地叫了起来，于是我问杨柯：“饿了，你也还没吃饭吧，要不要去吃点什么？”

“我不饿。”

我这才想起来，杨柯出外诊哪里会缺吃的，待了这么长时间，已经有护士给他送过鸡胸肉沙拉，他早就吃过了。

了解过情况后，我想一个人去找吃的，谢哥却忽然出现在走廊尽头，对我猛挥手，接着一路小跑朝我们这边冲过来。

阳可的事解决了，谢哥的呢？他可是男性，就算得了转换性癔症，验孕棒的事又如何解释呢？这个说不通啊，总不可能真的是冰岛毛皮鳟鱼起的神效吧。

我以为谢哥检查完了，正想问他检查结果如何，他却着急地大声喊：“陈医生，你快摸我这里，快看下我这里怎么了？”他边说边抓着我的手摸向他的下体。

护士们听到大叫声又开始窃窃私语起来，我也惊恐地缩回手，立即打断、拒绝他：“你这是干什么啊？”

“我这里……好难受……陈医生，你快让他们检查一下，对比看看。”谢哥说完，打了个嗝，看我真不肯摸，就伸出两只手，向我这边摸过来。

我赶紧制止了谢哥，提醒他这是公共场合，不要乱来。有什么话，要不就先到外面去讲。

我们一出来，就接到了季副高的电话，我知道他肯定是有什么重要发现要告诉我，便让杨柯先去应付谢哥。

季副高是一个学术派，对于疑难杂症，他在青山医院最擅长了。根据季副高电话里的说法，那条毛皮鳟鱼在冰岛确实有能让男人怀孕的传说，但传说只是传说，那种长了毛的鱼不是奇珍，只是得了水霉病，并不会真的让男人怀孕。

那为什么谢哥还会检测出怀孕的症状呢？

季副高解释说，之前我和他陈述病情时，曾提到过病人有频发打嗝的现象，他初步判断，这种间隔性打嗝，应该不是吃撑了，而是奔豚气，隶属肾之积。这种症状就是有一股气从腹部往上冲，直到心胸、咽喉部，由于气冲如豚之奔突，故名奔豚气。

这种病在西医上检查不出异常，但会使患者胸闷气短、精神差、腹痛、心慌，有的患者心慌时的表现和心脏病发作很相似，四肢还会发麻。

两年前，季副高就接过一个转院的病人，那个病人在西医上确诊为转换性癔症，总觉得自己得了哮喘，发病时有濒死感，其长期接受西药劳拉西泮片、硝西泮等镇静剂治疗，但效果却并不明显。经过会诊，季副高后来又从中医的角度确诊出另一种病，即奔豚气。

气满支心，心中闷乱，内烦结痛，温温欲呕，这是一种中医情志病，也就是精神异常的疾病。中医情志病相当于西医的精神疾病，可见，中国古代很早就有心理学和精神病医学。总的来说，那位病人属于典型的内脏和自主神经功能障碍而引发的过度换气，这与奔豚气的病机症状很相似。

张仲景在《金匮要略》中也提到过："奔豚气上冲胸，腹痛，往来寒热，奔豚汤主之。"在辨证明确的基础上，季副高当时仍予以病人西药服用，同时又采用了一服中药。病人服用了一段时间，果然身心就有了明显的改善。

谢哥觉得自己怀孕了，其实是奔豚气，也是一种转换性癔症，他体内的气就是他认为的胎儿。

不过，我还是不明白，为什么验孕棒会是阳性，转换性癔症并不能产生化学反应，改变检测结果，又不能使绒毛膜促性腺激素上升……这问题的症结到底在哪儿呢？

当我向季副高再次表达自己的疑问后，回过头一看，整个人就愣住了。

刚才谢哥又让我们摸他下面，又要摸我们下面，现在杨柯居然真的在那里摸了。我连忙质问道："你们干吗呢？！"有路人经过，被我这一喊吸引了注意力，不时地望过来。

“你来摸摸就知道了。”杨柯叫我过去。

“什么？”我难以置信。

“叫你摸，你就摸啊！”杨柯无所谓的样子。

我看了看杨柯，又望向谢哥，勉为其难地摸了摸，然后就怀疑地“嗯”了一声。那里似乎有硬块，一刹那，我恍然大悟，谢哥可能患了睾丸癌！绒毛膜促性腺激素可以用来检测女性是否怀孕，亦是检测男性睾丸肿瘤的指标之一。

在医学上，没有人会用验孕棒来检测男性是否得了睾丸癌，因为没人会想到要这么做，一般都是抽血检验。当男性的绒毛膜促性腺激素上升，发病的人还会伴有乳房胀痛、性欲锐减。谢哥一直没结婚，也不着急找对象，可能还分泌出了大量的女性荷尔蒙，这让他不想结婚。再加上母亲催婚导致的逆反心理和体内的奔豚气，让他以为自己怀孕了。综合分析，谢哥的转换性癔症除了奔豚气，还有睾丸癌这个因素，比阳可的情况还要复杂。

好在睾丸癌只要发现得早，癌细胞没有扩散到睾丸外，五年生存率极高[1]。

幸好，接下来的检查，谢哥被确诊为睾丸癌早期，癌细胞没有扩散。我们也采取心理暗示疗法，为他的精神疾病做治疗。因为这个病不是一两天就能痊愈的，光是精神方面的治疗就花了近一年。

在我向谢哥母亲华姨解释时，她是抱持怀疑态度的，非专业的人都觉得精神疾病是西医范畴，用中医的方法怎么治疗呢？会不会是封建迷信？为了让华姨理解我们的治疗方案，我又解释那是中医情志病，现在西方医学界是很推崇东方医学的，那些贬低中医学的人，误把中医和迷信混为一谈的人，他们对中医的了解都只是局限于以讹传讹，并没有系统地了解过。

谢哥确诊之后，华姨仍不忘催婚，还嘱咐我对病情保密，怕别家

---

1 这不是说病人只能活五年，而是癌症患者预后的一种存活率统计。

闺女知道谢哥得过睾丸癌不敢嫁过来。我担心谢哥的病情有反复，则屡次叮嘱华姨不要在谢哥结婚的问题上纠结了，谢哥一时不想结婚，这个不是催就能催出来的，更别想偷偷给人喝猪用的催产药，小乔的事情，还没有追究他们的责任呢。

谢哥的病还是比较复杂的，后面需要中西医结合起来，季副高回来后，这个病例就主要由他来跟，我则从旁协助和学习。

季副高回来那天，阳可的父母也从东北赶过来了，他们对我的态度很差，总觉得女儿发病是我的职业造成的。因为这个，我有时候也会沮丧，阳可以前还是很体贴的，为什么会变成这个样子呢？真的是我的问题、我的职业导致她性格发生了改变吗？

我本来想通过这次事件彻底忘掉阳可，一切重新开始。可在她被接出院的那一天，她对我说了一句话，让我一辈子都没办法忘记。

06 太平间

那天是周三，我下午专门去看阳可，见她在南宁的最后一面。她父母已经交代过我，以后都不要再联系阳可，也不要接她打来的电话，从此一刀两断，老死不相往来。

当时，阳可让父母去办出院手续，暂时支开了他们一会儿，见我一直站在门外，没有要进去的意思，就问我现在是不是真的那么怕她。

我不置可否，阳可就接着问："那个男医生怎么没跟你一块儿来？"

"他只是我的同事和房东而已。"这一次，我决定真诚一点。

"你一定会后悔的！"阳可诡异地一笑，"如果那天你肯服软，向我认错，我是会告诉你所有秘密的。"

"什么秘密？"我追问。

"杨柯那天的推断没错，其实我早就来南宁了。那晚你发烧睡在主治医师的休息室里，我看到了那个人！是那个人偷拿了杨柯的西装外套，盖到了你的身上。那个人还摸你的额头，你以为她是在关心你吗？其实那个人后来掐住你的脖子，她是希望你死掉的！只是就这样让你死，太便宜了，以后，你会生不如死！”

“你说什么？”我很意外，因为这件事只有我知道，连杨柯都不了解那晚的具体经过，阳可竟然那么说，想必是真的看到了一切。

“我早就偷偷过来了，一直在你身边看着你。”阳可知道这是我们最后一次见面了，便把所有猛料都抛了出来，“还有张七七的事，绝对会让你脑子爆炸的，你想不到你身边的人都各怀了什么鬼胎！”

“那……那……那些照片也是你拍的吗？是你偷偷溜进了杨柯家？”

我以为自己猜对了，阳可却阴森森地回答：“我为什么要偷拍你？你以前睡在我身边时，我晚上盯着你看几个小时，随便看，犯不着做什么偷拍！”

这话令我毛骨悚然，吓得我说不出话来。也许来见阳可最后一面是错的，她的精神又开始不正常了。

不过，阳可说的话都能对得上。那天早上她找上门来，一直站在大门外，并没有进屋，因此不可能看到另一个房间里有什么东西，更不可能知道照片上的具体内容。但如果照片不是她拍的，那会是谁拍的？她肯定知道那个人是谁，以及那么做的原因，否则不会这样对我说。

“你都知道些什么，快告诉我！”这个谜困扰我很久了，我恨不得拿钢筋撬开她的嘴巴。

“既然是永别，那我就再送你一个礼物。”阳可坐在病床上，用手拨弄着发梢，“去你们医院的图书馆，找到你写的小说，右边有本日记，你去打开看看吧。”

阳可的父母办好了手续过来接女儿，看到我就赶我走，还扬言要报警。阳可也知道我们以后不会再有交集了，在我被赶走的那一刻，她脸上浮现出了一种邪恶的笑容，对我说了最后一句话：“陈仆天，我要你永远记住我，一辈子都忘不掉我！”

阳可父母见状，还以为女儿见到我又发疯了，马上叫我有多远滚多远。

我悻悻地离开，这时看到了宋强。小乔意外流产，他非常担心，但一直不知道武雄和小乔的关系。

那天，武雄先收到的消息，赶到了医院。我用谢哥的事情拦住了宋强，倒不是因为我多担心小乔的事被撞破，而是担心宋强因此受到伤害。这次碰见他，我还是担心他就这样上去，会撞见武雄也在，所以就故意骂他工作上怎么可以这么不认真，扔下病人不管，跑来这里看同事，逼着他立即回医院去。宋强很少见我这么不通情达理，虽然有怨言，但还是乖乖地回去了。

我无奈地叹了口气，整理好情绪后，走到医院的停车场，拉开一辆奥迪车的车门，坐了进去。杨柯送我来的，只是他没有进去，他是想让我去做最后的了结。

我很感激他之前做的事，本想说声“谢谢”，但想到阳可的那番话，心里就琢磨起来。关于张七七的事，阳可也一定有些了解，天知道她在南宁的这几个月都做了些什么事或者看到了什么人。

阳可说得没错，我是不可能忘记她了。

在副驾驶上坐稳后，我就直白地问杨柯：“事到如今，你必须告诉我，张七七是怎么离开医院的？”

“我没有什么事故意要瞒着你的……”

杨柯很诚恳地告诉我，张七七确实和他有过一段恋情。精神科医师天天面对精神病人，心理必须足够强大才不会被影响。然而，张七七后来竟然出现了精神问题。那是在青山医院的迎新晚会上，她忽然精神失常，被送到别家医院去做治疗，从此就再也没有在医院出现过。

这种事对医院来说不太光彩，没有人谈及也是很正常的。

出了阳可这件事后，杨柯联系了张七七的家人，问张七七是否还在医院里做治疗。

谁知道，张七七的父母告诉杨柯，其实张七七在迎新晚会过后就失踪了，他们有一天接到了张七七的一条短信，她自称被拐到了北海，陷入了一个传销组织里，叫父母去救她。

张母报警后，去北海找人找了几个月，一无所获，没人知道张七七的下落。这件事刑警队的廖副也知情，但大家都选择了保持沉默。

听到这里，我感到太不可思议，从精神科医师到精神病人，再到被传销组织骗去，这跨度也太大了吧。不过，我记得有个叫朱明川的法医小说家写过一本书，其中有个故事叫《谛听神兽》，故事中的凶手杀了人，处理了尸体，为了逃避罪责，就用死者的手机给其家属发了一条求救信息，说自己被传销组织抓了，故意混淆警方的侦查方向……

有不少受害人被骗入传销组织从此失踪的。凶手嫁祸传销组织，这样一来，立案的性质也会变得不同，毕竟失踪案和谋杀案的办案力度是有区别的。

我将想法告诉杨柯，杨柯却问我："你也会看小说？你不是不看的吗？"

"我看的是纪实。"我纠正道。

"我看那些法医故事就是小说，都是假的，哪有太平川写得真实。"杨柯很轻蔑地说。

"好，好，都是假的，朱明川写的也是假的，行了吧。"我不想继续这个没意义的话题，不愿意再做任何解释。

"你就是嘴硬。"杨柯嘴角露了一丝浅浅的微笑，手里的动作没停，拧了车钥匙，准备回医院。

车瞬时开出了停车场，回到了青山路。

我没敢和杨柯提及阳可说的"礼物"，生怕阳可留了什么见不得人的东西在那里，于是回到医院后就找借口一个人去了一趟图书馆。

前不久我刚来过图书馆，发现书架上也有我写的小说，当时我还想拿下来翻一翻，但杨柯忽然打电话联系我，叫我马上去医院看阳可，我就没留意书的左右还有些什么。这天我再赶过去时，才留意到《精神探》一书的右边确实有一个黑色的日记本，没有任何馆藏编号条码。

我抽出来，打开第一页瞧了一眼，上面有个名字：张七七。

“这就是阳可留给我的礼物？”我有些糊涂了。

张七七是杨柯的前女友，不知道她在日记里写了什么，阳可又如何得知这本日记藏在这里的。

出于尊敬同人的关系，我没有立即翻开后面的内容，而是决定先去找杨柯，问问他是否知道这本日记的存在。走出图书馆时，我又想到了阳可的话，她说我发烧昏睡的那晚，有人掐住了我的脖子，希望我死掉，甚至是生不如死。这个人是男是女？是同事还是病人？当时信息量太大，竟然忘记问这些了。我唯一能确定的是，以后如果还在休息室睡觉，那一定要把门锁好。

此刻已到了傍晚，我找杨柯找了一圈没找到，最后来到了休息室。一进去，就看到杨柯躺在我经常睡的那个下铺，连鞋都没脱。听到动静，他也没理我，只是静静地躺着。我难得逮到机会，马上装作嫌弃的样子，教训他睡觉连鞋也不脱，不怕弄脏被单吗。杨柯还没睡着，被我这么一说，他眼睛也没睁，只说他的皮鞋擦得很干净，而且没有放在床单上，是一直伸在床外的。

我没心情和他继续贫嘴，把日记本放到了书桌上，就说：“你起来一下。”

“不起。”杨柯不听指挥，强硬道，“我就睡一会儿，待会儿还要去病房，就睡十分钟。”

“这是张七七的日记。”我把日记拿起来，想丢到杨柯的身上，但手一滑，直接砸到了他的脸上。

“你故意的吧？”杨柯气愤地坐起身，想要发火，但听到前女友的名字，他的注意力还是被转移了。

显然，张七七在杨柯心中仍有分量，他瞧了一眼就问我：“你从哪里找来的？是到她住过的房间里翻的吗？”

我七七八八复述了阳可的话，杨柯听后不动声色，也没有直接打开张七七的日记。我以为杨柯和我一样，为前女友的事烦心，于是坐了下来，手搭在他的肩膀上，学着他的样子，想安慰安慰他。杨柯却不领情，瞪了我一眼，似在用眼神叫我坐到别的地方去。

我刚要起身，杨柯却叫住我："等等，你没动过这本日记吧？"

"'动过'是什么意思？"我没听懂。

"你看侧面，明显被人撕掉了许多页。"杨柯举起来，让我过目。

我接过来端详，确实被撕掉了很多页："我刚才都没注意，这不是我撕的。你要看吗？"

安静了几秒后，杨柯就决定："看！"

这本日记关乎张七七的失踪，可以说是一条非常重要的线索，也关系到张七七的名誉。如果要交给警方，那必须先确定日记中有没有提到一些见不得人的秘密。再光明正大的人，心里也会藏有不可告人的事。

我和杨柯一同翻开了日记，开头是张七七的少女怀春，写的都是她对杨柯的爱恋，大部分是夸赞杨柯很帅，穿衣服有品位——她很喜欢男朋友穿白衬衫的样子，胸膛多么结实之类。到了后面，张七七开始有些情绪失控，总觉得杨柯对她不忠。有时候她还会跟踪杨柯，但都没有找到证据。奇怪的是，到了更后面，也就是张七七失踪的前三个月，她提到了一个人——

9月21日

我实在没想到，医院有个精神科医师会是精神病患者，这个人表现得很正常，没有人怀疑过，可还是被我发现了。我要向领导举报，把这个人送去治疗，但为了让领导相信我，我必须先找到证据。

10月18日

今天，我去找人对质了，人家当然不承认，不过我知道这个人自称X，早就在医院里做了坏事。牛大贵并没有患狂躁症，他患的是狼疮脑病，这个病人是我收治的，但我被X陷害了。我要想办法治好牛大贵，不然对不起他的家人，虽然他的家人从未想让他出院。

12月31日

医院人多嘴杂，我也不想让同事难堪，为免争吵，我打算在迎新晚会时，约那个人去太平间——摊牌。如果X不配合，我就去举报，因为我已经拿到证据了。

在这三个月的日记中，很多页都被撕掉了，我们只能从现有页面中得出一些答案：医院有个医生是精神病患者，藏得很深；牛大贵得的不是狂躁症，而是狼疮脑病；张七七失踪前去过太平间，和自称是X的医生摊牌。

X……

我瞠目结舌，难怪牛大贵一直没有好转，原来他得的是狼疮脑病，不是狂躁症。而这个X是男是女呢？

那天下暴雨，有人在图书馆和我捉迷藏，还用湿漉漉的雨伞在地上画了一个类似X的图案。我以为那是小乔对我怀恨在心吓唬我，或是提前到南宁的阳可在恶作剧……难道，当时图书馆另有其人？

看着书桌上的东西，我实在不敢相信，这么普通的青山医院会藏有这么多的秘密。

张七七精神有问题是众所皆知的，如果现在拿着日记本去报警，警方会采信这份证据吗？ 医生自己就是精神病患者，这种事非同小可，会连累医院所有人，到时候我们这些年做过的诊断、就诊的病人，估计都要重新推翻，重新诊治一遍，牵连的人会不计其数。

我琢磨了一会儿，和杨柯说："在确定张七七是不是胡言乱语之前，这个日记本的存在，最好还是你知我知，不然，这里面记录的事情万一扩散出去所产生的负面影响，就无法控制了。”

杨柯思考了一会儿，对我说：“你也不能确定这是不是阳可搞的鬼吧，也许是她弄了这么一出，在给你下圈套呢！”

“但这字迹是张七七的总没错吧？她和阳可之前肯定是不认识的。”我指出问题。

“这倒也是。”杨柯也觉得这事被我们想复杂了。

我望着日记，忽然问道：“对了，医院不是没死过病人吗？零死亡率是院长引以为荣的卖点。既然如此，太平间是怎么回事？”

杨柯说：“有医院当然就有太平间，只是医院从没使用过，基本是荒废的状态。那个太平间就在住院部的地下二层，据说当年建医院时，把其中一段走廊从两边封死了，那两堵水泥墙到现在都没有打开。之后，医院就改用地下一层当太平间，但也从没用上。”

“要不要去太平间看看？”我忍不住问，“张七七去了太平间就失踪了，这个时间点也太巧合了吧？”

“走！”

杨柯穿上外套，拿起日记本，径直朝外走去。我以为杨柯待会儿还要去病房，并不想和我同时去，没承想，他竟比我还积极。我当下就追了上去。

这时，天已经黑了，华灯初上，素朴的医院与外面的繁华形成两个氛围不同的世界，医院内的白色灯光仿佛是从地面照上来的，总是有些许阴冷的感觉。

在路上，我问杨柯：“精神病院为什么要办迎新晚会，有那个必要吗？”

杨柯说，他不喜欢热闹，那晚他找借口没来。然后又解释说，办晚会是院长的意思，因为有的病人无法回家，当时办的晚会，除了本院职工外，一些康复得不错且没有暴力倾向的病人也可以参加，大家觉得这对病患的治疗也有一定益处。

休息室距离住院部很近，我们几句话的工夫就到了。太平间和住院部的楼梯间用铁栏隔开，太平间虽然没有被使用，但门也没有上锁——门锁早就不见了。

这样也好，万一死人了，医护人员要送尸体到太平间，也可以及时出入。这样看来，给太平间锁门也没有什么意义。平常，一般人也不会来太平间。

除了我们。

和杨柯一前一后进去，我看到通往地下一层的楼梯满是灰尘，还有干掉的苔藓以及咖啡色的水渍。我们穿着皮鞋，走路的声音很大，脚步声一直在楼梯间里回荡。

“怎么不通电？”我下楼时，打开手机的手电筒，尝试找到开关，想打开楼梯间的灯，但下面已经断电了。

“这里以前发生过水灾，地下室进过水。”杨柯也举起了手机，照着漆黑的路。

我去过很多次太平间，基本没怕过，这一次却莫名地提心吊胆，仿佛这条路是黄泉路，通往“阴曹地府”……

很快，我们就摸索到了太平间，这里面有六个冷柜，还有三个长台——暂时用来停放尸体，上面空空的，什么都没有。

我用手机照了一圈，发现地上有些血迹，不过早就干了，边缘竟然翻翘起来一些。这是人血，还是动物血？我暂时分辨不出来，也不想刺激杨柯，但心中却有种预感——这血或许是张七七的。迎新晚会那天，一定是出了什么事。

杨柯一直没话说，独自在太平间里转了一圈，看到血才停下了脚步。

这一刻，空气似乎停止了流动，世界都安静下来，我甚至能听到自己的心跳声，以及杨柯的呼吸声。

在我有困难时，杨柯帮助过我。现在他的情绪看上去有些不太好，我觉得自己有义务说些话来安慰他。就在这时，死寂的太平间突然传出了咚咚声，我以为有人从楼梯上走下来，但竖起耳朵仔细一分辨，那咚咚声竟然是从冷柜里传出来的。

“有鬼？”我吓了一跳。

“死人都没有一个，哪来的鬼！”杨柯完全不怕，立刻大步上前，拉开了冷柜。

我也跟了过去，想看看是怎么回事，里面却忽然蹿出一条黑影，扑到了我的身上。我本能地向后躲去，以为长这么大，这回真的是活见鬼了，但定睛一看，不过是一只野猫。

“一只猫而已。”杨柯轻描淡写地说。

“我还以为……”我拍了拍胸口，强装镇定，却连一句完整的话都说不出来。

可能是冷柜长久不使用，没有合紧的缘故，旁边竟然留了一条大空隙。杨柯又用力往外拉了一下，只见里面还有一窝小猫崽和一些小动物的骨头。

“不管这里发生过什么事，都过去了。算了，我们走吧。”杨柯没兴趣再查下去。

“可是有血迹啊，不用报警吗？”我追着问。

“没有尸体，怎么报警？再说，张七七的父母已经报过案了。”杨柯看似很无情，实则很无奈。

我心情也很复杂，无言以对。

杨柯说得没错，已经报过警了，人没找到，时间又过去了这么久，我们还能有什么办法。张七七这本日记所叙述之事牵连甚广，在不能确定真伪之前，草率地公开出去，对谁都没有好处，说不定还会耽误医院现在这些病人的治疗。如果因此导致医院关门，那就更严重了。

杨柯不想再耗费过多时间，打算立即离开，我也就不再钻牛角尖，决定跟上他，一同离开这里。谁知道冷柜又传出了咚咚声，我以为还是野猫在捣乱，但咚咚声持续不断，很明显是从另一个冷柜里传出来的。

“怎么回事？”我远远地举着手机照着冷柜，想分辨是哪个冷柜。

杨柯默不作声，转身走回来，一点儿都不害怕的样子。我却想找个东西防身，环顾一圈，也没发现可以用得上的东西，就在心里嘀咕，早知道买个诺基亚手机了，即便不能打碎人的脑袋，起码也可以起到防身的作用。

杨柯动作流畅，走到一排冷柜前，伸手又拉开了一个位于下方的冷柜。

我已经做好了打开后发现里面又是一窝小动物的准备，没想到，这次映入眼帘的竟然是——两只惨白的手！

“天啊！”我再次惊呼，本能地想逃走，一转身就看到太平间的楼梯口上竟然站着一个人……

第 7 章

黄泉路怪事

“庄生晓梦迷蝴蝶”，提到梦，不得不说下庄子。庄子说：“古之真人，其寝不梦。”大意就是，道德高尚的人不会想入非非，夜睡无梦。

殊不知，每个人都会做梦，只不过有的人醒来就不记得自己做过梦了。

从医学上来讲，人的睡眠状态分为两种，一种是慢波睡眠，一种是快速动眼睡眠。在后一种睡眠中，人体有一种叫乙酰胆碱的兴奋性神经递质开始活动，其从脑干自下而上渗透，过量的乙酰胆碱便会使人产生梦境。

01 谁是 X？

许多年后，我仍会梦到在太平间的那个晚上。也许是第一次受到如此大的刺激，在我的潜意识里留下了无法磨灭的印记。在冷柜被杨柯打开的一瞬间，一双惨白的手从里面伸了出来，简直是置身在恐怖片中。

当时的我很没有学医人的骨气，转身就想逃。

却发现，楼梯口上神不知鬼不觉地站了个人，我汗毛都竖了起来，本能地想大喊，但楼梯口上突如其来射下一束刺眼的光。

我用手挡住光线，适应了好一会儿，才分辨出来，原来那个人是武雄。

之后，又有一群人从上面跑下来，像是来抓我和杨柯一样。我很纳闷儿，想问发生了什么，这时又听到冷柜这边有声响，转身才发现那双惨白的手竟然在动，还爬出来一个人，不是别人，正是那个得了“狂躁症”的牛大贵。

没等我反应过来是怎么回事，一群人就先后冲下来，抓住了正要从冷柜里爬出来的牛大贵。

我也是事后才得知，那晚牛大贵不知怎的从病房里逃了出来。查房的男护士发现后怕担责任，不敢声张，自己一路找到了太平间，发现了牛大贵。

经过很大一番折腾，他才制服牛大贵，但实在无力再一个人送他回病房，就先将人困在了未通电的冷柜里，本想悄悄返回去“搬救兵”，一起把人带回去。没想到碰到了武雄等一群人，只好吐露实情，这才出现了刚才楼梯口那一幕。

看到我和杨柯也在，武雄当场就落井下石：“你们一科完了，居然放跑了这么危险的病人。”

“和我们有什么关系！”我赶紧解释。

等牛大贵被扶起，安置妥当后，杨柯就帮腔：“今天不是小乔负责病房吗？她人呢，不会又去找那谁了吧？”

武雄和小乔私下交往，这事说大不大，说小不小。本院虽然没有明文规定上下级不能发展办公室恋情，但也并不提倡。医院都喜欢守规矩的人，这个事情传出去，说不好会影响到武雄升副主任医师，以及个人之后的“仕途”。

因为我们是民营医院，评职称相对还是比较困难的。武雄似乎很后悔自己之前大嘴巴，竟然把感情的事透露给某些主治。

我脑筋转得没有那么快，只是好奇，住院楼的安保设施外包给了一家专业的科技公司，出于安全起见，密码每个月都会更换一次，牛大贵是如何逃出病房的呢？医护人员的安全卡片若是丢了，当日必须上报，而且不管刷了谁的卡，科技公司那边都有数据可查，本院员工是很难造假或篡改的。

当时情况很混乱，暂时没人顾得上追究这些细节。过了一天之后，有人上报了医院，这才有科技公司的人来具体调查。

而我因为受到了张七七笔记的提醒，就申请了其他医院的医生，过来一起会诊。给牛大贵做了腰穿，进行了脑脊液等一系列检查后，我发现牛大贵的确是患了系统性红斑狼疮，其止不住的狂躁，则是狼疮脑病的表现。

系统性红斑狼疮，是一种可累及全身多系统的自身免疫性疾病，其中的狼疮脑病是病情危重的一个标志，死亡率极高。目前，狼疮脑病并没有统一的诊断和分类标准，是一种红斑狼疮所致的脑血管病，大部分症状是患者出现偏头痛、性格改变、认知障碍、兴奋、癫痫或昏迷持续状态等。

这种病会让人关节肿痛，有的人会转去风湿科，而有的人出现精神症状后，还会被转去精神科。张七七在日记中提到她“被 X 陷害”，目前我们还查不到有 X 这么一位医师，不知道当时是不是她自己疏忽或者漏诊了。

杨柯也看过牛大贵之前的各种病程记录，牛大贵的首诊医师就是张七七，要说陷害的话，一时间还真想不到会是谁。

通常情况下，医生在诊治过程中，为了不耽误病人的病情，但凡遇到疑难杂症，都会主动去求助同行，或者医术更高一级别的医生，比如住院医求助主治，主治求助副主任或主任。那么，如果有人想要在这个时候误导张七七，她上一级别的医师具有最大的嫌疑。

我尝试继续推断，张七七是不可能去咨询像宋强这些住院医的，她显然也没有去问过杨柯，那最有可能的，就是去问主任或者季副高了。我自己遇到问题，也和他们讨教过好多次。

只是，他们为什么要误导张七七呢？这样做不仅对自己的科室没有好处，万一病人因误诊耽误治疗而死亡，家属来闹事，那牵连医院会有大麻烦的。

讽刺的是，在我们确诊了牛大贵并没有精神疾病后，他的家属居然不相信，还跑来问张七七去哪儿了，他们更相信上一位医生的诊断，而且主张将病人继续留在青山医院，反对将其接回家。

牛大贵在使用了大剂量的激素冲击治疗后，症状已经缓解了很多，实在没必要再住院了。我们只好再次劝慰家属，把病人接回去好好照顾，别再送人过来了，否则只会适得其反。

后来我还登门去看过几次牛大贵，并问他是否还记得曾在病房里“挑衅”过我，但他只是不停地重复说，某个医生被打死了。联想到最近发生的这些事，我不由得怀疑他指的就是张七七。或许在住院时，牛大贵曾看到过什么。

只可惜，在住院的时候，他使用过的药物让他的记忆模糊了，现在的他，整个人就像做了一个很长的梦，大部分事情都不记得了。我再怎么追问，他都是一问三不知。

一次，就在我要离开的时候，牛大贵像是终于想起了什么，叫道："长发女人！"他回忆说，依稀记得是一个长发女人给了他密码和安全卡片。

长发女人？医院里谁是长发呢？

老年二科的主治医师卢苏苏？轮转医生梁凉凉？住院医小乔？还是医务科的小姑娘？可还有一大群护士，她们都留了一头黑发……这范围也太大了！

科技公司的人在调查时，在太平间楼梯上找到了一张安全卡片。他们给医院工作人员配的安全卡片都有名字和编号，据说里面的芯片也有唯一的一串序列号，只要刷卡就会在设备上留下记录，并且备份到科技公司的服务器中。

一周后，病人出逃事件的始末在医院内部公开了。这事并没有严重到要报警的程度，整个调查过程都是由医院内部人员联合第三方科技公司在自查自审，并没有对外公布。

奇怪的是，医院在太平间楼梯上找到的安全卡片竟然是张七七的。她失踪后，卡片也不翼而飞，没有上交或销毁，那这次又为什么会突然出现？谁都给不出合理的解释。

住院部有监控设备，而且画面比较清晰，但院方浏览了前三天的录像，都找不出究竟是谁将卡片、密码偷偷给了牛大贵，因为病房一直都有医生或护士进进出出，看上去似乎谁都有可能。

听说，有几个长头发的护士被找去问话，但很快就出来了，没有一个人承认自己接触过牛大贵。

张七七也一直是失踪状态，杳无音讯。我和杨柯考虑再三，在这次调查中没有提张七七日记的事。

过了半个月，我渐渐淡忘了此事。但为了安全起见，杨柯将家里的门锁全部都更换了，还在隐秘的角落里安装了一个监控器，以防又发生稀奇古怪的事。

至于 X 是谁，杨柯和我分析过很多次，我猜是武雄，因为他名字里“雄”字的拼音以 X 开头。杨柯听后，反问我：“那你为什么不去怀疑季副高？”因为季副主任的全名，叫季守信，“信”字的拼音开头也是 X。

不过话又说回来，牛大贵都说了，给他密码和卡片的人是个长发女人，可武雄和季副高都是男人啊。

我转念再想，X，也有可能不是读音，而是一个字，张七七的“七”字，如果换个角度来看，也挺像 X 的。没准她日记里的内容，都是她精神分裂后想象出来的。只是目前她人不见了，无论我们怎么推断，都得不到证实。

杨柯也不愿意再提张七七，每次我提及这个名字，他都是一副臭脸，说我不会聊天就别聊。挨了几次骂，我也就学乖了，不再提及。毕竟我也不喜欢别人总是和我聊阳可，想起来，那都是伤心痛苦的回忆。

时间过得很快，转眼就到了暑假。

杨果吵嚷着要独立，想摆脱父亲的管教，于是在杨柯家住下来，找了份家教的工作，还赚到了两千块钱。

只是，杨果太霸道了，一住进来就张罗着要改造那间被堵住锁眼的屋子，提出将里面的床、柜子什么的家具全部处理掉。

杨柯很疼堂妹，没有反对，什么都依着她。这样一来，杨果又住进了杨柯的房间，第三个房间装修改造、依旧不能住人。我和房东大人只好整个暑假都挤在一个房间。

杨果刚来的第一天早上，杨柯照例出去跑步，她就在客厅和我有一搭没一搭地闲聊。过了一会儿，杨柯一身汗地回来了，我们也随即安静了下来。

杨柯丢给我一个包裹，砸得我胸口有些疼，硬邦邦的，里面是几本书。

在杨柯眼里，我是个不学无术的家伙，我看书对他来说，简直是个奇迹。他不屑地问我："买的什么书？"

实际上，包裹里是我新出版的小说——《精神癌症》。主要讲的是语言暴力对他人造成的伤害，以及由此引发的一系列悬疑故事。

这本小说在出版时，编辑提出要求，让我加上个人介绍，需要公开我是某医院的精神科医师的身份，这样不仅能给图书增加卖点，还能体现故事的真实性——现在的读者都喜欢看真实感强的文字作品。

我本想答应的，但思来想去还是拒绝了。

首因效应已经形成，在杨柯的观念里，我就是个不爱读书的人，更不是那个会写心理悬疑类型作品的小说家"太平川"，那干脆就让这个误会继续下去好了。

说起来，这本书七月初就出版了，可是网上的评论一直不太友好。很多人质疑、批评故事不够真实，还有读者专门发帖子说"太平川是个假的精神科医师"，文中还列出了种种证据，仿佛证明这个事情的真实性，能给他们带来巨大的满足感似的。

我也懒得去想那么多，怀里抱着编辑寄过来的样书，还在思考如何回答杨柯的问题。还好我特地嘱咐过编辑，别留下他们出版社的具体地址，防止精明的杨柯发现我的秘密。

杨柯看我欲言又止、回答不上来的模样，见杨果也在客厅，误以为我买的是见不得人的情爱小说，没等我来回答，就去冲澡了。

夏天的南宁，热得像火炉，就连平常显得阴冷的医院，都有些闷热了。青山医院的门诊室有空调，但冷气并不强，有时候开了等于没开。

日常工作时，还要求我们穿西装，这种衣服让人热得不行，领带勒着脖子也特难受。所以一到医院，我就积极地带住院医去查房，想到住院楼里吹冷气，那边稍微凉快些。

走流程似的转完一圈，就碰见季副高来找我，说一科有个会要开，让我叫上杨柯，一起到主任的办公室来一趟。

杨柯正在和一位病人家属交谈，那位家属要拿病人的住院病历。住院病历和门诊病历不一样，门诊病历由病人保管，而根据《医疗机构病历管理规定》，住院病历则是由医院统一保存，原件原则上是不能交给病人家属的。如有需要，家属可以到病案科复印。

通常，病人出院一周后，完整的病历才会整理完，送到病案科。现在病人刚出院，家属就过来闹着要住院病历，医院还提供不了，家属就认为是医院在为难他们，故意让他们再来第二次。

我本想上前帮杨柯解释一下，他却不需要，多赔了几个笑脸，竟然把难缠的家属打发了。看来，人长得好看确实有用，毕竟快餐时代，谁有空去了解你心灵美不美。

等杨柯稳妥地送走了病人家属，我就上前转告了季副高的话，让他和我一起去主任办公室。我心里暗自高兴，还好有杨柯和我一起去，要是主任训斥我的话，还可以让他帮我顶一下。

谁知道我们一进去，主任就先问了一句："你们知道我们医院的前身是超常儿童研究中心吗？"

杨柯没有回答，但看他的表情，显然是知道的。我对此不是很清楚，刚想要老实地回答，门却被从背后关上了。

我回头一瞧，靠近门口的椅子上坐着廖副。他可是无事不登三宝殿，既然有他在，那肯定是发生了涉及刑事的案件。

这一刻，我心里有一种不好的预感，差点脱口而出："谁死了？"

02 超常儿童研究中心

廖副穿着警服找上门，通常没好事。果然，他一见是我，先说他妻子和大舅子的病都好了，只不过他这次不是为这事来的，而是因为有一个号称"黄泉路"的地方发生了命案……

命案？我脑海里浮现出一连串问号。有命案找警察，去派出所啊，来找我们精神科医师干什么呢？我们又不懂怎么破案，总不会是把我当成嫌疑人了吧。我紧张起来，杨柯瞧出我的不自然，不禁嫌弃起来，瞥了我一眼不说，还往另一边挪了几步，好像和我站在一起很丢人似的。

廖副也没想吓唬我，刚想要解释此次来意，就被主任抢先了一步。

原来，在青山医院成立之前，华南有一个超常儿童研究中心，主要接收的对象都是儿童。中科院心理所在 1978 年也成立过一个超常儿童研究协作组，现在各地还有类似的研究中心，主要工作便是筛选“神童”，研究其心理发展，以及开展相关的教育实验。

超常儿童研究中心，本身只是一个研究机构，并不能给学生开班，需要与学校合作，名义上必须由学校担当其具体的教育教学工作才行。同样，研究中心虽然有许多研究人员，但要给人看病的话，也是要和医院一起才能发挥作用。

主任继续介绍说，华南超常儿童研究中心，当时也是注入了大量财力和人力的，后来随着时代的发展，又几经重组，发展成了一家很具影响力和权威的研究所。而杨柯的父亲就曾是其中的一名研究员，也是主任的前辈。

后面的事，主任没有继续说，而我已经把这些和杨果之前跟我提到的杨柯父亲失踪的事衔接上了。

我心想，难怪主任一直对杨柯态度那么好，原来他父亲是主任的前辈。至于杨柯的父亲是怎么失踪的，杨果并不了解，我也从不敢问杨柯，毕竟他还不知道杨果和我说过这件事。当主任说到这里时，我紧张地望了一眼杨柯，他面无表情，看不出有什么情绪波动，仿佛刚才叙述的一切人和事都与他无关。

这时，廖副插嘴进来，点题道：“你们是不是有个申职的规定？”

廖副说得没错，像我和杨柯，如果要升副主任医师，必须先在城乡基层医疗卫生机构完成规定的服务时间，服务时间不够的话，是不

能申报的。我来的时间不长，还没顾得上去想这些，能在青山医院多点执业医师的经验已经是谢天谢地了，有的民营医院根本不会给新人这么多机会。

主任被打断，有些不高兴，他很喜欢摆架子，可廖副在这里，他又不好对外人发作。待瞄了一眼廖副后，主任就把今天叫我和杨柯来的用意说了出来："别看我们是民营医院，但科研项目还是有的，最近有个医疗观察站需要两名主治医师，干脆你和杨柯去吧，这个差事可以算在申职的服务时间里，不会让你们白忙活的。"

"叫我们来，就是这个意思？他是真心的吗？"我心里有所迟疑。

果然，主任又接着说道："我这可不是惩罚你们，可是一科的病人出逃，这件事的性质很严重，其他科都看着我们呢！我们总要做个样子给他们看，所以啊，嗯，杨柯，只好委屈你了。"

主任略显为难地解释时，一直看向杨柯那边，完全没看我这边一眼。我早就习惯了在主任面前当个透明人，心里也不会觉得不舒服，反而有些庆幸我是沾了杨柯的光，因为对我来说，去医疗观察站出诊总比罚钱要好得多。

随后主任又解释了这次的任务，我才知道这次出诊的始末：在去中越边境旅行的一条路上，总是有人会突发精神类疾病，有些病人发作起来还会严重到伤人致死，廖副他们这次让我们去，就是想研究一下病发的原因。而那条路位于芒山镇，是一个很靠近中越边境的口岸，那里经常聚集着来来往往的商人。

据说越南战争时，美军在靠中越边境一带曾使用过"橙剂"，那是一种能致癌致畸的毒剂，对人的神经系统也有巨大伤害和刺激。因为那片区域靠近口岸，国家很早就在那边设立了一个医疗观察站，以便随时监测疾病的发生与蔓延，一直沿用至今。今年入夏后，芒山镇又发生过几起暴力事件，发病的患者大部分是外地来的商人，他们本来没有精神病史，全都是莫名其妙发病的，且症状各异。

这一去，起码就是一周，我们空出的班，只能由主任和季副高顶上。这样一来，他们必须全天在医院坐班，还要去一科带住院医，展开教学工作。显然，他们也不是主动愿意来顶班的，这都是院长的意思。这次的事件，不仅我和杨柯被罚，对一科负全责的主任和副主任也跑不掉，各有各的处罚。

芒山镇离南宁市区很远，我和杨柯只能住在医疗观察站。卢苏苏以前也去过，听说我和杨柯要去，就过来告诉我们，那个观察点没什么资金，只是租了一栋房子的第三层楼而已，房间有限，她当时不得不和另一家医院的女医师挤在一张床上。那边还特别热，没有空调，只有一个落地扇，夏天到那去，简直太遭罪了。

卢苏苏和我们讲这些时，我看出她似乎刚哭过，便问她最近怎么样，如果有什么心事的话，可以和我们说。卢苏苏眼神亮了一些，刚要张口，看到在我身旁的杨柯，目光又低垂下去，随后借口老年二科还有其他事要处理，就走了。

我和杨柯转交了各自手头的工作后，马上就启程前往芒山镇。芒山镇离南宁市区有两百多公里，很多路段都不太好走，杨柯让我来开车，而他却戴着墨镜在副驾驶上靠着，也不知道睡着了没有。

不用在医院坐着当班，我整个人像是解放了一样，穿着和带着的衣服都是短裤、汗衫，一路上心情更像是去度假，开开心心的。开出城区后，我打开了车载音乐，时不时还跟着哼起来。也许是太高兴了，一边唱歌一边开车有点分心，在一个岔路口我选错了路，等我发现时，车子已经向着开错的方向行驶了三十多公里。

杨柯戴着墨镜，可能睡着了。他醒来后，发现我走错路了，头就歪到我这边来，好像在透过墨镜瞪我。

我掌着方向盘，意识到来自旁边的压力后无力地辩解道：“我知道我平时有些马虎，可是……”

“没必要说自己是白痴。”杨柯忽然回了一句。

我眉头一皱：“我没想说自己是白痴！”

“说自己是傻子也行，都一个意思。”杨柯无所谓地答。

我清了清嗓子：“咳！我是说，我平时是有些马虎，可这都是你害我太紧张了，好吗？”

“你脸皮这么厚，还会紧张吗？”杨柯上下打量着我。

我被盯得全身不舒服，于是就转移话题：“副主任把病人的资料给你了吧？你还是先说说那些病人的基本情况吧。”

杨柯没有摘下墨镜，仍靠在座椅上，像背书一样，简单地介绍了病人的情况。原来，这一个月内连续有三个成年人在芒山镇的汽车站发病，他们来自天南地北，没有一个是本地人。有一位男病人发病时，打伤了汽车站的一位工作人员，已经被警方带走了；另外两名病人是一男一女，他们发病时神志不清，也攻击了旅客，因其家人还未赶来，现在仍被留在芒山镇。除了这三名病人，在芒山镇这个地方，这一年记录在案的突发精神障碍人数已经多达 17 人，超过一半的人有过暴力行为。

在精神病医学史上，同一个地方短时间内发病人数这么多，是比较罕见的。而且发病的人都不是本地人，全是外来人士，这种情况确实需要引起重视。此前，其他医院的人曾采集了当地水源样本做化验，结果不仅没查出问题，反而显示那里的水质比市区的还干净，空气和土壤也优于全区各地。

快到芒山镇时，空气里还弥漫着一股浓郁香甜的杧果味，附近的山上山下种的全是杧果树，亚热带的植被向来充满夏日的活力。一路上我本来精神奕奕的，但看到医疗观察站租的小楼后，整个人就蔫了下来。

卢苏苏并没有言过其实，那栋楼就是栋简陋的大板楼，看上去水泥里都没有钢筋，只要发生地震，马上就会垮塌下去的样子。三楼的房间只有三个，我和杨柯必须挤在一个小房间里，那里面的确只有一张床，比杨柯家的床还小了快一半，两个男人挤在一起，肯定住不下。关键是房间里太闷热了，我一进来就把落地扇对着我打开，拧到最大风速猛吹起来。

天已经快黑了，我听见外面有人放爆竹，便问医疗观察站的人，是不是当地有什么节日。他们说不是节日，而是镇上的人在祭祖。现在不是清明节，也不是重阳节，祭什么祖呢？一打听，我才知道，在古时候，镇上有个老人家活了快百岁，人称“百越老祖”。这位老人可以说是芒山镇的起源之人，他的坟本来在一座小山丘上，镇上的人为了躲避水患，也在那附近安家。后来，山上水土流失，地基都松垮坍塌下去，人们也就陆续搬到了山下，但唯独“百越老祖”的坟还留在上面。数百年间，山体小规模地滑坡了几次，但唯有百越老祖的坟墓仍然纹丝不动。

按照老辈儿的传说，本来九泉之下的阴宅，高过了活人居住的阳宅——原是九泉之下，现在成了九天之上，有的老人便说“百越老祖”的坟就是“九天神殿”，庇佑着芒山镇的人。之后也有很多人说，这就是芒山镇当地人不发病的原因。

“文化水平不够，也是精神疾病的一种病因。”医疗观察站的人还没说完，我就在心中默默记了这一笔。

杨柯站在窗口边上，望着街上的路人，又看了一眼汽车站的方向，就转身下楼。我问杨柯要去哪里，他也不说，只叫我自己先休息，他想一个人出去待一会儿。

我晚饭还没吃，饿得慌，楼下有个餐馆，工作人员就帮我点了一份菠萝炒饭和一杯凉茶送了上来。这房间的一面墙壁兴许被太阳晒得太久，有一股腾腾的热气散发出来，我饭才吃了一半，就出了一身汗，衣服都湿透了。

我感觉此刻的我就好比是一只被放在烤箱里的小鸡，里外都被烤熟了。

明天我们还要去给病人做诊断，以及在镇上走访调查，有很多工作要做。夜深了，杨柯还没有回来，我就先洗了个澡，准备霸占小床躺下休息。这时候，我的手机响了，我以为是杨柯打来的，来电人却是武雄。

我得意扬扬地接通："才一天不见，就打电话找我，这么想我吗？"

"谁想你？"武雄更得意，"我这儿有美女相伴，比你那里可舒服多了。"

"好了，不开玩笑了，有什么事吗？"我略感疲惫地问。

"今天有个人来找你。"

"是谁呀？"我有点害怕，担心是阳可又杀上门来了。

武雄不假思索地回答："就是牛大贵啊，你们一科的老病人了。"

"他不是出院了吗？"我疑惑地问。

武雄懒得和我解释，把电话丢给了身边的人："来来来，你自己说。"

电话那头安静了好一会儿，我也跟着一声不吭，又过了一会儿，那边的人才深吸了一口气，说出一句惊人的话。

03 电子精神控制

一开始，我并没有听清楚牛大贵在说什么，他讲话的声音特别小，我一度以为电话断线了。很明显，牛大贵不太想让武雄听到。但我能想象得到，武雄这个人太爱八卦管闲事了，此刻他恨不得抱着牛大贵，耳朵贴到人家嘴巴上。

"我想起来了。"过了好一会儿，牛大贵才提高了声音，这和他以前发病时的声音差别很大。

"想起什么了？"我又紧张起来。

牛大贵那边传来一阵脚步声，好像他故意走开了一段距离，脱离了"武雄的魔爪"之后才说出来："我想起来放我出来的人是谁了……放我出来的人就是张医生！"

在狼疮脑病得到恰当的治疗后，病人是有可能回忆起某段过往的。不过，在医院调查时，院方看过住院楼里里外外的监控器，事发前三天的录像更是全都看了一遍，并没有发现失踪的张七七的身影。如果真的是张七七出现了，那这事一定要报告警方，那么调查的事就不再是医院的内部自查了。

这一点，我相信院方不会造假，可牛大贵也没有骗我的必要。这事还是太蹊跷了，我想电话里继续问个明白，这时牛大贵为难道："陈医生，还是等你回来再联系我吧，我有证据给你。"

他手里还能有什么证据？我不太敢相信。毕竟现有的视频监控已经说明了一切，如果造假，那需要下很大的功夫。因此我完全相信，如果监控视频中没有找到张七七，那么将病人放出来的人肯定就不是她。

但我还是追问了一句是什么证据。牛大贵犹豫了几秒钟，没有正面回答，而是把手机还给了武雄。我从没给过病人手机号，如果他们要找我，就只能来医院，通过其他人联系到我。武雄说七科还有事要忙，就不和我多聊了，说了句"再见"就挂断了。

在确定监控视频未篡改的前提下，还有什么证据能证明呢？我实在想不出来，唯一的可能就是牛大贵的狼疮脑病又严重了，出现了精神障碍，这些都是他胡编骗我的。

那时的我太过自信，本以为我写的小说就够复杂和离奇了，没想到牛大贵真的没有撒谎，等我回去之后，他准备了一份"大礼"给我。当然，这都是后话了。

那晚，我接完电话，想等杨柯回来和他聊一聊，分析一下。可是左等右等，十一点了他还没回来。我开了一天的车，吃过晚饭后就不停地打哈欠，于是点了一盘蚊香，迷迷糊糊地睡了过去。

芒山镇的蚊子跟吸血鬼似的，一般的蚊香对它们好像并没有什么作用，我照样被咬得浑身是包。翻来覆去到了凌晨，房间不那么热了，蚊子也喂饱了，我才渐渐进入梦乡。

也不知道什么时候了，杨柯才从外面回来，满身酒气连澡都没有洗就挤着躺到了小床上。我本来是侧身睡的，杨柯一上来，就直接把我推到了另一侧的地上。

“喂！”我疼得一着急，立马大喊，反抗起来。借着外面路灯透进来的光线，我看到杨柯闭着眼睛，衣服和鞋子都没脱，衬衫的扣子解到一半，露出了他经常健身带来的结实胸膛和胸肌。我想起了学医时的人体解剖图，判断着人体各器官的分布与构造，恨不得给杨柯来一场手术。

“杨柯，你是神经病吧！”骂过之后，我仍不解恨。拿起手机一看，凌晨两点多。小床只有一张，杨柯这样耍酒疯，我是不可能再和他挤一挤了。平时，他看上去挺稳重可靠的，很少喝成这个样子。好端端的，这是一个人去喝闷酒了？还是因为主任提到了他爸的事，他不开心了？一想到这儿，我倒是能理解他，干脆也就不再和他计较。

不过，醉酒的人仰卧着睡，如果想呕吐，是很难吐出来的，还容易出现胃内容物反流。如果再误吸入肺的话，就有可能会导致窒息死亡。趴着睡也会引起呼吸不畅，极易加重酒后的昏迷。醉酒的人睡觉，最好是侧卧，如果衣着过紧，最好能将领带、衣扣解开，便于头偏向一侧，并稍后仰，以保持呼吸道通畅。

这是大学老师照本宣科教的，杨柯做到了前面一点，没能注意后面一点，我就按程序给他摆好了姿势，让他能睡得舒服一些，不至于有生命危险。日常生活中，像这样喝酒不注意睡姿而丢了性命的，不在少数。

毕竟我和杨柯是一起出来的，他又是我的房东，我自然要为他的安全负责。为了不让杨柯翻身，半夜忽然仰着睡，我就坐在床沿，用屁股抵着他的背，头靠在桌角上打起了瞌睡。

一晃到了早上，我和杨柯几乎是同时醒来的，那一刻非常尴尬，我们都心照不宣，谁也没有提及昨晚发生了什么事。随便吃了些早点，我们就赶往镇上的医务所，去见还留在镇上的两位病人。

据医疗观察站的人介绍，男病人叫张磊，是山东烟台人，经常来往中越边境，专门做水果生意；女病人叫吕燕，来自甘肃酒泉，到这里是旅游的，这是她第一次来。这两个病例挺让我们头疼的，因为男病人是来了很多次才发病，而女病人是只来了一次就发病了，光从这两个数据来看就很矛盾。

镇上的医务所距离传说中的“百越老祖”坟不远，站在大门稍微抬个头，一座冒烟的坟墓就映入了眼帘。那些烟不是真的从坟墓里飘出来的，而是有人在祭祖。

我朝山丘上的坟墓望了一小会儿，转头走进了医务所，找到了张磊所在的病房，杨柯则到另一间病房找吕燕。医务所的人担心病人精神不正常，偷跑出去再伤害到其他人，跟警察借了手铐将人铐在病床上。

这种边境小镇，没有束缚带这种专业的医疗器具，所以医务所才只好借了警察的手铐。这一点大家心照不宣，毕竟大家都不愿意看到病人逃脱，导致自杀或者伤人。

张磊已经有些清醒，发现有人推门进来，恐惧地望着我说：“医生，我没病，不要给我打针！”

我看过医疗观察站整理的资料，张磊发病被制服后，医务所的人给他静脉注射了苯巴比妥，以缓解他的狂躁症状。这是一种用于癫痫的镇静剂，医务所目前只有这种药。这里的医药资源非常匮乏，予病人少量的苯巴比妥也是能理解的。

我不想刺激病人，进来后就先自我介绍：“我姓陈，你可以叫我陈医生。不过别担心，我不是来给你打针的。”

我没有穿白大褂，张磊对我的戒备心放下了不少。那一刻，我再次在心中庆幸自己的着装选择。张磊和我年纪相仿，我想先坐下来和他好好谈谈，继续建立信任的桥梁，但这病房里竟然没有椅子，估计是医务所担心张磊会挣脱手铐，拿椅子之类的当武器砸窗跳出去。

我四下环顾没立刻说话，张磊求救道：“那快放了我吧！我没病！”

大部分病人都不会承认自己有病，我还是不想刺激他，当下只道：“我还没说你有病呢！”

看我站在床尾，居高临下地俯视着他，张磊仍有些许戒备。如果病房里有把椅子或凳子能让我坐下，那就方便多了，病人和医生一个躺着一个站着，以这样不对等的姿势交谈不利于诊断和治疗。

为了不显得像是在审问犯人，我故意走到窗户那边，把打开了一半的窗帘全部拉开，同时，开始假装抱怨：芒山镇太热了，医务所都没有空调，像是监狱一样。

张磊看上去早就想诉苦了，当下就配合我道："是啊，这破地方没空调就算了，连个风扇也不给我，我现在整个人都馊掉了。"

"我不是医务所的人，"我在窗户边转了个身，然后道，"我就是来和你聊聊的。我想问问你，为什么要在汽车站打人呢？"

"他们都说我打了人。"张磊半信半疑，踌躇道，"可是我都不记得了。"

"那你还记得什么？"我走过来，斜靠在雪白的墙壁上。

张磊欲言又止，想了想，决定从头说起，以此来证明自己没有精神病。这类病人在没有表现出暴力倾向时，最容易被治疗。于是，我摆出一副相信且很有兴趣的样子，示意病人可以开口，说得越详细越好，这样有助于我们找到病因。

根据张磊的说法，他来自山东烟台，祖辈都是人才，他有一个长辈叫张清玄，1972 年曾远赴海外留学，是那个年代第一批出国求学的人，回来后就成了一名生物学博士……

这些事听上去与这次的病情并无关系，张磊之所以从这里讲起，潜台词可能是在说，他虽然现在是做水果生意的商人，但并不是粗人，祖辈、亲戚都是有文化的。

但这些有的没的对我们了解、诊断病因并没有什么帮助，于是我想拉回张磊的思绪，请他抓紧重点，他忽然神秘兮兮地来了一句："陈医生，你知道电子精神控制吗？"

04 阿加莎·克里斯蒂的失踪案

这种话不是我第一次听到，我想问病人：能不能换点新鲜的？

张磊只顾着渲染故事的神秘性，没有注意到我表情的细微变化，他的头也被固定着，大部分时间都望着天花板。

电子精神控制，以前在大学时代，教授可没少介绍：早在第二次世界大战时期，德国纳粹就进行过精神控制的研究实验，并且有了一些成果。1945年，纳粹注定要倒台时，德国炸毁了许多地方的相关设施，只留下了奇奇怪怪的建筑残骸。苏联和美国的专家都研究过被炸掉的设施，但都弄不清楚具体是什么设备。

一位苏联军官曾在日记中记载，德国纳粹在一处边城抵抗时，树林里忽然传出一阵阵怪声，他们就丢掉了枪械，毫无斗志地投降了。事后，苏联军官在树林里发现了一个不太大的设施，他不知道那是用来干什么的。奇怪的是，这位军官在德国境内陆续发现过这样的设施，但凡留有这个设施的地方，纳粹军都抵抗得特别顽强，直到怪声出现，才会缴械投降。

除了这位苏联军官的记载，20世纪50年代，瑞士也出版了一本发行量很小的书。书中曾提到，身为纳粹将领的海因里希·希姆莱曾让一个研究所制造了一种能够对人进行精神控制的武器。

书中有一段是这么表述的：

> 研究所的科学家破译了古斯堪的纳维亚文献，当中记载了古代北欧对民众精神控制的方法。正是以此为灵感，科学家们制造出了一种能发出辐射信号并干扰人脑的仪器，而它就是电子精神控制的雏形。

科技发展至今，再提电子精神控制并不是天方夜谭，但究竟是什么原理呢？

人的大脑内大约有八百亿个神经细胞，它们传递着电信号和化学信号，有一些位于大脑的皮质区，当人要做动作的时候就会向下传递信号，信号通过脑胼胝体，穿过脊髓，到达下游运动神经，最后从肌肉输出。

用学术语言来讲，似乎很难懂。简单地打个比方，人脑就等于是一台生物电脑，人体是一部运动的机器，受电信号的控制。当从脑中采集出运动的生物电信号时，把电信号输入给另一个人，这样就能控制对方的运动。

在 TED 的一场演讲中，一位叫格雷格·盖奇的神经认知科学家就曾展示了这项技术：用意念控制别人的手臂。

因此，当张磊说到电子精神控制时，我觉得夸张，但又不是完全不相信。张磊煞有介事地讲："小时候，我那个生物学博士的亲戚说过，有一种武器可以实现电子精神控制，一个正常的人会平白无故地发疯，就是那种武器在搞鬼。"

"那你在汽车站看到了什么吗？比如那种武器？"我没有质疑张磊，而是试图寻找更多有用的证据。

"既然是武器，那肯定是被藏起来的。"张磊当我是傻瓜一样。

我琢磨着，这么厉害的武器，为什么要藏在一个边境小镇，有什么意义吗？再说了，张磊这些人只是往来做买卖的，又没掌握什么尖端科技的核心技术，让他们无端发疯，完全没有必要啊。

张磊的精神看上去恢复了不少，在我来之前，他自己肯定也思考过，没等我将琢磨的话问出口，他接着叙述道："我就是一个水果商人，买卖杧果、火龙果、柑橘这些，也不是什么大人物，害我实在是没什么必要。可是，要研究一项技术，再投入使用，总要做很多实验的吧，没准儿啊，我们这些无辜的老百姓就是这个实验的小白鼠！"

"是吗？"我不置可否。

这次没能等到我的附和，张磊有些生气："我的推断当然是对的了！你这医生怎么当的？外地人吗？难道没听说过，芒山镇就是黄泉路啊，尤其是汽车站，疯过多少人了，因为这件事，还死过人呢！”

“这我听说过。”我稳住张磊，说道，“我还没去汽车站呢，待会儿去瞧瞧，如果有新的发现，回来就告诉你。”

“你现在去有什么用？那设备肯定都收起来了，又不会天天摆在那里等你去参观。”张磊没好气地指责我，“搞不好你就是来替他们收拾烂摊子的人，想害死我！”

我还没想出怎么回应比较好，张磊就发起狂来，想要挣脱束缚，并且疯喊：“救命啊，有人要杀我。”因为挣扎得太用力，整张病床都晃了起来，医务所的人听到了，一进来又想给病人打针，我见状连忙阻止了他们。我不管医务所之前对病人用过什么药，现在都不能再用，一定要等药效全部过去后，看看病人真正的精神状态是怎样的才能用药。

医务所的人唯恐病人闹事，怕担责。因为我不同意再打针，他们就有些不高兴，直说：“以后出问题就找你！”丢下这句话人就走了。

张磊的精神状态还是不太正常，也不认为我刚才的阻拦是救了他，骂人时，连带我一起咒骂，骂到最后还扬言要用菜刀砍死我……

病人发狂时，任何语言劝导都没有用，只会加剧病情。如果不用药，最好让病人冷静下来，或者播放一些有助于舒缓心情的古典音乐。

说起精神控制，音乐对人的精神也有明显的影响，这点毋庸置疑。在黄飞红的病例中，我也曾提到过相关的诊疗方案。

问题是，现在病人怀疑有人用技术手段控制了他的精神，我现在找音乐来播放给他听，只会适得其反。无奈之下，我只好暂时离开了病房，任张磊在床上乱喊。医务所不大，杨柯之前在和吕燕交谈，张磊的喊声打乱了他的治疗步骤，害得吕燕的精神也受到了刺激，病情出现了反复。

“你做什么呢？”杨柯也离开了病房，看到我在走廊，就责怪我，“你就不能让病人安静一些？其他病人听到会狂躁不安的。”

“我也不想的。”我耸了耸肩，“对了，你那个病人是什么情况？”

杨柯本想拿我出气，被我这么一转移话题，就顺着我的意思讲了吕燕的病情。吕燕来自甘肃，是个大学生，她本来想通过陆路前往越南，没想到自己在汽车站忽然发起疯来，而且和张磊的发病时间几乎是重合的。不过，吕燕和张磊互相不认识，不住在同一家旅馆，此前也没有任何交集。

吕燕倒不认为是电子精神控制引发的疾病，而是觉得有人给她下了药，准备将她从越南卖到其他国家，当性奴隶或者摘取器官的活体。这些内容不是吕燕自己想出来的，而是她通过网络帖子了解过一些新闻，在发病时，她将自己代入了角色，为了自保，操起汽车站的一把扫帚打伤了当地的一位老人。由于涉及赔偿金的问题，当地人不同意将发疯的病人送走，坚持等其家属赶来后再商讨索赔事宜。

人人都会有防备心，谁都害怕客死他乡。我理解张磊和吕燕在情急之下也会有这种想法，可要严重到发疯，这还不足以成为病因。既然大部分人的发病地点都在汽车站，那么就有必要去走一遭，实地勘察，看看是不是真有什么问题。杨柯也认可我的想法，只有去了汽车站，有了和病人一样的经历，我们才能更懂病人的感受。

当时已经临近中午，艳阳高照，我一出来就喊热。路过一家商店时，我买了一瓶冰镇的矿泉水，想要降降温。杨柯好像没有汗腺，几乎没怎么出汗，一身白衬衫，整个人看上去清爽精神，不像我大汗淋漓热得十分狼狈。

镇上有一些妇女沿街站着，看到杨柯戴着墨镜经过，就围过来，询问是否需要兑换越南盾，她们可以给的汇率比越南境内的银行要好得多。看我们不搭理她们，她们还伸手拉住我们，以为我们是来旅游观光的。

到了汽车站，给游客兑换外币的女人更多了，有的还问："帅哥，要不要住宿啊？"还好，问我的人不多，大部分都是冲着杨柯去的。我不想顶着烈日暴晒，于是丢下杨柯，一个人先钻进了汽车站。

车站里贴了许多告示，有的贴很多年了，有的是这一两个月才贴的。其中有一张寻人启事，说的是一个外地女人在芒山镇忽然疯掉了，然后失踪，到现在还没找到人，她的家人正苦苦寻找她。

看着这张告示，我想到了推理小说女王阿加莎·克里斯蒂，很多人都看过她写的小说，但不知道阿加莎·克里斯蒂也曾失踪过，当时外界都以为她死了。

当被人们找到时，阿加莎·克里斯蒂已经记不起失踪期间发生过什么。有人说她知悉丈夫的风流事，故意设计这么一出戏，想陷害丈夫谋杀她。然而，身为推理小说女王，又有药剂师的相关专业知识，如果真要报复风流成性的丈夫，她会演这么漏洞百出的失踪戏码吗？我非常喜欢阿加莎·克里斯蒂的小说，也很喜欢她这个人，却从未相信过她故意设计丈夫。

也许是我们都有学医的相关背景，又都喜欢写悬疑推理类型的小说，有时候我会与她感同身受，有些许共鸣。我猜想过，当年女作家的失踪案，会不会只是她心情烦闷，开车出去散心，却由于某种原因发病，精神失常，导致失忆了？也许与这次芒山镇的病人发病是同一个原理。

现在最关键的问题是，究竟是什么原因导致没有交集的几个人，在同一个地方发病呢？

05 系统脱敏疗法

车站里人声鼎沸。由于没有安装广播，发车前的通知都是靠工作人员用扩音器来喊。一个不太大的空间里，各种声音交织在一起，确实让人心烦意乱，而且站内没有冷气，这在旅途中是让人很难受的一件事。

也许，发病的原因就是这些嘈杂声，我听到都恨不得叫他们小声一点。有几个西方人也在汽车站里等着过边防，他们以为我听不懂英语，在一旁抱怨中国人太吵了，说了几句就背起旅行包躲到车站外面去了。

说起声音能让人抓狂，最典型的案例就是世界各地的幽灵船，那些船上的东西都摆得整整齐齐，甚至早餐刚做好，大家似乎马上要来吃饭，但整船的人忽然都失踪了。

在这类案件中，最著名的就是“玛丽亚·色列斯塔”号谜案。这些年，有科学家认为是幽灵船在经过某些海域时，有一种海上风波会形成次声波，次声波干扰了船员的心智，驱使他们跳海自杀。

1935 年，苏联科学院院士舒列金也指出，在海洋风暴的作用下，海面会产生次声波。有时，海上出现了风暴，附近岸上病人的病情会发生变化，交通事故也会增加，罪魁祸首就是次声波。

总之，汽车站太吵了，我热得受不了，就走出了候车室。这时候，杨柯刚要进来，见我满头大汗，就问我怎么这么快就出来了。候车室像蒸笼一样，又闷又热，我让杨柯自己进去感受。他倒很平静，没出汗，也没觉得烦躁，还去和工作人员交谈，询问了病人发病时的种种情况。

问完了，杨柯又在里面走了一圈，似乎真的想找出电子精神控制的武器。我在心里嘀咕，这种小地方哪来的尖端科技，可如果水土和空气没被污染，食物也没有毒，那病因是什么呢？真的是被吵到发疯吗？杨柯至少进去了半个小时，出来后，他似乎是刚去了冰箱一趟，仍是干干净净的样子，白衬衫完全没有被汗水浸透。

我忍不住就问：“你不会是有无汗症吧？要不要去检查检查，糖尿病、尿崩症、慢性肾炎这些病都可以引起全身性无汗。”

杨柯不气不恼，只道：“你出汗这么多，小心血液黏稠，有心脑血管疾病。”说完又挤对我，“心静自然凉，你杂念太多，怎么会凉快呢？”

“那把你扔到太阳上，我看你能有多凉快。”我不服气地说。

杨柯没和我废话，一出来就用手机拍了汽车站的外观，好像想到了什么。拍好照片，杨柯又叫我站在汽车站的大门前，要给我来一张。我以为他是开玩笑，没有配合，谁知道他就凶巴巴地叫我站好。我不知道杨柯为什么要给我拍照，问他他也不说，只好尴尬地杵在那里，任他拍了一张照片。

我以为，杨柯可能是想拍照作旅行留念，于是，就问他要不要也拍一张，要的话就过来站好。

杨柯赏了我一个杨式白眼：“你在想什么呢？我拍你，是把你当作病人，拿来做研究的。”

“我有什么病？”我也翻了个白眼。

“精神病啊，还能有什么病。”杨柯很直白地答。

我不高兴了：“你才有病。”

“我是认真的，没和你开玩笑。”杨柯正经地回答。

我确定自己没病，抬杠道：“你是认真的吗？那昨晚你……也是认真的吗？”

杨柯可能模糊地记得一些事，但又不确定，听我这么一说，少见地尴尬起来，有点害怕地问：“昨天我把你怎么了吗？”

“当然啊，我如果怀孕了，你要负责。”我乱开玩笑。

杨柯不接受威胁，看我嬉皮笑脸的样子，确定我是在胡闹，立刻又黑着脸对我说：“你还说你没病？”

我不是笨蛋，知道杨柯说我有病，是将我和张磊等病人归类到一起了。可是，我不觉得我会发病，和张磊他们的情况完全不一样。

就在斗嘴时，医务所的人忽然跑来找我们，催着我们赶紧去给人治病。他们现在苦不堪言，医务所没有收治精神病人的科室，现在每天来上班都提心吊胆的，之前给病人打苯巴比妥也是无奈之举。

我尚未找到发病的原因，但根据张磊发病的症状，决定采取系统脱敏疗法，尽力为他缓解病情。

系统脱敏疗法是一种交互抑制的心理治疗法，是南非精神病学家沃尔普在 20 世纪 50 年代创立的，该方法主要是诱导病人暴露出导致神经症焦虑、恐惧的情景，并通过心理的放松状态来对抗焦虑情绪，从而消除恐惧或焦虑。

张磊的病情，有一种心理学上的症状，叫强迫观念。强迫观念是很普遍的症状，大部分人都经历过，大概就是一个念头或者一种旋律总是反复出现在脑海中，好像有人强行将这思想塞到你的脑子中，强迫你去想它们。张磊就是反复想到电子精神控制的事，害怕被人控制，认为自己的行为都不是自主的，已经被人支配了。

要治好张磊，首先要缓解他的痛苦体验，避免潜在的心理危机，用药只会让他觉得自己被用来做实验。在详细地解释了系统脱敏疗法后，我和张磊说，我可以解开手铐，但他不能出现过激行为。之后，我又用手机播放了一段无穷卡农，让他随着音乐和我一起进行某些部位的肌肉放松和收紧训练，比如收腹动作。

接着，我又让张磊去想象他害怕的电子精神控制，一开始他是拒绝的，好在经过循循善诱，他终于回想了在汽车站的经历，将自己暴露在令他恐惧的情景中。不过，张磊仍觉得自己被人控制了，但一有暴力的苗头出现，我就让他试一试能否控制自己不伤害他人，比如能不能别站起来，只坐在那里就好。

这么试了几次，张磊慢慢地寻回了“自主能力”，只是一想起让他发病的汽车站，还是会害怕，根本不敢再回去。如果治不好这个病，张磊就没有办法继续做生意，毕竟这条路是他经商的必经之路——在他眼中，现在成了黄泉之路。

那两天，我都在用心治疗张磊，免得他没法讨生活。在对吕燕的治疗上，杨柯采取的治疗手段也是系统脱敏疗法，他让吕燕去想象面对坏人，如何反抗求生，怎么报警求助，而不是听天由命地被卖去当奴隶。同时，每一次进食，杨柯总会先帮吕燕尝一口，证明没有被下毒，她的发病与下毒无关。

吕燕被杨柯这么精心地治疗，恢复得很快，还问杨柯是否单身，想要当他女朋友。医患之间不能有男女关系，否则就是渎职，杨柯自然分得清，一有这种苗头，总会礼貌地拒绝。吕燕很失望，第二天又假装病发，让杨柯来治疗。我瞧出了端倪，主动请缨过来代劳，吕燕看来的医生是我，马上又说病好了，完全不想搭理我。

到了第三天，病人渐渐没有了狂躁表现，我就想确诊出一个具体的病来，总不能说是强迫观念，毕竟触发强迫观念的原因是什么，还没找出来。第三晚，我们关灯躺到床上后，我翻来覆去睡不着，一是在想病情，二是天气太热了。杨柯和我挤在一起，我感觉有一股火在烧，房间更热了。

我翻了几次身，杨柯无可奈何地叹了一声："能不能别动了？"

"我睡不着。"我也无奈。

"我睡得着。"杨柯冷酷道，"你睡不着就出去。"

我又翻了个身，对着杨柯的后脑勺说："你觉得他们得的是什么病？"

杨柯嫌我挤到他了，不高兴地说："你能过去一点儿吗？"

"那样我就掉地上了。"我无辜地说。

杨柯知道我的死穴，见我不挪位置，就翻了个身，和我大眼瞪小眼。一瞬间，我没了胆量，乖乖地翻了个身，没敢再往里面挤。杨柯乘胜追击，把我往床沿挤，这张床真的很小，被挤了一会儿，我整个人要滚下去了。杨柯人是冷漠了一些，但不是真的要把我挤到地上，约摸我要掉出去了，就用手抱住了我的腰。

被抱住的那一瞬间，我想要说声谢谢，可话还没说出来，杨柯也许觉得两个大男人抱在一起太不正常，他本来抱稳了我，下一秒又松开了，任我滚到硬邦邦的地上。

"你……"

我语塞地从地上爬起来，想要睡回去，杨柯却担心我一身灰尘，会弄脏他的白 T 恤。我不管这些，硬是睡了上去，把杨柯又挤到靠墙的那边。杨柯不想和我闹脾气，就说好了，好了，让着你吧，不然你发病了，我一个人不知道该怎么办。

这一次，杨柯没有和我贫嘴，他说我会发病，确实是有根据的。看我愈来愈暴躁，杨柯就问我，应该也猜出来了吧，芒山镇的外地病人患的是旅途精神病。顾名思义，旅途精神病是一种发生在旅途中的短暂的精神障碍，是一种特定的精神病，临床表现为意识障碍、妄想、幻觉或行为紊乱等，患者在意识障碍出现时会造成自伤，甚至危及生命。

这种病算是很贴近生活的疾病，铁路公安局经常接到这样的报警电话，技术科有时也会让我们参与到精神鉴定中来。那些发病的人，像是自杀、杀人、失踪等，记录在案的不在少数，更别提各种古怪的行为了。有学者研究过大量的病例，发现此类病症有连带性，即个体发病，其同行者往往会随其发病，这主要是同行者的出行目的都一样，或者处于同一种发病环境中。

旅途精神病多发于铁路列车旅客，由于车厢内拥挤嘈杂，空气污浊，再加上身体上的疲劳，旅客很容易出现头痛恶心、情绪暴躁、脑反应迟钝等植物神经功能紊乱。

可芒山镇的汽车站又不是铁路列车，“黄泉路”的成因是什么呢？经杨柯提醒，我才恍然大悟。其实，在这个故事中，或者说在之前的六个故事里，我都提到了发病的原因。

06 尘封的记忆卡

我虽然出生在广西，但现在还真有点受不了这里的气候，这里的夏天很闷热，出汗后皮肤黏黏的，让人很不舒服。去沈阳工作后，我也受不了那边的干燥，擦润肤霜可以防止皮肤干裂，但鼻腔就没办法了，总是不经意就流血，为此，阳可有时候还会调侃我，说我流的鼻血比她的月经还多。

我对干燥的气候敏感，对炎热更加敏感。南下回广西后，天天喊热，主任要求上班把西装当制服穿，这一规定我一直都很抗拒。

来芒山镇这里没几天，我的情绪起伏特别大，动不动就和杨柯抬杠。挤在一个宿舍里难免习惯不一样，我却故意拿他出气，为难他。

没想到的是，这并不是我的主观故意，而是我竟然得了一种病，只是没有张磊和吕燕那么严重而已。

可以说，“热”就是“黄泉路”上的人发病的原因。芒山镇比南宁热很多，大家千里迢迢来到边关，已经筋疲力尽，然而车站还没有安装空调，旅客的声音又聒噪嘈杂，状态不好的人很容易就出现精神障碍。

杨柯当时在汽车站拍了很多照片，就是为了记录这些设备的缺失，想和上头反映，能否在汽车站加装空调，如果有了冷气，这类病人就有可能减少许多。

“原来是我有病了！”我感慨道。

“你才知道。”杨柯不客气地回答。

“那你可要小心了，我现在等于有了‘免死金牌’，万一对你造成人身伤害，就不必负刑事责任了。”我哼哼道。

“滚开！”杨柯故意用手肘撞了一下我的肚子，疼得我瞬间就恭敬起来。

有人会认为，现在都什么年代了，车站这类客流聚集的公共场所怎么会没有空调呢？之前，就算是南宁市区最大的汽车站琅东客运站，夏天也没有冷气，即使安装了空调，一般也不会开，这种边境小镇就更不用说了。

这也是为什么发病的外地人数量居多，而当地人很少出毛病。当地人长期生活在这里，已经适应了这里的温度，再加上他们很少去汽车站和旅客候车室，自然发病的概率就小，并不是“百越老祖”保佑了他们。

阿加莎·克里斯蒂的失踪案一直带有神秘色彩，我不愿意相信她故意躲起来陷害自己的丈夫，让他的风流新闻被记者曝光这种说法，更愿意相信她也许出门后因为某种不顺心，烦躁得理智断线了。

就像路怒症，勉强也能归入旅途精神病。并不是只有炎热、嘈杂才会让人发病，一些不顺心的事，日积月累也会让人暴发疾病。没准推理小说女王在开车出门时碰上了什么让她抓狂的事，一顿发作后整个人就失去了当时的记忆，丢下开到灌木丛中的车子独自走开了[1]。

在对病人和病情有了一定研究结果后，我和杨柯又在芒山镇待了三天，等病人家属赶来，好向他们交代病人日后需要注意的一些事项。

很快，上级单位也回复了一个消息，为减少芒山镇的突发精神病人，他们决定拨款为小镇的汽车站安装空调。

待了足足六天后，我要离开的那天特别开心。医疗观察站的房东老爷爷还前来送行，并给我们带了一只小乌龟，我们推说不能收礼，他却执意让收下，还说这是“龟仙人”，千万别拒绝。

我和杨柯一头雾水，房东就连忙解释，这座边境小镇已经有千百年的历史了，大家经常穿梭于两边。以前这里不太平，有个先生就教他们养乌龟，说“龟”与“归”谐音，经常在外面跑生活的人养只“龟仙人”就代表每次外出会平安归来。

房东老爷爷讲得很真诚，他都这么说了，我们再不收就不太合适了。反正房东不是我们的病人，不属于医患关系范畴，收只“龟仙人”应该不会有麻烦吧。

可是在回去的路上，杨柯又开始教训我，问我为什么要收下，这样难免会落人口实，日后医院若追查下来就麻烦了。

我一边开车一边辩解：“龟等于归，你难道不想早点回家吗？”

杨柯确定安全带系得很稳妥之后，似乎铁了心要和我唱对台戏：“那你怎么不将龟和‘鬼’联系在一起呢？”

不吉利的事，即便是想到了，任谁都是唯恐避之不及的。刚解决“黄泉路”的怪事，我正要开车回南宁，可不想将车开到真正的黄泉路上去。当下，我就不打算理杨柯了，还把冷气开到最大，大声地唱着歌。

我们医院不时地会举办一些文娱活动，让病人和医护人员都参与进来，活动形式大部分是唱歌或看电影。放得最多的是香港电影《行运

---

1 据英国《每日邮报》报道，阿加莎失踪后，她心爱的莫里斯小汽车在南部萨里郡的灌木丛中被发现。

超人》，这故事讲的是一个女生经常倒霉，但她乐观开朗，积极面对人生的一切不如意。电影的国语主题曲叫《超人》，粤语版本叫《有种》，均由郑中基演唱，可以算是我们青山医院的院歌。我偏爱粤语歌，但这两个版本的歌词都很积极向上，所以心情不好的时候，我都会拿出来循环听听。

在这两百多公里的路上，我一边开车，一边哼唱《超人》：

不能改变天气好坏
可以改变我心情
可以朦住我的眼睛
不能绑住我的心
不能改变曲折长路
总有改变的风景
……

伴着歌声，这路程就显得不那么枯燥了，我越唱越起劲，可到了南宁嗓子就哑了。

第二天我们还要去医院报到，汇报各项工作。于是到了家我匆匆洗了个澡，就早早睡下了。为了睡个好觉，我还将手机调成了静音模式。

杨柯虽然没开车，但身体也很乏，他将乌龟放到一个玻璃缸里安置好后，也回到屋倒头大睡。在芒山镇这六天，我们工作氛围紧张，休息环境又差，两个人都太累了。

次日醒来，我拿起手机看时间，竟然有二十多个未接来电。电话不是医院的固话，是个陌生的手机号，归属地是南宁。我怕有什么要紧的事，马上拨了回去，电话里却提示着：对方已关机，请稍后再拨。

当医生的，有时候睡觉还真不敢睡得太实，因为万一病人有什么情况，联系不上你，到时候耽误的就是一条鲜活的生命。

我自己急急忙忙洗漱好了，就催刚运动回来的杨柯抓紧时间，希望马上发动车子去医院。

杨柯看我这么急，便提醒我："你先打电话问一下宋强或者梁凉凉不就行了，他们肯定在住院楼那边。"

我几天没在医院，人都傻了，确实打个电话先问一问情况也好。宋强接到电话后，声音响亮地问我有什么事。我马上问："病人都还好吗？有没有谁有紧急情况的？"宋强以为我在查岗，立刻说自己可没马虎，所有病人都看护得好好的。

"那就好。"我放心了些，随后又道，"辛苦了。"

宋强答了句"不辛苦"之后，就抓住机会问我："陈医生，我……我下午可以和小乔去看场电影吗？她最近身体不好，今天正好她休息，我想陪陪她。"

"这个……"我有些为难，"不太好吧。"

"还有其他住院医也在啊，又不是大家都请假。"宋强央求道，"拜托了，陈医生。"

话都说到这份儿上了，我只好应允："好吧，那你今天的工作，我就另外安排个人。"

"太好了！谢谢陈医生！"

挂了电话我不禁担心起来，万一小乔的事被捅破了，宋强会有什么反应呢？武雄估计也不会好受吧。男女感情的事，我管不了，也不想当告状的恶人。我本打算最近给宋强多安排一些工作，好让他没时间去想小乔，没料到他会自己主动请假。

我打完电话后，杨柯从卫生间出来了，瞥了我一眼，又开启了日常的嫌弃模式，教训我皮带和皮鞋要颜色一致，不要穿黑皮鞋搭配棕色的皮带，这样会被主任骂。

我哪里有空顾这些，不过既然杨柯这么说了，我便听话地去换了一双鞋子。

鞋柜上放着一本书，塑封膜还没拆，我瞄见了书的封面，居然是我新出版的《精神癌症》。杨柯也准备好了要出门，发现我在盯着那本书，就赶紧过来把书收走了，仿佛我的凝视亵渎了这本“圣物”。

这书像是杨柯欣喜得到的宝贝，上车后，他只顾让我开车，自己则在后座小心翼翼地翻开书，津津有味地读了起来。

快到医院时，杨柯已经看了十多页了，我故意调侃他：“我在网上搜过了，这本书差评如潮。”

“人云亦云，你没主见吗？”杨柯低头看书，没抬头看我。

我满意地一笑，将车子开到医院的停车场，心想只要有一个读者喜欢就够了，其他人爱骂就骂吧，让人家过过嘴瘾也是功德一件。杨柯不知道我的秘密身份，下车后大步流星地走掉了，丢下我一个人在后面慢吞吞地走去一科的病房。

经过门诊部时，好几个医生在窃窃私语，武雄从诊室出来，碰到我就问：“你听说了吗？”

“听说什么？”我感到不妙，心想离开的这六天医院肯定发生了什么事。

“老年二科的卢苏苏啊，高利贷的来追债了。”武雄小声对我说。

“追债？”我吃惊地问，“追什么债？”

武雄表面上关心，实际上是来说闲话的，他告诉我：“卢苏苏的老公爱赌钱，听说欠了好多高利贷，要债的人都来医院逼她给老公还钱了，开口就要一百八十万呢！昨天银行的人也来了，我们才知道原来她家早就揭不开锅了，房子都赔掉了，连手机费都交不起了，已经快半年没交了，院长打她手机找人才知道已是停机状态。估计平时上班，我们用座机联系得比较多，居然没有人意识到她已经负债到话费都交不起了。”

“是吗？”我嘀咕了一句，同时心里也在惊叹，原来卢苏苏之前偷偷哭泣，是老公赌钱害的。可我再一想，不对啊，如果卢苏苏连手机费都交不起，手机也停机好久，那下暴雨那天，我亲眼看到她边打电话边哭，这又是怎么一回事？

难道……我不敢往那个方向想，可是仿佛也有了强迫观念这种心理问题，开始胡乱猜测——张七七说的患病医生会不会就是卢苏苏？莫非这一切都是她搞的鬼？

我问：“卢苏苏现在人在哪里？”

武雄说：“这几天她人不在医院，被院长强制放假回家处理债务问题。”

在这节骨眼上，我若去质问卢苏苏，那就太不厚道了，而且现在我也没时间。和武雄聊完八卦，我就借口要先去忙工作，而他打算忙完再去看一下小乔。我想和他再说些什么时，武雄已经走远了，望着他的背影，到嘴边的话又被我咽回了肚子里。

在去住院楼的路上，我看到季副高刚好从那边过来，他这六天和主任一起都在医院。碰面时，季副高推了推鼻梁上的眼镜，和我打了声招呼，然后问我：“你知道了吧？”

“知道了。卢苏苏也是个可怜人啊！”我叹道。

“我是说，牛大贵死了！”季副高一大早就抛了个炸弹过来。

“你说什么？”我大吃一惊。

季副高惋惜道：“他的狼疮脑病不好治，家属又不积极配合治疗，昨晚因为病情加重，抢救不及时，在区医院死了……”

一时间，我说不出话来，这个曾对我喊打喊杀的病人去世，我居然特别难过。或许，我要早点诊断出牛大贵的真实病情，他也不至于死得这么快。牛大贵的首诊医生是张七七，我想到那晚牛大贵借武雄的电话联系我时，还说有证据证明放他出来的人就是张七七，现在他人竟然……那么估计证据也没有了。

一整天，我的心情都很沮丧，话也不多。傍晚，杨柯找我一起回家时，无精打采的我才发现天快黑了。

正当我要离开时，收发室的小姑娘跑来说：“陈医生，你有份顺丰快件，是到付的。”半个月前，出版方和我约稿，让我再写一本新书，我以为那是出版方寄来的合同，心里暗骂他们抠门，发份文件还要到付。但拿到手后再一看发件地址，居然是区医院，发件人——牛大贵。

"难道，这就是所谓的证据？"

我狐疑地付完费用，然后才和杨柯提起前几天牛大贵通过武雄联系过我，说他有一份证据，能证明是张七七把他放出来的。杨柯很不高兴我现在才坦白，可他更好奇快件里装了什么，也就没太过计较。

"先去诊室吧。"

杨柯简单地说了一句，领着我回到门诊部，在关门的那一刻，梁凉凉恰好从门口经过，还好奇地往里面望了一眼。我没有心情理会她，关上门后立刻把快件撕开，倒出了里面的东西。

装在快件信封里的是一封信，还有一张记忆卡，除了这些就没有别的了，信上的内容是牛大贵写的：

陈医生，我是牛大贵。

那晚，我和武医生要了你的电话号码，想等你回来再联系你，但已经来不及了。我在医院借了我妹的手机，想在死前亲口告诉你，可是你一直没接。我说那晚是张医生放我出来的，真没骗你，不过我说的不是几个月前的事。

我住院太久，对最近的事都不太记得了。可是，那晚迎新晚会，是我入院才不久发生的事，当时我吃的药还不多，所以还是有点印象的。那晚，张医生说哪怕是违反规定，也要让我先出院，还说我并不符合住院的规定。

我跑出来时，张医生就去拖住了其他人，但楼下也有人，我就躲到了地下室的一张台子下面。后来，我就看到张医生在冷柜的上面放置了一台摄影机，但她在放东西时发现了我。张医生不想我逗留这里太久，就赶着我快点走，可我一上去就被护士们抓回去了。

前几天，我想起了这件事，就想跑来告诉你，但你们都不在，我就偷偷跑回地下室去找那个摄影机。过去这么久了，那台摄影机居然还在，就是堆满了灰尘。快递里的记忆卡是我从摄影机里取出来的，我还没有看过，你们有需要就看看吧。我虽然不太记得发生了什么事，可能我和你们说的有些事也对不上，还有可能这些都是我的幻觉……但我记得，张医生对我很好，知道她失踪了，我很难过，希望这些能帮得上忙。

牛大贵

我和杨柯在诊室里看完信，都沉默下来，这张记忆卡很可能是解开所有谜团的关键，打开它就能找到答案了。我的公文包里带着笔记本电脑，在得到杨柯默许后，我马上打开电脑，插入了这张尘封许久的记忆卡。

“打开看看吧。”杨柯很冷静。

我的心脏却随着手上的动作狂跳起来，点了好几下触摸板后，一个视频跳了出来。画面上有时间戳，右下角的时间显示是 12 月 31 日，也就是迎新晚会那天。

一开始，近景是张七七的脸，停尸台上放了一盏灯，照亮了整个太平间。张七七藏好摄影机，又拿出一个信封，对着镜头说：“这是所有的证据，如果我有意外，你们记得来上层第一个冷柜里找到这个信封。”

这一幕让我理解了张七七的意图。之前知道她约 X 去太平间见面，我觉得这个安排太突兀了，像是蹩脚的悬疑小说，为了恐怖而恐怖。

原来张七七之所以这么做，是想让 X 放松警惕，空置的太平间能让她更好地布置陷阱，并藏好偷拍工具。为了不让人注意到摄影机，张七七还故意将停尸台上的那盏灯挪了位置，让光线只照得到太平间的中央，而不会到冷柜那一边。

不过，牛大贵确实记错了一件事，因为从画面中能看到，他此刻就躲在角落里，张七七并没有发现他的存在。

之后，一个长长的人影出现楼梯口，张七七说：“下来吧，我知道是你。”

那个人穿着黑色连帽衣，帽子盖住了头，但没有盖住过肩的长发。X 下来后，没有说话，张七七就故意套话说：“你不用再装了，我都查清楚了，你就是个疯子。可是你为什么要那么做？这些人和你无冤无仇的！”

X 像个哑巴，一声不吭，等张七七一说完这句话，整个人就扑了上来。不知道是记忆卡在太平间搁置太久而受潮，还是在快递时受损，视频的画面播到 X 扑上来时卡住了。我重复试了几次，画面总是无法继续播放下去，目前视频能看到的就只有不到五分钟的内容。

“牛大贵总说看到主治医师被打死，说的就是迎新晚会那会儿吧。”我分析道，“他应该是在看到张七七和这个人打起来之后才跑走的。”

杨柯不做任何判断，将笔记本电脑拖到他面前，往回拖动了一下视频的进度条，最后按下了暂停：“陈仆天，你看！画面卡住前，这个人的脸露出来了。”

“有吗？”我好奇地凑上前。

没想到，视频在卡住之前，那个人的帽子歪掉了，露出了真面容。我以为这个人是卢苏苏，但并不是她，而是一个我从来没有怀疑过的人。

杨柯望着视频，非常严肃，拳头握得很紧，额头上的青筋都暴了出来，他在努力压制着心中的怒火，我也是第一次看见表情这么凶狠的杨柯。

我担心杨柯会去找那个人对质，甚至打起来，于是就尝试分散他的注意力：“牛大贵肯定没有看过这个视频，我们先去找张七七的信吧。”

杨柯没有立即回答，努力让自己冷静下来，他也知道正面冲突没有好处。我见劝不动杨柯，就先走出了诊室，打算一个人去找张七七留下的证据。快到住院楼时，杨柯才追出来，我们都没有作声，悄悄地摸回了太平间。

到楼梯口时，我用手机打亮一束光，慢慢地走下去。杨柯和我的脚步不同频，两人皮鞋踩出的声音也不同步，仿佛有个看不见的人跟在后头。我忍不住朝后探望，楼梯上一个人都看不到，只有打开的铁门摇晃了一两下，发出了吱吱嘎嘎的声音。

是风吧？

我一边想一边回头，想继续往前走时，又撞到停住脚步的杨柯。杨柯总是数落我笨手笨脚，这次居然没有骂我。我被杨柯训练得毫无脾气，正想没骨气地道歉，可当我绕过杨柯，却发现停尸台上居然躺着一个人。

很明显，这个人已经死去多时，皮肤表面都有隐约的尸斑出现了。

“这……”我心想，不会是张七七吧，却没说出口。

杨柯怔怔地杵在楼梯上，一句话没说，也没有继续往前走的意思。我想靠近看得真切一些，杨柯却抬起手臂，挡在我的胸前，不让我继续往下走。

我紧张得屏住呼吸，在楼梯口处举起手机，想让光束投过去，照亮一些。终于，我看清楚了那具尸体的脸，这个人不是张七七，而是另外一个人，一个我几乎天天见的人。

沉默十几秒后，我不由自主地吐出了一句话：“这怎么可能？”

番外

墙外涂鸦

男女约会时，多会选择看一部恐怖电影，当惊悚的画面出现，两个人会本能地更靠近对方，甚至萌发出更深层次的爱意。

这从心理学上来分析，就不得不提到“吊桥效应”——当一个人小心翼翼地走过吊桥的时候，会因为害怕不由得心跳加速，而此时若碰巧遇见另一个人，这情景就很容易让人产生情感。

如果想要吸引一个人的注意，那不妨在约会时选择一部情节刺激的惊悚电影，或者出游时选择一个有“吊桥”的地方。反之，如果有人邀请你和他一起看恐怖片，那么他很有可能对你有兴趣，有想追求你的意思。

01 龙城

张七七的秘密还没有被完全曝光，我们也不知道 X 的背后究竟隐藏了多么惊人的秘密，这个秘密又为什么会与我和杨柯有着千丝万缕的联系。当时的青山医院一切看着都还风平浪静，危险似乎离我们也很远。

之后的几天是广西一年一度的民歌节，当时这个节日搞得声势浩大，几乎整个自治区都在同庆，就连青山医院的排班都做了调整，我和杨柯得益于此，两人各自有四天的假期。

一科也不是完全没有人值班。本来主任医师是各大医院的宝，他们上班都是半天或隔天休息一次，节假日也很少有主任医师值班，但主任居然主动请缨，留下来坐镇。

我看主任身体愈加发福，想劝他不如出去走走，减减肥，对身体也有好处，不然发福严重，头发保不住不说，整个人看上去也不大健康。但主任毕竟是领导，这样直白讲话有些冒犯人，平时我们交流也少，还是多一事不如少一事，生怕他动不动就教训我着装不如杨柯讲究……

“又在想什么？”杨柯打断了我的思绪。

“没什么。”

“没有就好好开车。”杨柯坐在副驾驶的位置，指了指前面，提醒我，“没看到前面有人在别车啊！”

放假前一天的傍晚，我们下班时，杨柯又让我当司机。为了节约时间，他吩咐我先去干洗店取他送洗的西装，然后再掉头回家。反正大家住在一起，这样也方便，我就没反对，但此时华灯初上，马路早已拥堵起来，开车容易烦躁，我不知不觉就换上了一副臭脸。

“看你好像不大乐意，不想开车就早说，不要勉强。”杨柯一边说一边调整了安全带，好像是担心白衬衫的领口被压到变形。

“我没有不开心啊！”我赶紧挤出一个微笑解释。

“嘴硬。”杨柯哼了一声，但又嘴角上扬了一秒钟。

我想到自己可能真的露出了不高兴的神情，便回嘴：“你自己天天都摆臭脸，还好意思说我。”

“我哪有？”杨柯愣了一下。

我见状就故意刺激他：“我累了，先回小区吧，不去干洗店了。”

一听这话，杨柯的脸就更臭了，我抓住机会奚落他：“看吧，快照照后视镜，瞧瞧你的脸色，比臭豆腐还臭。”

杨柯当真瞄了一眼后视镜，或许意识到我没说错，他脸色平时都是冷冰冰的，于是就清了清嗓子，想要说些什么，为自己辩解。

这时，杨柯的手机里忽然进来一条信息，接着他就一直在回复，好像是遇到了什么严重的事。

快到干洗店时，杨柯问我这四天假期要不要一起去柳州一趟，那边有个龙阿姨，家里出了点事需要帮忙。我靠边停好车时，天已经黑了，干洗店又关着门，老板不知道去哪儿了。

“哪个龙阿姨，帮什么忙？如果是借钱，我可没有，我自己还不知道向谁借钱呢！”

杨柯翻了个白眼：“不是，这个龙阿姨以前是咱们医院一科的老护士，后来上了年纪就退休去柳州养老了。大家都管她叫龙阿姨，不是因为她姓龙，而是她退休时已经满头白发，背都有些直不起来了。这么多年在一科，工作一直很负责，任劳任怨。”看来，杨柯对这位龙阿姨的印象很好。

原来，最近这位龙阿姨的情绪不大好，有些忐忑不安，因为她二十多岁的孙子和她说自己“撞鬼”了，晚上总能听到小孩在哭或者笑，整个人现在寝食难安，日渐消瘦。龙阿姨人虽老了，但与我妈不同，她在青山医院工作时见过很多这种唠叨鬼神的病人，不搞封建迷信那一套，于是就询问杨柯，是否可以在放假时到柳州一趟，帮忙给参详看看。

至于为什么不直接带人过来看病，龙阿姨和杨柯说，孙子年轻，有逆反心理，再加上有些好面子，不愿意配合，她怕闹出事来。

在不确定是不是精神类疾病之前，龙阿姨也不想刺激孙子，本来她儿子儿媳就一直觉得她的工作不体面，每次提到精神疾病、精神医院，他们都会想方设法绕开话题，她不想为此再影响孙子对她的看法。

所以龙阿姨盘算之后，就想趁着这次民歌节放假，邀请杨柯从南宁过去一趟。我们这一趟表面上是去做客的，实质上却是去给人家看病的，但因为不用强制收治，所以很多具体问题都不需要细致考虑。龙阿姨也是这方面专业的从业人士，把一切基本安排妥当了，我们无须多操心什么。

关于“撞鬼”这种说法，龙阿姨说，那是因为她家附近有个工地前段时间挖出了一口金漆棺材。

柳州也叫龙城，这里出品的棺材全国有名，而那口挖出来的棺材据说是宋朝时期柳州一位老师傅做的，而死者则是一个七八岁的小孩子。新中国成立之前，特别是动乱年代，在很多地方，小孩子只要夭折，基本上就被草草地埋掉，并不给立墓碑。这个小孩子也是一样，没有墓碑，但却被厚葬在一口金漆棺材里。

于是有人传言，这个宋朝的小男孩生前是个金童天才，只可惜不幸被人挖心杀害，被家人安葬在这里。封建迷信认为，凶死的人多会变成厉鬼，这个宋朝的小孩死相很惨，死后又哪里会安生呢？

果然，在挖出棺材后不久，工地上一个工人就猝死了，死前没有任何征兆，但很多人都开始传言是“恶鬼杀人”。刚好那段时间，又有一些人家的小孩子衣物神秘丢失，紧接着又有人说是“小鬼”在找衣服穿。

更诡异的是，龙阿姨的孙子开始说自己频繁地在家里听到小孩子哭笑，时间长了，就认为自己“撞鬼”了，而这个“鬼”当然就是棺材里的小男孩。

现在的年轻人多是不大相信这些的，因为大家至少都受过义务教育，不会轻易受谣传影响而出现精神障碍。除非个体的体验感非常真实，幻听效果极其强烈，才会有这样的想法，不停地质疑自己，以至于精神恍惚。

听到这里，我觉得问题可能很棘手。只有四天的时间，怎么能搞得清楚病情呢？更何况，听龙阿姨的描述，她儿子和儿媳，甚至孙子都对精神科医师这份职业有偏见。彼此之间没有信任，没有配合，诊断和治疗工作都不好展开，最后整不好就搞成了热脸贴冷屁股……

可一看到冷酷的杨柯这次竟然如此热心，我又不好意思直接说不去。杨柯似乎看出了我的为难，便说：“你不想去，我就自己去。”然后又强调龙阿姨并没有强求这四天里一定要彻底解决病情。

他还打广告一样地说，龙阿姨如今住在柳州郊区的一栋别墅里，那里靠近一个山水胜地，经常有野生小动物出没，空气很好，去住两三天，权当旅行度假也不错。

“你不是老嫌我医术不精湛，拖你后腿吗？为什么这次要我和你一起去？”我听出了杨柯的意思。

“万一真有鬼，正好可以拿你当垫背的！”杨柯又换回了冷冰冰的面孔。

“想得美，真有什么事，我肯定第一个先跑。”我哼哼道。

“那今天晚上就收拾行李，明天一早我们坐高铁去柳州。”杨柯就当我答应了，开始以医生的严谨态度，逐步落实出行计划，“既然是节假日，我们就不开车了，不然像上次去医疗观察站那样，一来一回会很累。”

“正合我意。”我耸耸肩。

商量完，正赶上干洗店的老板回来，我见状就下车把西装都取了回来，放到车后座上，然后开车回到了杨柯家楼下。

那晚，我吃饱后就上床睡大觉了，而且睡得特别香甜。谁知那竟是我那段时间睡得最舒服的一次，之后的情况急转直下，因为那趟柳州之行发生了很多事，完全出乎我的意料。

最想不到的是，我们在柳州遇到了一个叫胡定乐的人，而这个人正好知道我的秘密，当时差点就被他戳穿了——我就是太平川这件事。

杨柯如果得知这个秘密，会做何反应，我完全拿不准，也根本不想让他知道。总之，柳州之行全是意外，意外加上意外，每一个秘密的曝光都令我措手不及。

02 一千种人格

次日一早我们去南宁站坐高铁，一个小时便到了柳州。龙阿姨确认杨柯要来，心里十分感激，请人开了宝马车来接我们。

我原本以为医院的护士赚不到多少钱，但龙阿姨出手十分阔绰，居住的别墅更是气派非凡。听杨柯说，龙阿姨不仅夫家有钱，娘家也家境殷实，只是她很独立，没有接受家里的工作安排，而是选择了去青山医院工作。在龙阿姨眼里，护士是一份很光荣的工作，很多人笑话她干了一辈子还是个护士，她却不在意。

可惜前几年，龙阿姨的老公在做采矿生意时突发脑出血，死在了市一院的手术台上，她才以年纪大为由从青山医院退休，来到柳州跟儿子、孙子一起生活。

龙阿姨的别墅靠近柳州的龙潭公园，每年秋冬一近就会水汽蒸腾，雾气缭绕，如同仙境。唯一的缺点就是，这种气候对房子的构造非常不好，只要开窗几分钟，瓷砖表面就会结出一层水珠来，室内的被子也会被打湿，有时家里的实木家具还会长出一簇簇的白蘑菇。

因此，车子开到龙阿姨家时，映入眼帘的首先是一栋三层门窗都紧闭的森严建筑。别墅附近的树林处在一片白茫茫的雾气之中。再加上周围的其他别墅也都门窗紧闭，环顾四周，整体望去，有那么一刻，我一度以为自己来到了墓园，这些别墅就像是纸扎的，丝毫没有人气。

雾气中驻足着一位撑着黑伞的老太太，她就是龙阿姨。看得出来，龙阿姨对杨柯的到来非常重视，我们的车子还没开到别墅，她就已经站在毛毛细雨中等了。

这一带虽说是别墅区，但道路是越靠近别墅区越坑坑洼洼的，我坐在车上被颠得头晕目眩，差点吐在车里。等车停稳后，我顾不得细看，推开车门想下去吐，没想到一下脚，就踩到了黄色的泥水坑里，杨柯那侧也好不到哪里去，幸好我们穿的都是皮鞋。如果是运动鞋，估计里面都得浸透了。

除了道路泥泞外，这附近的硬件设施还是不错的，路灯和指示牌这些该有的都有。这地方没有城市的喧嚣，只有远远的鸟鸣声，身处其境，反而不像刚才第一印象那么肃穆，倒是多了几分幽静。

我还在张望附近的环境时，杨柯已经很有礼貌地上前，向龙阿姨打招呼了，还很客气地说“不必出来等”的场面话。龙阿姨并不认识我，我来青山医院时，她早就退休到柳州来了，但估计杨柯和她提到过我，所以对于我的到来，她并不感到意外，反而更显高兴热情。

“小杨，好久不见，辛苦你了。”龙阿姨迎上前，与杨柯握手道谢，然后对着我说，“你是小陈吧，杨柯对你可是赞赏有加啊！”

“是吗？”我眉头一皱，“您一定是听错了吧？”

“龙阿姨确实听错了。”杨柯嘴硬地接过话茬。

龙阿姨愣了愣，以为我们在吵架，就转移了话题：“我儿子和孙子都在屋里，还有其他客人也在，你们千万别说漏嘴了啊！”

“放心吧。”我拍拍胸脯道。

我注意到别墅外面雪白的墙壁上有一排排的黑色涂鸦，乍一看，歪歪扭扭的，好像是小孩子画的。而这些涂鸦画的也都是孩童的模样，每个孩童都不一样，有男有女，有的有辫子，有的是短发，有的是三条腿，有的是两个头。看这涂鸦的高度，画的人应该不到一米二，可能真是个孩子，但也不排除是成年人蹲着画的可能。

龙阿姨注意到我的眼神，“唉”了一声说：“自从那口棺材被挖出来后，我家外面就老有这种涂鸦，当然，其他家也有，不只我家。估计是喝醉的人胡乱涂画的吧，最近我们这里经常有人喝醉，就睡在路边。”

“没有摄像头吗？”我很意外，像龙阿姨这种家庭，别墅内外应该有监控器才对啊。龙阿姨却说那都是电视剧里才有的情节，目前这片别墅区还没安装。而且这里常住的人也不多，大部分人仍住在城里。

看我还是半信半疑，龙阿姨就再次嘱咐：“我孙子和儿子都在家里，千万记得，就说你们是来看望我这个老阿姨的就行。对了，今天我孙子有个朋友也来做客，你们别介意啊！”

“不会的，龙阿姨。”杨柯像变了一个人，很和气地回答。

“那就好。”龙阿姨松了口气，接着就招呼我们进屋。

龙阿姨的孙子正在和一个小伙子在一楼客厅里玩着电子游戏，我们进屋时，醉心游戏的他们没瞧我们一眼，一直自顾自地玩着。龙阿姨见了解释说，她孙子的朋友从北京过来，好像是搞媒体工作的，两个人在北京念大学时认识的。最近，她孙子总说自己撞鬼了，这个大学同学正好在湖南老家，就从湖南坐火车到了柳州。

“我孙子叫许威，儿子叫许老大，许老大不是绰号，名字就取的这样。我孙子最近没去工作，基本在家闷着，哪里都不去。”龙阿姨站在门厅，发愁地说，“我倒希望他能多出去走走，找个工作。”

“现在经济困难，工作难找嘛……”我看着客厅里玩游戏的两个年轻人，想帮许威解释，眼睛忽然就瞪大了，“胡定乐？”

无巧不成书，许威的这个大学同学我居然认识。打死我都没想到，我会在柳州遇到他。胡定乐确实是从事媒体工作的，他在出版公司、杂志社都待过，那时他开始做一些奇闻趣事的报道，所以除了在北京偶尔坐坐班，也会全国各地跑，实地采访和调查一些自称遇到奇闻怪事的人。

说起来，我和胡定乐是在北京一家出版公司的私人聚会上认识的。那时大家都在打麻将，我听到一个小伙子大喊“我和定了”，还以为是说和牌呢，后来才知道他叫胡定乐，是湖南人，他当时不是说“我和定了”，而是说“我胡定乐”，就像“我胡汉三又回来了”。

因此，我对胡定乐的印象比较深。每次看到麻将或者有人说“我和了”，我就会想到他。胡定乐知道我写过《精神探》，也知道我是精神科医师，但他不知道我没和同事说过写作这件事。就像杨柯，还一直以为《精神探》的作者太平川是个女人。考虑到误会已成，我也就一直没对杨柯解释，任由被误会下去。

直到听到龙阿姨的关门声，胡定乐才朝门厅望了一眼，发现我来了，他同样很惊讶，游戏都忘记打了，弄得许威不停地催他：“快打呀，快打呀！”

“太平……”胡定乐放下游戏手柄，从沙发上站起来，刚要喊出我的笔名。

我急忙打住：“胡定乐，你怎么也在？”

“我这个月回湖南老家，听说大威不舒服，就过来看看，反正才四个小时的火车。”胡定乐一边说一边好像腿脚不便地走过来，然后朝杨柯问，“这位是……”

“他是我的仆人。”我口无遮拦道。

“再敢胡说八道，你试试。”杨柯说着用食指勾了勾脖子，习惯性地想要松领带，可他那天穿的是一件白 T 恤和一件黑色的西装外套，并没有穿衬衫打领带。

“他是我在青山医院的同事，叫杨柯。”我不想再激怒杨柯，老老实实地回答，“龙阿姨也算是同事，她以前在南宁工作的那家医院，正好是我现在的工作单位，我已经不在沈阳了。”

“不在沈阳了？原来如此。”胡定乐深吸了一口气，似乎脚在疼。

胡定乐走过来时，腿一瘸一瘸的，我便问他是不是又痛风了。胡定乐虽然年轻，但喜欢吃海鲜、喝啤酒，很早就患了痛风。在我们相识的那场私人聚会上，他没喝啤酒，也没吃大家点的重庆烤鱼，就是因为痛风发作了。

果然，和我猜想的一样，胡定乐“哎哟”一声说昨天在湖南吃了烤鱼和椒盐濑尿虾，脚疼到了现在，估计得好几天才能消痛。

“青山医院？”许威本来坐在沙发上不耐烦地等胡定乐玩游戏，可听到我提杨柯是青山医院的同事，突然像反应过来什么似的，摔了游戏手柄，穿着干净的白色球鞋，一路小跑，上了二楼。

“其实他没病。”胡定乐揉着左腿，望着已经上了二楼的许威，替他辩解道，“我不是专业人士，但我和大威聊了一上午，感觉他还和以前一个样，只是沉迷游戏，不想去工作而已。”

“不去工作还叫没病？这叫逃避现实。”我有点心疼龙阿姨。

大学生毕业几年都不去工作，天天在家打游戏这样的事屡见不鲜，新闻也常有报道，在精神科医师的眼里，这明显是心理不健康的表现。弗洛伊德的精神分析法也认为，人的防御机制会把不愿意面对的回忆或者事物都压制在人的潜意识里，当要治疗这种病人时，精神科医师通常需要把被压制的事物挖掘出来，让病人正视它。

像许威这种情况，很可能是工作上受到了某种打击，或者人际关系受挫，导致他只好通过逃避现实来保护自己，这可不是单纯沉迷游戏或者啃老族。

在心理学上，有一种对应的疾病叫回避型人格障碍，这类患者因为害怕在别人面前丢脸，通常会选择可独立完成的工作，以降低与人社交的概率。

还有些患者会幻想被人爱，被人接受，情感关系很完美，又因为他们认为自己不配拥有这些关系，所以不会主动去追求。只有在确信不会被拒绝的情况下，他们才愿意与人建立关系。这类患者还有个问题就是只关注自己的缺点，经常贬低自我，看不到自己的优点。

在来之前，杨柯就问过龙阿姨，许威原本是做什么工作的。龙阿姨说她孙子是中文系毕业的，之前在一家报社工作，后来说受不了“办公室政治”就辞职回家了，直到现在。

龙阿姨的独生儿子许老大则经营着一家儿童乐园，一半时间在店里，一半时间回别墅住，平常比较忙碌。也许是常年没时间陪妻子，后来他们夫妻感情逐渐破裂，许老大在五年前离了婚，妻子很快就改嫁到云南去了，在这五年间，都没有再回广西看过许威。

许家在柳州的鱼峰区有一套房子，他们一家原本都住在那里，许老大离婚后，许威借口不喜欢闹市的纷扰，闹着一家人搬到了别墅区这一带。

许家是三代单传，从小，长辈们对许威的态度，就是含在嘴里怕化了，捧在手里怕摔了，他的童年过得很开心，几乎没有受到过任何委屈。哪怕是许威不肯工作，不愿意面对外界，龙阿姨和许老大还是愿意迁就他的，让他在别墅里拥有自己喜欢的人生。

对于别人的教育方式，我和杨柯不好多说什么，可这样一来，许威应对挫折的能力就会变得越来越差，很容易出现回避型人格障碍。也许，小孩子的鬼哭鬼叫都是许威内在心魔的投射，是他想要逃避的某种事情。

可胡定乐却坚称：“大威没有问题，他只是不想上班，不喜欢办公室政治而已。”

“你这才来几天，就诊断出来了？”我和他唱起了反调。

估计胡定乐脚指头疼得厉害，站了一会儿就回到客厅，坐到沙发上说：“你们别一进来就摆出这么大的阵势，管他是不是有什么病，他刚玩游戏很开心，疏导了情绪，这样不好吗？”

这话也有一定道理，我和杨柯刚进门，确实不宜说人家有病，换谁都不会高兴的。不过，如果一个人出现了真实感很强烈的幻听，往往不是大脑出现了器质性的病变，就是心理障碍已经到很严重的地步了，我心想。

“你们要不要先去放行李，房间在二楼。”龙阿姨指了指楼上。

“好啊。”我尿急，哆嗦了一下就想上楼。

我和杨柯都只背了一个旅行包，行李不多，上下楼很方便。龙阿姨想先带我们去房间，这时胡定乐却问我们，有没有看到别墅外面的小人涂鸦。

我点头说：“看到了啊！”然后骂了几句，这种人真没素质，白色的墙壁涂成那样，清洗起来肯定会很麻烦。

胡定乐之前在一家媒体专门报道奇闻怪谈，见多识广，看我还在唠叨涂鸦的人，他却道：“这个可能是一个有着一千种人格的‘小鬼’。”

小鬼？一千种人格？这么夸张的说法立刻吸引了我和杨柯，还有龙阿姨的注意力。可就在这时，楼上居然传出了一阵模糊的哭泣声，听上去很像是一个小孩子在哭。

03 分离性身份识别障碍

还没等我们上楼看是怎么回事，一个中年胖男人就从二楼跑下来，他的体格和我们主任非常像。乍一看，我差点认错人。唯一不同的是，这个中年胖男人的红色运动鞋有些脏，像是和我们一样，也踩到了别墅周围的泥水坑；主任很爱干净，是绝对不会允许自己的鞋子这样的。

仔细一想，不难猜出，这个中年胖男人就是许老大，龙阿姨的儿子，许威的爸爸。

“你们别上去，是阿威在哭。”身着白色 T 恤外面套着一件红色外套的许老大停在一楼的楼梯口，用手指了指楼上，叫住了我们。

“他怎么了？”龙阿姨护孙心切，想要上去看看。

“给他留点面子吧，他应该是情绪崩溃了。”穿衣风格略显年轻的许

老大摆了摆手。

“龙阿姨，让他发泄一下吧，有时哭出来是好事，可以疏导情绪。”我也劝龙阿姨。

幸好，大家都还理智，龙阿姨也是见怪不怪的过来人，听我这么一说，也觉得有几分道理，就张罗大家坐回沙发那边一起聊天。我没有去想许威这个大男人为什么突然哭了起来，而是问了在一旁揉大腿的胡定乐：一千个人格是怎么回事?

也许胡定乐就是随口一说，待我再细问时，他自己都有点记不得了，也有可能是痛风太严重，他深吸了一口气才说：“何止一千种人格，两千多种人格都有可能！”

听得我一头雾水，胡定乐反问我：“你难道没看我找人写的稿件吗？”

原来，前不久他才约了一个叫朱明川的人写了份国外真实案例报道，标题叫“女子长期被父亲强暴而分裂出2500种人格，法庭允许‘他们’上庭做证”。

这个案子发生在澳大利亚的悉尼，当事人珍妮从小被父亲强暴，为了不那么痛苦，她会在被侵犯时变换人格，这样，她就认为被父亲强暴的是另外的人，而不是她本人。

当然，一个人不可能有那么多种人格，珍妮的2500多种人格有的还没完全成形就消失了，真正成形的只有极少数。据精神科专家乔治·布莱尔·韦斯特的诊断，珍妮具有多重人格障碍，这个病也叫分离性身份识别障碍，当其展现出不同人格时，她的脑电波也会随之改变。不过，这对珍妮来说并不是精神病，而是她当时已经没有任何出路，如果不这么自救，那她一定早就自杀了。

“那这个病和许威有什么关系呢？”我听糊涂了。

坐在一旁椅子上的杨柯跷着二郎腿，接过话茬：“如果我没猜错，你一定是数了墙壁上的涂鸦，那些小孩一共有一千多个，并且每个都不一样，你认为它们代表了一千种人格？”

胡定乐拍了拍手，称赞道：“没错，兄弟，你眼神不错嘛！”

“这不是明摆着的。”杨柯不以为意，回答时也没看向胡定乐，而是低头盯着自己的皮鞋，随手抽出一张纸巾，擦拭着下车时沾到的泥污。

“那画它们干什么？有什么用意？”龙阿姨不明白。

我也想不出答案，只好回答：“也许就是单纯的涂鸦，只是我们想得太多了。”

“这要画一千个可真不容易，应该还是有其用意的。”胡定乐分析。

“这倒也是。”我有些摇摆不定，承认道。

杨柯还在擦自己的皮鞋，甚至还看了一眼我脚上的皮鞋，不知道他在想些什么。我看杨柯有些心不在焉，使眼色暗示他起码要装个样子，应付一下龙阿姨吧，人家可正担心孙子的精神健康问题呢。

谁知道，他完全不想参与我们的讨论，胡定乐正说到兴头上，杨柯擦完鞋子起身就说他想回房间休息一会儿。

龙阿姨倒是不介意，依然很热情，忙怪自己想得不周到，茶水都没准备好，也没带我们上楼休息。接着，龙阿姨就带着我和杨柯上楼，在二楼的一个房门前停了下来。

等门一推开，我和杨柯就都愣住了——房间里只有一张床。

我旁敲侧击地问：“龙阿姨，您这别墅这么大，应该有很多房间吧？”

龙阿姨却听不出我话里有话，乐呵呵地开始夸起这间房，说这一间有卫生间，非常方便，晚上起夜都不必出门……

我和龙阿姨并不熟悉，见杨柯在旁一直没吱声，楼下还有其他客人在，也不好意思直接提要求，况且这个房间确实够大，里面还有沙发。

大不了，我们其中一个人睡沙发好了，我转念这样想。

谁知道，龙阿姨刚一下楼去烧水泡茶，杨柯就关上门说：“你睡地上。”

“好歹让我睡沙发吧！”说罢，我就把旅行包扔到床上。

杨柯没客气，接道：“那好，你睡沙发。”

我正要回嘴，隔壁又传来哭声，不过在二楼听时，那哭声就不太像小孩了。没想到许威还没发泄完情绪，我便没兴致和杨柯斗嘴了，心里琢磨着要不要过去给人家疏导一下，不然老这么哭下去也不是一回事。

见我要出去，杨柯却叫住我："别管他。"

"你也太铁石心肠了，人家哭得那么伤心，就是要等人去安慰。"我啧啧道。

"有病的不是他。"杨柯说罢就把我扔到床上的包丢到沙发上。

"有病的是你，我知道。"我又不正经起来。

"你……"杨柯翻了个白眼，然后指了指自己的鞋子。

刚才下车时，我们虽然不在一侧，但都踩到了小水坑，黑色的皮鞋上留下了黄色的泥污。

杨柯这一指，我以为是他刚才擦鞋没擦干净，叫我继续给他擦鞋，当下就义愤填膺地说："杨柯！你最近是越来越过分了啊！有钱了不起啊……不要以为你……"我刚说到一半，低头扫了眼自己的皮鞋，突然意识到杨柯这一指的用意，很快明白了过来，随之断了去安慰许威的念头。

有些谜团没能解开，我和杨柯在当时当景怎么讨论都没用，某些事情需要任其发展一段时间，再暴露出些苗头，才好解决。我也是到了后来才醒悟。难怪杨柯要先休息，因为到了晚上，我们可能根本没时间睡觉。

龙阿姨一直觉得刚才怠慢了我和杨柯，所以茶水一泡好，就立即上楼叫我们下去，拉着我们一直聊到了晚上。龙阿姨还叫了厨师和用人来家里做饭，什么事都不需要我们动手。这顿饭吃到了十点多，等餐具全部撤走时，许老大就嚷着困了，要回房睡觉去。

听说父亲要上楼休息，原本话不多的许威忽然开口，问胡定乐是否还记得他们之前发表过的一个故事，他说这个故事和最近发生在他身上的事有些关联，想讲给大家听。

难得许威主动开口起话题，我和杨柯、许老大、龙阿姨都耐心地坐到了沙发上，想听听他有什么想要表达的。

一个有心事的人主动和大家说事情，是一个很乐观的信号，表示他愿意配合你，很多人其实都有自救的心，他们需要的是鼓励和倾听。

于是，我就示意大家都坐好，千万别随便插嘴。龙阿姨大气不敢喘，紧张地与儿子坐在一旁，等着孙子继续说下去。

许威也没有多废话，开门见山地讲起来：在南宋年间，广西钦州有个知州，名叫林千之，由于患了一种怪病——手脚疲软，又听信了传闻，说是吃童男童女的肉可以强筋健骨，他就在他所管辖的境内杀害了成百上千个十岁出头的小孩。后来，林千之的罪行被揭发，但让人愤怒的是，朝廷并没有处死他，而是对其革职流放。过了一段时间，赶上朝廷大赦，他又恢复了自由身，一直活到南宋灭亡，最后还落得个自然死亡的善终。[1]

“无独有偶，同一个时期，柳州也有一个专门吃小孩的人，可这个人只吃男童的心脏，咱家别墅区的那个金棺童尸就是受害者之一……”说到这里时，许威的表情狰狞起来，很像是那种患了失心疯的人。

发现我们都望着他，像是期待他继续讲下去似的，许威就更是咬牙切齿、语无伦次地说：“那些小孩加起来有一千多个，他们化作‘厉鬼’来找我们了，他们抢了我的衣服，你的衣服，还有你的……他们就快闯进来了……他们来到我家，在屋子外面画了一千个小孩子，把他们都画出来了……都叫来了……”

眼看许威越说越离谱，龙阿姨惊恐地望向杨柯，希望他能想办法安抚一下孙子，可杨柯什么反应都没有，一直看着许老大。

当时夜已经深了，许老大听着儿子说这些奇奇怪怪、没头没尾的故事，估计心里也发毛，终于没忍住，大骂起来：“闭嘴！老子花钱不是让你去研究这种东西的！你这畜生，读中文系读出神经病来了吗？”

1　出自南宋志怪小说集《鬼董》一书。

“你才是神经病！你才是神经病！”许威不甘示弱，重复骂了两句就站了起来，头也不回地冲上楼。

“哎……大威！”胡定乐想要追上去，又回头安抚大家，“你们别担心，他没事的。我去劝劝。”

“辛苦了，辛苦了。”龙阿姨立刻感谢。

许老大哼了一声，气呼呼地也上了楼，丢下我和杨柯、龙阿姨在楼下，三个人大眼瞪小眼。龙阿姨可能觉得尴尬，向我们解释，许老大其实很心疼儿子，从没打过许威，就连他小时候穿过的衣服，喝过的奶瓶都一直留着当纪念呢，哪怕是幼儿时期穿破的鞋子也全都留在别墅里。

哪对父子没吵过架呢？我是见怪不怪，觉得不需要多作解释，但我同时也安慰龙阿姨，叫她别担心，许威的问题可能不大，他的幻听估计就是写故事写入迷了，停笔一段时间就没事了。

“你们去睡觉吧，时间不早了。”龙阿姨心情依然糟糕，眼泪不停地在眼眶打转，根本没心情听我的分析。

“走吧。”时间确实不早了，杨柯顺了龙阿姨的意，叫我一起上楼休息。这一刻，整栋别墅都安静了下来，一股冷风吹过屋外，树叶哗哗作响。隐约之中，我似乎听到有小孩子在笑，恍惚间，楼道的窗外好像还闪过一个小孩的身影，杨柯好像也瞥见了。

“真有鬼？”我浑身一颤，喊出来。

“那是树叶的影子。”杨柯没有大惊小怪，径直回了房间。

我不想一个人落单，急忙一路小跑追了上去，进了房间就立即把门反锁。紧接着，我又隐约听到了小孩子又哭又笑的声音，那声音虽然很模糊，但确实不像是幻听。

我的脑袋里开始浮现各种画面，难道真的是一千个“小鬼”来复仇？难道他们一直在附近悄悄地游荡？他们是在等着取我们的性命吗？

我从来没想过，我天马行空的胡思乱想会成真，那晚确实死了一个人……

04“反神偷”

一开始我还真不知道那晚会撞见什么事，洗了澡后就躺在沙发上发呆，然后继续在心里与自己争辩：这世界上肯定没有鬼，可那些小孩的笑声是怎么回事？莫非真的是许威的幻听？可我也能听到……那是我幻听了？还是许威在哭？

“我只是开了个玩笑，你还当真了？”杨柯也匆匆地洗了个澡，出来见我乖乖地睡了沙发，便很是得意。

杨柯一个人舒服地躺在大床上，顺手关了灯，我们的房间瞬间陷入了一片黑暗之中。

过了半个多小时，我还是睡不着，翻来覆去的，意识到杨柯可能也醒着，于是小声地问：“你睡着了吗？”

“你动来动去，这么大声响，我当然睡不着了。”黑暗中，杨柯的话语比他平时的眼神还犀利。

“我不是故意的。”我连忙解释。

“嘘，你听。”我话音未落，房间外传出一阵很轻的脚步声，这是“小鬼”的脚步声吗？不可能，这房子还有其他人住，我试图说服自己，可能是龙阿姨或者胡定乐……可已经过了午夜时分，大家应该都睡了才是。

“起来吧。”杨柯没开灯，摸黑穿好衣服，披了件西装外套就要出去。

“等等我。”我跌跌撞撞地跟在后头。

可等我们开门时，走廊外一片漆黑，在隐隐约约的夜灯光影下，依稀看到有个人影下了楼，还打开门出去了，我踮起脚尖，悄悄跟在杨柯身后。

却见那个人影一出门就变成了两个人，我还以为自己眼花了，可远远地看着，确实是两个人，并不是单纯的重影。我见状就犯嘀咕，不会真这么巧，被许威说中，有一千多个小鬼像组乐高那样，变成了妖魔？可我看这两个人影不像是小孩子，倒像是两个成年人。

这一幕与我之前的猜想有出入，一时间，我也想不出个所以然来，只好与杨柯默不作声地继续跟着。还好，夜里雾气大，等于是天然的屏障，走在前面的人并没有发觉后面的我们，但我们也跟得有些艰难。

我以为他们跑出去是要涂鸦，继续在别墅的墙壁上画黑色的小人，但他们好像只是把一些东西沿路丢到其他别墅的院子里。

“他们是不是在丢衣服？”我朝一户人家的院子里望进去，昏暗中勉强能看到地上散落的是一些童装，男女的都有。

杨柯没有出声，还是默默地继续向前跟着，就在这时，我发现有个男人靠在一栋别墅外的墙脚坐着。大半夜的，不知道他这是故意吓人，还是想干什么。我本想先问一下杨柯，他会不会是刚才丢衣服的那个人，只见杨柯已经走上前，靠近那个坐在地上的男人，摸了摸他的手腕。

“他死了。”

“什么，死了？”

我以为这个男人是我们夜里尾随的人，但一走近才发现他浑身都是酒味，而且肚腩很大，绝对不是从龙阿姨家溜出来的其中一个人，因为我依稀能分辨出，那两个人都是中等身材，不胖不瘦。

“这是，这是被那些小鬼给害死了吗？”我胡诌道。

“你别被许威带偏了，他可能是喝多了，喝死的，也有可能是冻死的。”杨柯镇定自若。

我们都是学医的，死人谁没见过，可是在雾气笼罩的深夜里遇见一个人横尸路上，确实有些瘆人。我拿出手机，走到一旁想要报警，同时也寻思着，死者会不会就是附近的住户……

这时杨柯却站起来，横着手臂挡住了我的动作：“等等，你听。”

“听什么，这么安静。”我竖起耳朵，什么都没听到。

谁知，过了一会儿，缓慢流动的雾气掀起了一阵乱流，远远的灯光也闪烁了一会儿。紧接着，一阵狗叫声由远及近，前面已经走远的两个人影不知何时折返跑了回来。我随即意识到，可能是有狗追了出来，他们只好往回逃。

恐惧是会传染的，那两个人一前一后地跑过来时，原本很“很冷静”的黑雾也受到惊吓般，一起附着气流朝我和杨柯这边窜动，像是要逃命一样。

我怕被狗咬，很孬种地撒腿就跑，还好龙阿姨的别墅就在附近，没几分钟就跑了回来，回头一看，杨柯也跟着跑了回来。那只狗凶神恶煞的，如狼似虎般扑来，不跑肯定要被咬死。我和杨柯正打算关上铁门，只见一个黑色的人影也笨拙地跑了回来，乍一看，他似乎腿脚并不方便，但还是想办法跑过了那只大狼狗。

“快开门，让我进去！”

待这个人跑到我们跟前，借着别墅暗淡的路灯一看，我才发现，这个人不是别人，正是有痛风的胡定乐。他的手上还提着一个卡其色的帆布包，包包的拉链打开着，里面露出一些小孩子的衣服。

“你到底在干吗啊？”我愣道。

“别废话，先开门。”胡定乐用力拍了拍铁门。

过了一会儿，另一个人追了上来，是许威，他腿脚没问题，却跑得这样慢，居然还不如腿脚不便的胡定乐敏捷。我低头看了一眼许威的白色球鞋，已经被飞溅的泥水弄得脏兮兮的，像是从垃圾堆里刚翻出来的一样。

眼看壮硕的狼狗就要逼近，我和杨柯没有再耽搁，赶紧将人放了进来。可尾随的大狼狗并不死心，狂奔过来之后一头撞到了铁门上，并伸出锋利的爪子想钩住我们。奈何铁门坚硬，折腾了片刻，狼狗占不到丝毫便宜，就自讨没趣地叫了两声，徘徊了一阵，扭头奔回了黑色的浓雾中。

“你们到底在干什么？”情势缓和后，我问道，“半夜三更的，说你们偷东西，也不像，但说你们是圣诞老人送礼物，现在又不是圣诞节……”

“我……”许威欲言又止。

“看你们也不像是小偷、大盗，你们总不会是在‘反神偷’吧，专门把人家偷的东西送回去？”我胡乱猜测道。

许威看了我一眼，又看了看胡定乐，还是支支吾吾的：“这……”

“说吧，再瞒下去，你只会更受罪。”胡定乐说罢就深吸了一口气，很明显，是痛风加剧了。

“好吧。”许威下了很大的决心，可张大嘴巴后，又闭上了。

我以为许威是不知从何说起，想要组织语言，却见他转身走回了别墅，根本没有要理睬我们的样子。

我和杨柯都有些纳闷儿，现实发生的情况与我们猜测的结果大相径庭，加上当时又有恶狗追击，我们都有些混乱，一度以为是自己搞错了某些细节上的分析。

“他是要告诉你们真相，快去啊！”胡定乐指着许威的背影，示意我们别愣着，先回别墅里去。

我知道胡定乐刚刚一定是被吓到了，因为肾上腺素的作用才跑得这样快，现在他已经缓过来了，又被痛风折磨得厉害，看他一时半会儿也走不快，我和杨柯就都没有去管他，任由他慢吞吞地跟在后头。

这时的许威已经一路小跑上了二楼，又从二楼上到了三楼，这是我们到来的第一天，也是留宿的第一晚，并不知道还有三楼，也不知道三楼是怎样的布置。跟上来后，我才发现三楼也有个很大的客厅，但与其说是客厅，不如说是儿童乐园，因为还置办有很多游戏机、小型充气城堡、小型塑料滑梯、洋娃娃等，这要是哪个小朋友看见，一定会开心得尖叫。

“这都是我小时候的玩具，我爸给买的。”许威发现我盯着客厅里的东西一一查看，就拿出了一串钥匙，对着我和杨柯说，“这边走。”

三楼的走廊也只开了夜灯，我们并不能完全看清楚路，在这种昏暗的氛围中，客厅里的那些玩具仿佛有了生命，好像下一秒就会抓着你的手，和你一起跳舞，令人有些毛骨悚然。我正有些分神时，许威催我："快来啊！"刚好胡定乐也上来了，他就指着一个房间，拿着钥匙打开了房门。

"你们自己看吧。"许威打开了房间里的灯，做了个请的手势。

杨柯走在前头，显然房间里的景象让他大吃一惊，突然就停在了门口，挡住了我的去路和视线。我丈二和尚摸不着头脑，心想：这到底是怎么了？然后踮起脚尖，从杨柯的肩头望向房间。

"天啊！"只望了一眼，我就呆住了，我做梦都没想到，这栋别墅里会有如此匪夷所思的一幕。

05 空房间

这个房间有些诡异，除了一面很大的穿衣镜外，里面还堆满了玩具。那些玩具大多是毛绒玩具，还有许多奶瓶、童装，而在中间铺着的一张灰色地毯上，蜷缩着一个赤身裸体握着奶瓶熟睡的中年胖男人——龙阿姨的儿子，许威的爸爸，许老大。

我站在杨柯身后，踮起脚尖，越过他的肩膀往里看时，许老大还在熟睡。直到许威喊了一声"爸"，许老大才惊醒，然后不知所措地爬起来，并试图抓起一些小孩穿的衣服遮住身体。

"你们出去！"许老大激动地嚷起来，"怎么这么没礼貌！谁让你们进来的？"

"有病的不是我，"许威对着我们说，一副非常痛苦的样子，"有病的是我爸！"

看着这一幕，我和杨柯都很意外，但反应却不是很大，很木讷地看着眼前发生的一切。其实我们——或者说是杨柯，早就猜出是许老大有问题了。因为我们在楼梯上第一次碰见许老大时，就发现他的红色运动鞋很脏，而许威的白色球鞋却一直很干净。

最近，一直是阴雨天气，我们刚一下车，皮鞋就踩脏了，如果那些外墙上的“小孩涂鸦”是许威画的，那他的白色球鞋怎么可能那么干净？

但这也只是杨柯和我的一些猜测，我们并没有实质性的证据，因为实在找不出许老大去做这件事的动机，只是综合来到这里的观察，有种直觉一直在隐约地告诉我们：许老大可能才是那个有问题的人。

在青山医院出门诊时，我们经常会遇到一些家属送病人来看病，但真正有病的并不是那些所谓的病人，反而是那些送他们过来的人。这就像代理型孟乔森综合征，这种病就是护理的人故意夸大或捏造被护理者生理或精神上的问题，以此来满足某种心理需求。

总之，当时的场面非常难堪，许老大就这样被人发现一丝不挂地睡在一个“婴儿房”里。他大骂许威，说这是他的书房，并强调已经和许威说过很多次，这个书房谁都不准进来。

压抑这么多年的许威，似是受到了强烈的刺激，回呛许老大，指责他是个不要脸的变态，经常偷小孩子的衣服藏在家里，还到处涂鸦，就是这个怪癖导致他的妈妈与其离婚，远走云南。

“你给我去死！”许老大忍无可忍，大吼起来。

“死就死！”说罢，许威就冲到窗前，想要寻短见。

这么多人在现场，哪里会袖手旁观，许威刚跃上窗台，杨柯就拽住了他。胡定乐也劝许威要冷静，好说歹说才把许威劝了下来，带到了一楼客厅。不知道是谁提的，说要不要一起玩一局游戏，分散一下注意力。

深更半夜的，忽然间这么大吵闹声，本来早就熟睡的龙阿姨被惊醒了，她走出卧室，看到我们都在一楼，所有的灯都被打开了，就问道：“这是怎么了？大半夜的，干吗搞得灯火通明的？”

一时之间，谁也不知道该怎么和龙阿姨解释，杨柯和龙阿姨更熟悉一些，我就用手肘撞了他一下，暗示他快带龙阿姨去别的地方，把今晚发生的一切讲清楚。还是不要当着许威的面重复刚才的事，以免许威又受刺激。

趁着许老大还在三楼生气，不肯下来，我就坐到客厅的沙发上，态度客气地问许威，他家究竟是怎么了，为什么他爸爸会偷小孩子的衣服。

我也想过，这或许是偷窃癖，一种反复出现、无法自控的偷窃行为，似乎不偷不快活，但许威爸爸这种，还是有些不同。

许威也不在乎家丑不可外扬了，我一问，他就耷拉着脑袋，躲避着我们的视线，吐出一句："事情是这样的。"

我和杨柯都没接话，胡定乐也会意地坐在一旁，一声不吭，等着许威慢慢道来。但他还是唉声叹气了好一会儿，才"坦白"，那些我和杨柯听到的、所谓的小孩子的哭声和笑声都是假的，都是许威制造出来的声响，是用来掩盖真相的迷雾。但他并不是为了好玩才把这个事情扩散出去的，而是还有其他原因。

说到这里，胡定乐似乎已经知道真相，全程表情镇定，与我和杨柯期盼的神情完全不一样。

原来，许威确实是因为受不了办公室政治而选择辞职的，他想自己做一个媒体平台，专门发表一些奇闻趣事，并且认为创业首先需要一间办公室，即便只有他一个人也要有仪式感，从开始就要搞得有模有样。

许家的别墅里有很多空置的房间，特别是三楼，除了许老大搞了个书房在那里，经常会上去一个人待着外，其他的房间基本都是闲置的，龙阿姨和许威平时都很少上去。

许威随便挑了一天，上了三楼，想去选一个房间，奇怪的是，很多房门竟然都是锁着的。其实二楼也有闲置的房间，但都不会上锁，一推就可以打开，都是自己家人住，三楼的空房间什么时候上了锁呢？

许威越想越疑惑，于是，在家里翻出了备用钥匙，一把把地去试，最后将这些房间都打开了，包括许老大所谓的书房。谁能想到，这些房间里竟然放满了小孩子的玩具，还有一些明显穿过了的童装。起初，许威还以为这些都是自己小时候留下来的，爸爸恋旧，舍不得扔掉，毕竟三楼的客厅就装饰得像个儿童乐园一样。

但是自己就一个人，从小到大不可能穿过这么多衣服啊，许威怎么想也想不通。紧接着，那段时间别墅区里陆续有人反映，晾晒在自家院子里的衣服，总有丢失的，而且丢的全是小孩子的衣服。

许威那期间经常住在别墅里，虽然很少出门，但是偶尔也会遇到邻居带着小孩进出玩耍，见过几面便有了一些印象，他慢慢发现，有些小孩子的衣服，和自家三楼见过的那些，很相似……

他突然意识到，这两件事之间似乎有着某种联系。他不敢深想自己的父亲，但父母离婚时的场景开始越来越多地浮现在他的脑海，他依然记得，争吵中，母亲曾骂过父亲：“你这个变态！你这个小偷！神经病！”

一直以来，许威都以为母亲是在说气话，没想到母亲是话里有话。原来，父母离婚不是感情不和，也不是母亲抛家舍子……自己一直错怪了母亲。

可这种事，他要怎么跟父亲求证？当面对质吗？一件事闷在心里太久了，许威就开始胡乱琢磨，这是不是偷窃癖？毕竟，家里还是有点钱的，想要买童装还不容易吗？犯不着去偷邻居家穿过的啊。

许威并没有深究下去，而是选择潜移默化地暗示父亲，他几次暗示说，自己夜里听到过一些古怪的动静，就像小孩子哭闹、大笑什么的。但他的表达太隐晦了，许老大根本听不懂，龙阿姨更是丈二和尚摸不着头脑，还以为许威是幻听，出现了精神障碍。这时正好别墅区附近有人挖出无主的野坟，这些事被交杂混在一起，传播得就愈发混乱了。

许威倒是也尝试着和龙阿姨吐露一些实情，可刚起一个话头，龙阿姨就开始为儿子辩解，说一个开儿童乐园的小老板，家里有个儿童乐园客厅，外面常和小孩子接触，这种都是很正常的，怎么可能是偷东西的贼呢？龙阿姨怎么都不相信是儿子的问题，倒是觉得是孙子许威得了妄想症，甚至请来了我和杨柯。

也正因如此，那天许威见我们来，明白了奶奶的用意，居然被气哭了，其中有委屈，也有愤怒。当时，胡定乐还不知情，追上二楼后，许威才道出了实情。而晚上讲那个杀小孩的知州的故事，还有一些神神道道的传说，其实都是许威故意扯出来，想要吓唬父亲，制止他的行为的，哪知道父亲不仅没有领会，反而还骂他胡言乱语。

于是，许威就和胡定乐制订了一个计划，想趁夜里把这些衣服都还回去，这样许老大没了精神寄托，肯定会慢慢醒悟过来，别墅区关于小孩子的秘密，自然也就没人追究了。但是，他们忽略了一点，就是他们并不知道哪件衣服是从哪户人家偷来的，他们夜里偷偷从三楼的一个房间里带出衣服后，一路上的包裹都是乱扔的，反正主要目的就是要让许老大不再痴迷这些小孩衣物，产生畏惧后收手。可没想到，人算不如天算，他们竟然遇到了狼狗，还有一个醉汉死在了路边……

“不是那样的！”这时，许老大走下楼，看到我和胡定乐围在许威身旁，就说，“我没有偷窃癖！”

“事实摆在眼前，你还抵赖？”许威又激动起来，丝毫不顾及父子之情。

为了缓和气氛，我站起来说：“这其实也没什么，我们青山医院的病人比这个更……”

“你们上来吧。”许老大挥挥手又往楼上走去，“你们来了就知道了。”

“知道什么？”我狐疑地问。

“来啊！”许老大头也不回地往三楼走。

我愣了一会儿便好奇地跟了上去，想看看许老大还有什么可辩解的。至少，偷东西是既成事实，我想不出还会有什么可以反转的“剧情”发生，许老大总不会要告诉我们，说自己真是被一千个小鬼附身了，这一切都不是他主动做的吧。

许老大带着我们回到他三楼的书房。龙阿姨情绪有些激动，杨柯在安慰她，并没有跟上来。

只见许老大伸手指着房间里那面大到夸张的穿衣镜说：“这块‘魔镜’就是你们季副高让我安装上去的。”

“‘魔镜’？季副高？”我有些纳闷儿，脑海里快速思索着。

“你们看到的和我看到的不一样。”许老大惆怅地看着那面穿衣镜，仿佛白雪公主的后妈，眼神怪异，似乎马上就要脱口而出：魔镜啊魔镜，谁是世界上最美丽的人？

然而，许老大接下来道出的却是一个不为人知的秘密，事情还真不像许威认为的那样。

06 厌恶疗法

原来，在许老大离婚时，他的妻子就嫌弃他，认为他有精神方面的问题。因为他经常觉得自己是个小孩子，睡觉时还喜欢握着奶瓶，平时为人处世也不够成熟，总是喜欢逃避，不想负责任。

或许在外人看来，许老大将儿童乐园的生意经营得红红火火，很像一位成功人士，但他的妻子却看到了他背后的一面。久而久之，许老大的妻子才明白，许老大开儿童乐园就是为了让自己更像一个小孩子，而不是为了做生意。每当儿童乐园关门了，他便会一个人在乐园里尽情地玩耍。

随着时间的推移，许老大的妻子愈发受不了，一再坚持丈夫的精神出现了问题，并放下狠话：“你去看一下精神科吧，不看的话，我们就离婚。”为此，许老大曾偷偷地去青山医院看过病，挂的是季副高的号。

当时，季副高并不知道许老大就是龙阿姨的独生儿子，所以都是按照正规流程给他看病。在了解许老大的情况后，季副高得出这样一个诊断，和我们与许威的初判都不同，他认为许老大得的不是偷窃癖，而是一种比较罕见的心理障碍——彼得潘综合征。

彼得·潘，本是西方文学中的一个人物，拥有满口珍珠般的乳牙，穿着一身用树叶和树浆制成的衣服，是一个不愿长大也永远不会长大的小男孩形象。顾名思义，彼得潘综合征的大致症状就是如此，即患者长大后，仍表现得像个小孩子，如没有自信、不负责任、喜欢找借口、关系障碍等。

这个病征最早见于1983年出版的《彼得潘综合征：那些长不大的男人》，作者是丹·凯利。虽然美国心理学会没有承认这种病，医学界也普遍不认可，但患有彼得潘综合征的人还是不少的，最有代表性的人物就是美国歌手迈克尔·杰克逊。

实际上，金庸先生所著的《射雕英雄传》里，老顽童这一形象也有彼得潘综合征的表现，这个人物的塑造并没有完全脱离现实。在我们现在的生活圈子里，同样有许多老顽童，只是患者们大都不愿意承认自己的"孩子气"，反而觉得这是一种年轻的心态。

问题是彼得潘综合征的患者通常一辈子都碌碌无为，感情也无法维系，不是离婚就是天天与家人吵架，而且总是习惯把责任怪到他人头上，认为自己永远没有错。

毕竟，他认为自己是个小孩子，小孩子就该被宠爱，不能被责怪。

这类人之所以会有这样的病，主要是因为他们的童年非常快乐。有些情况是家长造成的，如果幼时对孩子的溺爱过了头，孩子就会误以为人生只由玩具、零食和游乐场组成，长大后只要遇到挫折或是人生走下坡路，他们的自我保护机制就会习惯性地启动，自动回到那段最快乐的时光，想象自己还是个小孩子。

很显然，因为许家是三代单传，龙阿姨和丈夫对许老大这个独生儿子一直疼爱得不行，呵护有加。谁也没想到疼爱会变成毒药，许老大的家庭教育环境看似优越，可却给他造成了难以逆转的伤害。

成年后的许老大，只要人生进入低潮，就喜欢握着奶瓶睡觉或者穿着童装在房间里玩耍。许多疾病都是继发的，不会停留在某一个阶段，所以结婚后，一和妻子吵架，许老大就会去偷左邻右舍晾在外面的童装来玩。许老大不是性变态，那些衣服从没有被拿来做泄欲之用，他只是觉得偷童装让他回到了童年。

为什么偷童装会让许老大有回到童年的感觉？那是因为许老大七岁时偷过一次同学的衣服，龙阿姨却护着他，说那是不小心，而且小孩子犯错有什么奇怪，那语气就像是小孩子做错什么都是可以原谅的。

从那一刻起，许老大就下意识地觉得，只要他还是小孩子，不管犯了什么错，都不能怪到他头上。那要怎样才能让自己继续做小孩子呢？除了握着奶瓶睡觉，他就想到了继续去偷小孩子的衣服，每次偷完衣服许老大就觉得回到了自己七岁时，一种安心的感觉就遍及全身。

值得一提的是，这个毛病在看诊几次后就被季副高诊断出来了，这种病没有严重到要住院，所以他除了给许老大做过一些心理辅导外，还提出了一个治疗方案：厌恶疗法。

所谓厌恶疗法，就是医生对病人采用条件反射的方法，把需要戒除的目标行为与不愉快或惩罚性的刺激结合起来，通过厌恶性条件反射降低目标行为对患者的吸引力，使症状逐渐消失。

这种疗法的具体操作形式有好几种，其中一种是电击。但季副高并不推荐电击厌恶疗法，综合考虑了各种因素后，向许老大推荐了魔镜厌恶疗法。这个治疗方法很简单，患者自己在家就可以完成，大致步骤就是发病时就照照镜子，看看自己的模样，让自己感到厌恶，以此来刺激感官。

通常，这类患者都不爱照镜子，因为他们会看到真相，然后意识到自己确实不是小孩子了。但许老大的病有些严重，等意识到这一问题时，他已经步入中年，魔镜厌恶疗法对他的效果并不大。

“那些外墙上的涂鸦都是你画的吗？”我好奇道。

“我小时候就喜欢乱涂乱画，当时我妈和人家说我还是个小孩子，犯错很正常，所以我就……”许老大不好意思，不敢看我们。

这时，龙阿姨的声音从外面传过来：“难道是怪我害了你吗？”

“妈，你没有害我！”许老大的声音有些微颤，却很坚定。

不知何时，杨柯陪着龙阿姨走上楼，碰巧听到了刚才的对话，龙阿姨本来已经被安抚的情绪又激动起来，正想说什么事，结果人却开始浑身抽搐，突然倒了下去。

见状，我一想：坏了！搞不好是中风，这个病可不像彼得潘综合征，不能拖延。我们立即打了120，在医生的指导下，将人安全地抬上车，几个人匆匆忙忙地赶往柳州市医院抢救。

救护车刚开出别墅院子，就见到追我们的那条大狼狗居然在围着那个“醉死了”的男人打转，似乎在纠结要从哪里开始啃食才好。

救护车的鸣笛声吓走了它。车中的我们也都吓得脸色惨白。

许老大顾不上其他，全程都陪在龙阿姨身旁，生怕母亲像父亲一样离他而去。幸好，人被送到柳州市医院后，经过检查，医生诊断出龙阿姨只是轻微脑出血，多亏抢救得及时。人是被救回来了，但日后的康复之路会很长，需要好好护理。

那一晚发生了太多事，也许是歪打正着，许老大被发生的一切吓到，从那以后，他的“孩子气”便消失了，偷小孩衣服的坏习惯也没有了。

一年后，杨柯和我再回忆起这件事时，他说，这也算是季副高提倡的厌恶疗法成功了，因为许老大会回想起那晚的可怕画面：母亲病倒，丑事被揭穿，男人醉酒死在路上，被狼狗盯上。只要彼得潘综合征发作，那晚的情形就会在许老大的脑海里自动播放一遍……

当然，这都是后话了。且说我们在龙阿姨的别墅里住着的这四天，除了每天去医院看望她，还给许老大父子分别做了情绪疏导，以免他们的矛盾加剧。

奇怪的是，许老大并没有承认墙壁上的涂鸦都是他画上去的，他说那晚龙阿姨打断了他的话，他要说的是，他只画了其中一个小孩子就溜回家了，其他的小孩子涂鸦并非他的“杰作”。

后来，在回南宁的高铁上，我坐在靠走道的座位上，又想到这事，就问闭目养神的杨柯："难不成真的是小鬼画的吗？"

"小鬼是指小孩子，还是？"杨柯睁开眼睛问道。

"你明白我在说什么。"我没有点破。

"你不是胆子很小吗？敢和我讨论这些东西了？"杨柯嘴角上扬，笑容里藏了一丝邪气。

"我什么时候胆小了？"我不服气。

杨柯没再说什么，调整了坐姿，又睡了过去。

我脑袋里装了太多事，实在睡不着，便拿出手机随便浏览着。没多久，胡定乐给我发来一个链接，我点开一看，是一篇名为"不死金童"的文章，里面居然提到广西梅山教有一种千字文符咒，是专门压制冤死的小鬼用的，它们的形状与别墅区的小孩涂鸦很相似。

至于那些涂鸦到底是谁画的，与挖出来的金棺又有何关系，我就不得而知了。或许胡定乐知道点什么，又或许那真的是一个未解之谜，也有可能是许老大撒了谎，只是不愿当面承认自己如老顽童那样喜欢搞恶作剧罢了。

但在接下来《青山医院之谜》的故事里，小孩子是一个绕不开的话题，因为从柳州回来好长一段时间后，我才发现，X 的秘密其实与小孩子有关，而这一切都源自二十多年前的一桩谜案。

直到现在，每每回想起那件事的来龙去脉，我整个人都会不寒而栗。

只可惜当时谁也没想到，那个最可怕的人就在我们眼前，或者说，一直就在我身边，近在咫尺……